U0933681

# 黄歧予詩文選集

黄歧予——著

中国文史出版社

# 《黄跂予诗文选集》编辑组

**成　员**：黄祖瑢　黄祖瑁　黄祖玶　黄祖璇　黄祖瑚

单　建　黄　犨

**顾　问**：范观澜

代序一

# 《圆庐诗存》序

溯自戊午改革已还，宇内辑和，百废俱举。他无论已，即旧体诗词，亦因乘时会，倏焉兴起。于是诗社林立，作者如云。汇刊别集，纷至迭出，万花如绣，蔚为大观。若夫何以为诗，亦异说之竞腾，或主趋时，通俗为贵；或守旧规，格律是拘；或则究诗之形，忽诗之味，重诗之义，轻诗之情；亦有词求典丽，意务深远，以为非沉郁顿挫不足以言诗，非意内言外不足以言辞者。凡此诸说，孰是孰否，复知之维艰，曷敢轻议。迩来获见《圆庐诗存》，凡录古近体诗一百六十首，词曲七十首，读之似异凡响。

圆庐者，友人泰州黄君跂予之书室也。闻黄君言，圆庐之名，盖取意于《淮南鸿烈》。其《主术训》云："凡人之论，智欲圆而行欲方。智欲圆者，终始无端，旁流四达，渊泉不竭，万物并兴；行欲方者，直立而不挠，素白而不污，穷不易操，通不肆志。"黄君之治学也，格物穷理，博览淹通，研核训诂，在耄犹勤。其为人也，作师则敬业乐群，而能恒其德贞；观政则举直错枉，而不以位骄人。以其余力，发为诗歌，少而颖脱，老益有成。

集中《鞭石》之诗，幼作即擅豪情；《晚春》小令，则弱冠操觚，尝为真州柳贡禾先生所叹赏。至近作《科威特吟》《咏史八章》，暨《金缕》诸阕、《重阳三曲》，又皆洋洋巨制，使人目夺心移。复以为尤可贵者，读君之诗，知与不知，将皆为今世尚有智欲圆而行欲方之士而曲踊三百也。是为序。

**辛未初冬徐复于南京师范大学**

## 代序二

# 永远的怀念

（《圆庐文存》代序）

1993年10月15日（农历九月初一），我们的父亲因患运动神经元病与世长辞。七年时光的流逝，丝毫减轻不了我们的丧父之痛，冲淡不了我们对他的思念之情。父亲的音容笑貌，他对我们的抚育之恩和拳拳关爱，永驻我们的记忆。最使我们难以忘怀的，是父亲对学问的痴迷钻研、对事业的执着追求和对亲人、子女的呵护与挚爱。

父亲1922年5月13日生于泰县姜堰的一户殷实人家。他三岁时我们的祖父病逝，祖母和三位伯父艰难地支撑着家业。天资聪颖的父亲少年时即胸怀“立德、立言、立功”的高远志向，一心向学。他的求学之路颇不平坦。20世纪20—40年代的中国，内忧外患深重，战事连绵不断，政权更迭频繁。抗战期间，时局不稳，家道中落。父亲被迫中断学业自上海交大肄业回乡，弃学从教。教书育人从此成为他的终身职业，刻苦的业余自学也从此伴其终生。父亲治学文理兼攻，多科涉猎，厚积而薄发；语文、历史、地理、化学等中学课程的讲授，他均能游刃有余。而他最喜爱、钻研最深的还是古汉语和古诗词。

1949 年，新中国诞生。年近而立的父亲意气风发，自觉躬逢盛世，可以大有作为，满腔热情、夜以继日地读书、教书、写作，学生敬爱、同行赞誉之声不绝。1956 年，父亲被评为江苏省优秀教师。20 世纪 50 年代末，“左”风日盛，运动不断，父亲在“紧跟”和自律的同时逐渐慎于言而少动笔，潜心于教书，尽力于省泰中的教务，却因此而播下了“文革”中获罪的种子。

“文革”乱起，父亲处境维艰，顶着“反动学术权威”等莫须有的帽子接受批斗。精神上的折磨尤甚于武斗的皮肉之苦。他和许多正直无辜的老知识分子一样，无法理解这场运动，迷茫、失落甚至悲观绝望几乎将他压垮。万幸的是我们的母亲对他的无微不至的关爱、劝慰和呵护，子女们对他的理解和支持，使他的精神不致崩溃，保持了自尊和自信，顽强地渡过了这场劫难。

“四人帮”覆灭，拨乱反正，改革开放的春风吹暖了父亲的心田。他再逢盛世，由衷地发出“误了青春犹可再”的欢呼。他用补发的工资大量购买图书以弥补“文革”中抄家造成的损失，而在抄家中散失的文稿和诗词手稿却再也找不回来，这是他终生的遗憾。精神桎梏解除之后的他感到“书渴如饥，诗兴如澜”，在教师进修学校主持教务和承担大量教学任务的同时，还负责《汉语大词典》中“长”“门”两部首内容的编写工作，“辞书未就难安席”，正是他倾心尽力于这一工作的绝好写照。他工作到70岁才退休。《圆庐诗存》和《圆庐文存》中的许多诗文均产生于这一时期。10多年的废寝忘食、呕心沥血，严重地损害了父亲的健康。他的双眼近视竟由1300度加深到1800度。他刚刚度过了“古稀”这一今天已不算稀有的年龄不久，就离开了我们！可叹苍天无情！若能假之以寿而使父亲免受运动神经元病这一至今仍令中外医学界束手无策的病魔的纠缠和吞噬，他也不会因许多想读的书还未读、许多拟写的文章未能成稿而留下深深的遗憾了！

父母生养培育了我们六个子女。解放后，祖母和我们一起生活。在这个大家庭中，父亲堪称是一位好儿子、好丈夫和好父亲。他孝敬他的母亲，养老送终；他和我们的母亲相濡以沫，共同面对几十年的风雨坎坷，为子女营造一个温馨友爱而又催人上进的环境。在生活上，他是我们的慈父；在学业上，他是我们的严师。

祖瑢在扬州时，练习骑术，不慎跌伤了头部。父亲闻讯后忧心如焚，在未能赶上末班车的情况下，他冒着危险，坐在别人的自行车后座上，连夜赶赴扬州探视。后来，他又奔波于宁、扬、泰之间，求医问药，使祖瑢的伤病得到了正确的诊治。1968年，知青下放，年仅十五六岁的祖玶和祖璇被送往高邮农村插队。身心交困、背着政治包袱，尚未获得“解放”的父亲，多次跋涉于高邮水乡，尽其所能帮助解决她们生活和学习上的困难……慈爱的父亲，在我们每个子女的心中留下了多少难忘的故事。

父亲对于他的孙辈的舐犊深情也是十分感人的。他风雨无阻，亲自接送上幼儿园的孙女和外孙；他想方设法，为在苏北县城的孙儿们及时寄去牛痘疫苗和预防小儿麻痹症的糖丸。如果说子女们面对平时不苟言笑的父亲尚有几分敬畏，那么在孙辈的孩子们眼中，他则完全是一位可亲可爱的爷爷和外公。在他去世以后，孩子们静静地围着他的遗体毫不惧怕，仿佛他们的爷爷和外公只是暂时入睡，仿佛他还能再度醒来，和他们一起猜谜语、做游戏……

父亲永远离开了我们，我们永远怀念着他。遵照他的遗嘱，祖瑁的爱人单建将他留下的文稿校勘、整理成《圆庐文存》一集，刊印传世。这也是我们健在的母亲和全体晚辈对他老人家的纪念。《圆庐文存》中的学术观点，有不少是他的一家之言，是他辛勤耕耘的独到见解。从《圆庐文存》中反映出来的他那种执着严谨、坚持真理、不迷信权威的治学态度，更是我们后来者可以从中获得启迪和教益的精神财富。大江东去，后浪推前浪。看到如今教育事业蓬勃发展，古汉语研究后继有人，诗坛词苑奇葩竞放；看到子女们事母孝谨，家庭和睦，事业兴旺，孙辈们努力向上，渐次长成，父亲当含笑于九泉。

子 祖珅 祖瑢 祖瑚

女 祖瑁 祖玶 祖璇

2000 年清明节

# 前　言

1993年农历九月初一，一个阴冷的雨夜，刚届古稀不久的父亲带着太多的不舍和未了的心愿永远地离开了我们。27年过去了，父亲那清瘦的脸庞上架着副深度近视眼镜，书卷气十足的形象，非但没有模糊，反而在我们兄弟姐妹脑海中越发清晰。

父亲一生从事中学与大专教育，长于文史，兼攻自然科学，以学养深厚、讲授精心著称。他精于古汉语，擅长旧体诗词，一生勤奋写作，留下诗词、文稿繁多。1992年，父亲忍着病痛的折磨，亲自整理付印了《圆庐诗存》（以下简称《诗存》）。父亲临终前嘱托祖瑁的爱人单建，希望能将他留下的诗文稿整理付印。单建谨遵这一嘱托，经过精心整理编辑，分别在老人家八十周年和九十周年诞辰之际使《圆庐文存》（以下简称《文存》）和《圆庐诗存续编》（以下简称《续编》）先后面世。父亲在遗言中还有一个愿望，就是有条件时正式出版一本《黄跂予诗文选集》。他的这一愿望，我们子女一直牢记于心。按照传统的算法，明年就是父亲的百岁诞辰，我们希望能在这之前圆了父亲的心愿，出版他的诗文选集。有已刊印的父亲的三本书作为基础，选编一本诗文集，难度不算很大；唯一有待解决的问题是如何选择一家合适的出版社。

正当此时，省泰中校友、热心助人的范观澜先生向我们伸出了援手。范先生多年从事泰州地方文史研究，倾心挖掘乡贤文化。他认为，我们的父亲以他长期在省泰中教书育人的业绩和在泰州诗坛及教育界的影响，堪称同年代海陵地区有建树有影响的文化代表人物之一，出版他的诗文选集很有意义，并表示愿意为我们推介和联系正式出版事宜。

2020 年 6 月，编辑诗文选集的工作正式开始。我们商定的基本原则是，将已刊印的三本书的内容加以整合选编，全书分为三个部分，第一部分“诗选”，包含原《诗存》及其《续编》的主要内容，但不再将诗与词、曲分开编排，而是统一按时间先后排列，同时将原来的繁体竖排全部改为简体横排；原《文存》中的“散文”和“语言文字”列入第二部分“文选”，其他文稿为第三部分。出版诗文选集的有关编校工作量较大，我们兄弟姐妹全都积极参与其中，单建主动承担了最繁重的编排及终校工作。父亲在海内外的孙辈们也各尽所能地投入进来，例如书中涉及较多的古汉语冷僻字，常用字库中难以找到，这一问题就是在他们的协助下解决的。

校对文稿的工作尽管比较费眼费心，但对我们来说是又一次细细品读父亲文字的机会，仿佛是一次面对面的讲授或谈心。最震撼我们的是他老人家在罹患重病、体力衰竭，生命只剩4个月时，还赋诗勉励孙辈们“毋忘鸿鹄志，不让段家甥”。在逝世前约1个月，他还不忘为我们的母亲写诗祝寿并代答。10余天后，值国庆节前，他又作“国庆抒怀”一律，诗中写到“昨夜中秋月最圆，今朝国庆万家欢。……港还有日台澎近，华夏中兴共着鞭”。他的爱家之情，爱国之心，真是至死不渝，感人至深。

28年前《诗存》刊印时，长父亲10岁的南京师范大学教授、著名语言学家徐复先生，以亦师亦友的身份锡以序言，对父亲的治学和为人，以及诗文成就给予了褒扬。20年前《文存》付印时，大哥祖珅（不幸于5年前病故）以他和弟妹们对父亲的往事回忆写成了“永远的怀念（代序）”，每每读来，字字句句情真意切。因此，在本书出版之际，我们决定不再另写序言，就以《诗存》徐复先生的序言和《文存》以六子女署名的代序作为本书的序言。而《文存》和《续集》刊出时的前言、编后、后记及致谢，均记载了当时的成书背景及一些重要的情况说明，不能遗忘，故收为附录。

现在，父亲生前念兹在兹的心愿——《黄跂予诗文选集》的正式出版终于就要成为现实了。付梓在即，我们衷心感谢范观澜先生的鼎力相助，感谢中国文史出版社的大力支持！书成之日，我们将把此书敬献于父亲的墓前，告慰于他老人家的在天之灵。

愿父亲安息！我们永远怀念您！

**黄祖瑢　黄祖瑂　黄祖玶　黄祖璇　黄祖瑚**

2020年8月28日

# 目录 CONTENTS

## 第一部分　诗选


鞭石 …… 002
忆江南二首　晚春 …… 002
题陆景龄师画菊 …… 003
哀江头　沈善芝先生追悼歌 …… 003
咏史 …… 004
客中书慨 …… 005
属原韵书事呈夏阳同志四首 …… 005
次夏阳同志原韵记随政协诸公访渔场绝句四首 …… 007
中秋前夕再叠原韵呈夏阳同志四首 …… 008
夏阳同志将移篆南京次留别原韵三章以赠行 …… 009
菩萨蛮 …… 010
示枰璇 …… 010

赠单建 …… 011
出席“五・二三”座谈会感赋 …… 011
东风齐着力二首　工业学大庆赞歌 …… 012
满庭芳　祝宣传口先代会开幕 …… 013
喜闻十届三中全会公报 …… 013
次韵答卫素存谢赠陋轩诗集并见示近作 …… 014
祝中共十一大开幕 …… 015
次韵赠王骧二首 …… 015
赠画师潘觐缋四首 …… 016
南行杂诗六首 …… 017
赠刘自健二首 …… 018
河传　赠单建祖瑁吉夕 …… 019
水调歌头　答刘自健 …… 019
采桑子　观昆剧《风雪山神庙》 …… 020
忆江南　谢赵璧自太原寄赠汾酒及诗 …… 020
座谈会抒怀 …… 021
参观志感 …… 021
武陵春　文化宫索字为赋小令书之 …… 022
一剪梅 …… 022
千秋岁　读元旦社论 …… 023
金缕曲 …… 023
金缕曲　闻单建入清华研究生院喜赋 …… 024
迎春会上偶得半联衍成两律聊抒所怀 …… 025
庆佳节二首　建国三十周年抒怀 …… 026
元旦述志 …… 026
十六字令四首　春节纪事 …… 027
金缕曲　泰州七届人大开幕喜赋 …… 027

祝党诞生六十周年 …… 028
和友人六十自寿 …… 029
为泰州集邮协会成立作 …… 029
金缕曲　潘觐缋画展题词 …… 030
教育局春节联欢会上口占 …… 031
钱炳老病中以示儿诗嘱书不忍落纸慰以一律 …… 031
咏雨花石 …… 032
谢赵野亭赠咏草选 …… 032
画堂春　题徐中画展 …… 033
观花俊小友画展为题一绝 …… 033
海陵景物咏四首 …… 034
画堂春　题钱炳老书法展览 …… 035
好事近　癸亥中秋 …… 035
为红粟诗刊初集题词 …… 036
题《白蛇传》 …… 036
农历五月十三日得赵野亭惠书并馈饼饵率成短章聊志谢忱 …… 037
题《泰州市图书馆善本书目》 …… 038
国庆节抒怀 …… 038
闻泰州市报创刊喜赋 …… 039
赠别黄扬同志 …… 039
观《槐荫记》三首 …… 040
庆佳节　祝首届教师节 …… 040
咏花六绝句 …… 041
题泰山公园月季展 …… 042
画堂春　祝泰州职工文学协会成立 …… 042
参加泰州市政协为七十岁以上委员祝寿献词 …… 043
扬州蒋公桂同主持诗词协会成立之日未能赴约寄句志慊 …… 043

咏花二首寄成都单建 …… 044
菩萨蛮　丁卯仲春述志 …… 044
金缕曲　丁卯竹醉日遣怀 …… 045
寄珅儿 …… 045
祝张舜德金石诗书展览开幕 …… 046
无题 …… 046
偶成 …… 047
自嘲用东坡《洗儿戏作》韵 …… 047
戏仿古绝句 …… 048
庆佳节　教师节有感 …… 048
迎春四绝句 …… 049
丁卯除夕喜雪 …… 050
卜算子　戊辰岁朝睹案头梅开作 …… 050
咏助浴器 …… 051
代柬致某编者 …… 051
端阳戏作 …… 052
挽董程里 …… 052
游宝应纵棹园 …… 053
重阳戏写欢怀 …… 053
谢王退斋赠画及诗 …… 054
迎蛇年仿齐梁律句 …… 054
泰州解放四十周年述怀 …… 055
送儿子祖瑚游学墨尔本二首 …… 056
答劳模调查 …… 057
金缕曲　巳年话蛇 …… 057
伯兄八十寿未往祝暇寄以一律用其五十五年前赠行原韵 …… 058
参观泰州师范学校留赠 …… 059

泰州师范学校题词 …………………………………………………… 059
中秋寄海外单婿瑚儿 ………………………………………………… 060
庆佳节　祝中国人民政协成立四十周年 ………………………… 060
重阳定为敬老日喜赋 ………………………………………………… 061
送戈玉华移官扬州 …………………………………………………… 061
题姜熹书法展览 ……………………………………………………… 062
政协之友迎春茶会口占 ……………………………………………… 062
得祖瑚近影数帧喜赋 ………………………………………………… 063
偶成 …………………………………………………………………… 063
少年游　迎九十年代第一春节 ……………………………………… 064
闻扬州政协推予为先进分子感赋 …………………………………… 064
和尤我民移居二首 …………………………………………………… 065
金缕曲　春节案头水仙盛花地柏苍翠喜赋 ………………………… 065
祖瑚归国，赠以一律 ………………………………………………… 066
单建母丧不能遄奔归国寄一律以慰之 ……………………………… 066
渔场旧事二首 ………………………………………………………… 067
海陵诗社成立大会即席口占 ………………………………………… 068
中秋书事 ……………………………………………………………… 068
江城子　泰州老年大学成立献词 …………………………………… 069
归国谣　谢单建贺金婚 ……………………………………………… 069
相见欢 ………………………………………………………………… 070
亚运记事十绝句 ……………………………………………………… 070
重阳自嘲 ……………………………………………………………… 072
读马国征《清流集》 ………………………………………………… 072
金婚日述怀五首 ……………………………………………………… 073
市人大常委会老干部迎春茶会上口占 ……………………………… 074
为市政协迎春茶话会作 ……………………………………………… 075

咏史八章为纪念中国共产党成立七十周年而作 …………… 075
步韵和刘汉符七十自寿 …………… 077
瑚儿将再访墨尔本临行赠以一律 …………… 078
游鸡鸣寺戏作 …………… 078
偕单建登小九华山 …………… 079
七十自序 …………… 079
颈病吟 …………… 080
金缕曲　祝中共诞生七十周年 …………… 080
千秋岁　贺徐复教授八十华诞 …………… 081
步韵和王雨生迁新居 …………… 081
赠刘自健 …………… 082
次韵答刘自健赠别 …………… 082
京游归来次韵寄自健致谢 …………… 083
金缕曲　京游归来 …………… 083
京师纪游十曲 …………… 084
【中吕】满庭芳　天安门广场 …………… 084
【正宫】端正好二首　人民大会堂 …………… 084
【正宫】滚绣球　登八达岭长城 …………… 085
【双调】水仙子　北海公园 …………… 085
【般涉调】哨遍　颐和园 …………… 085
【中吕】上小楼　雍和宫 …………… 086
【双调】雁儿落带得胜令　天坛公园 …………… 086
【双调】离亭宴煞　故宫博物院 …………… 086
【中吕】卖花声　陶然亭公园 …………… 087
【中吕】山坡羊　景山公园 …………… 087
《般涉调》耍孩儿　讽一日五游 …………… 088
中秋书感 …………… 088

中秋寄祖瑚 …………………………………………………………… 089
中秋次韵寄刘自健 …………………………………………………… 089
次韵和孙伯仙八十自述 ……………………………………………… 090
《南吕》骂玉郎带感皇恩采茶歌　重阳三曲 ……………………… 090
次韵和陆曦翁八十双寿 ……………………………………………… 091
瑚儿归国即来省视喜赋 ……………………………………………… 091
喜迎猴年赠祖瑢 ……………………………………………………… 092
《中吕》阳春曲二首　贺单建晋升副教授 ………………………… 092
谢夏阳同志寻得三十年前和诗拙稿亲钞见寄并赠画梅一帧…… 093
沁园春　次偕游颐和园韵寄自健贺年 …………………………… 093
病中吟三首 …………………………………………………………… 094
　　一、七律　作环枢断层未成戏赋 ……………………………… 094
　　二、五律　初摄环枢 C. T.（“摄替”）片戏作 ………………… 094
　　三、山坡羊　遵医嘱作卧式颈牵兼旬为一程 ………………… 094
谢徐复教授为《圆庐诗存》作序 …………………………………… 095
观梅引 ………………………………………………………………… 095
泰州市图书馆建馆七十周年纪念 …………………………………… 096
【中吕】十二月过尧民歌为纪念“四二”讲话发表五十周年作
　　………………………………………………………………… 096
壬申竹醉日七十有一初度抒怀 ……………………………………… 097
【中吕】满庭芳二首 ………………………………………………… 097
授完老年大学最后一课告别讲席感赋 ……………………………… 098
次韵谢刘自健为《圆庐诗存》扉页题字并寄贺章 ………………… 098
海陵新八景咏　为创建全国卫生城市活动中宣传泰州而作…… 099
　　一、梅馆流芳 …………………………………………………… 099
　　二、招贤纵目 …………………………………………………… 099
　　三、洧桥集市 …………………………………………………… 099

四、电讯钟声 …… 099
五、天滋朝晖 …… 100
六、书院新貌 …… 100
七、古寺重光 …… 100
八、师校清风 …… 100
唐菖蒲 …… 101
读报记闻二首 …… 101
颈疾久不愈，感赋 …… 102
贺新凉　步原玉代柬答刘自健 …… 102
街头书所见 …… 103
小园秋色 …… 103
偶成 …… 104
戏改放翁绝句 …… 104
补泰州景物咏之五——古骸奇赏 …… 104
养疴杂咏十八首 …… 105
谢单建赠《管锥编》 …… 107
录旧作为单建书屏二首录一戊午夏日纳凉偶成 …… 108
西江月三首　归家即兴 …… 108
手植枇杷始花喜赋 …… 109
观菊秦寓归来集句书感 …… 109
太极气功十八式口诀 …… 110
壬申残腊辞旧岁 …… 110
鸡年将至，杂感成吟 …… 111
先君子忌辰六十八周年奠词 …… 111
记闻 …… 112
答问 …… 112
癸酉人日试笔步朱学翁韵 …… 113

元夜即事二绝 …… 113
【双调】雁儿落带得胜令祝泰州市第十一届人代大会召开 …… 114
换届不再蝉联 …… 114
【中吕】阳春曲十首　九老吟 …… 115
序篇 …… 115
一、巴金 …… 115
二、冰心 …… 115
三、沙汀 …… 115
四、张骏祥 …… 116
五、华君武 …… 116
六、徐迟 …… 116
七、贾植芳 …… 116
八、黄裳 …… 116
九、袁世海 …… 117
外二首 …… 117
艾芜 …… 117
谢希德 …… 117
怪病吟 …… 118
《圆庐诗存》印成问世后，希奎、学纯、南生、长啸等纷纷惠诗嘉勉。答以一绝 …… 119
次韵和朱学纯七十自寿并谢赠诗 …… 119
癸酉上巳怀红粟诸友 …… 120
浪淘沙 …… 120
谢瑞椿赠诗二首 …… 121
次韵和赵野亭九十生日感赋并谢赠诗 …… 121
忆秦娥　春寒 …… 122
忆秦娥 …… 122

偶成 …… 123
访古林牡丹园 …… 123
浪淘沙 …… 124
贺新凉 …… 124
气温陡降，因成一绝 …… 125
遇险 …… 125
移居峨眉岭 …… 126
四月初五日偶成 …… 126
忆江南三首　谷音小唱 …… 127
“六一”书付陆然辈三人 …… 128
“七一”抒情 …… 128
病中答外孙陆然 …… 129
数字诗一首自寿 …… 129
“八一”抒怀 …… 130
枕上二首 …… 130
立秋前夕口占 …… 131
赠陈巩荪医师 …… 131
夜不寐书感 …… 132
凉秋又现高温感赋 …… 132
东邻小鸟歌 …… 133
洁清七十有四初度写此为寿 …… 133
代洁清答诗 …… 134
国庆抒怀 …… 134

## 第二部分　文选

**一、散文** …… 136

试作长联颂泰州 …… 136
谁知“下”里乾坤大 …… 138
种花琐记 …… 141
崇儒怀旧 …… 147
逢蛇非不祥 …… 153
难忘之爱　终身之憾 …… 156
长夏花赞 …… 158
红粟盈仓话海陵 …… 160
略说《钱神论》 …… 164
两种象棋漫谈 …… 167
科场题话 …… 169
读书的苦乐 …… 171
说“ .” …… 173
羊年真善美 …… 175
两广行日记 …… 178

**二、语言文字** …… 188
文风小议 …… 188
关于鲁迅《会稽禹庙窆石考》的文字和标点质疑 …… 192
读《、部初稿》质疑 …… 194
《苏武》疑义五则 …… 206
试论《诗·硕鼠》“贯”的释义 …… 208
《世说新语》称数法两文质疑 …… 211
大厦将立　先固基石 …… 224
致《汉语大词典》编纂处的一封信 …… 228
“长”字释文原稿 …… 238
课文疑义举例 …… 245

《古代汉语读本》琐议 …………………………………………… 250
略谈"以今译古" ………………………………………………… 265
读《三言两语》想到的问题 ……………………………………… 273
读稿献疑 …………………………………………………………… 278
《百喻经》选词小结 ……………………………………………… 286
《读书杂志》"弁言"校读小记…………………………………… 299
《左传》"贰于"义辨……………………………………………… 305
读《义府续貂》札疑 ……………………………………………… 310

## 第三部分 其他

谈自学语文问题 …………………………………………………… 318
谈谈自学与治学 …………………………………………………… 327
关于中小学教育的培养目标和课程设置的设想 ………………… 341
泰州市教师进修学校简史 ………………………………………… 345
逻辑、辩证法与化学教学 ………………………………………… 349
太谷学派简史 ……………………………………………………… 360
《中学古诗文评注》编者的话、后记 …………………………… 368

**附录** ……………………………………………………………… 370

# 第一部分 ◎ 诗选

## 鞭石

怒发三千丈，燕云十六州。
何时舒铁腕，鞭石[1]海东头？

（1935 年）

①鞭石：借喻抗日。

## 忆江南二首　晚春

愁无际，风雨夜凄凄。半透春寒衾自掩，万般心事一灯知，肠断听鹃啼。

寻好梦，往事影婆娑。睡稳鸳鸯春绣罢，懒抛诗卷厌莺歌，恼杀绿杨柯。

（1941 年 4 月）

# 题陆景龄[①] 师画菊

生就崚嶒骨，笑傲风霜里。
芬芳抱素心，几曾向人启？

（1947 年）

①陆景龄，泰县人。早年毕业于上海美专，工水彩，兼擅国画。历任泰县第二模范小学、如皋师范、扬州师范等校教师。

# 哀江头[①]　沈善芝先生追悼歌

风满城，雨满城，城中忽辍弦歌声。思先生，哭先生，爱吾如子赋深情。两年来宵衣旰食，宏开讲舍育群英。　吴陵漂泊，水绘荆榛[②]，先鸣鹈鴂[③]客心惊，思量费尽志难成。谁料得文园病久，望断归程。一曲未终人不见，千秋万岁恨难胜[④]。

（1947 年 5 月）

①1946 年沈君曾作《哀江头》歌，杨雪为之作曲。沈逝世后予按其谱填词为追悼歌。仿前人自度曲例，以“哀江头”为词牌。

②沈善芝为旧省立如皋师范抗战胜利后复校首任校长。初，

学校侨置泰州，1947 年春迁校回如皋，为地方势力所困扰。不数月，沈君忧劳成疾而殁。师生悲恸逾恒。水绘，清初冒辟疆园名，此借指如城。

③鹈鴂，即杜鹃。鹈鴂先鸣，喻才智之士将遭不幸。语出《离骚》："恐鹈鴂之先鸣兮，使夫百草为之不芳。"

④胜：尽也。旧读平声。

## 咏史

秋风萧瑟满江城[①]，烽燧连年惜此生。
万叠飞钱难得粟，几番易帅莫知兵。
深怜马嵬倾城色，不见刘谌泣庙声。
疾在膏肓曾未省，盈廷党议尚纷争。

（1948 年 10 月）

①江城：指国民党统治中心南京。

## 客中书慨

中朝岂不列峨冠，砥柱谁堪障急湍？
河北将军非惜死，岭南相国尚贪欢。
宁容江左存完卵，更向瀛涯剩病翰①。
风雨鸡鸣天欲曙，琴川②漂泊却何干？

（1949年3月）

①翰：旧读平仄二音，此读平声。
②琴川：常熟市别称。城内七河并行如琴弦，故名。

## 属原韵书事呈夏阳同志四首

清才俊逸岂唯诗，临治乡邦绩可期。
整顿党风凭硕画，笑谈形势擅雄辞。
斗争小说①传人口，辩证初闻实我师②。
更喜东风吹拂日，奇葩处处绽新姿。

历史潮流不任谁，从来狂寇总违时。
黄桥欲犯曾歼帅，李堡终摧枉凿池。
万里劳军逾绿水③，义师卫国举红旗。
艰辛历尽人才出，大好金瓯共护持。

梓里重游慰我思，当年师友共欢怡。
东堂[④]晤对逢春节，群叟歌讴拂鬓丝。
模楷共瞻乡选日，曲坛争仰笠翁姿。
雄文正合书雄鬼，碑记辉增烈士祠[⑤]。

四十年华似水驰，读书恨少薄根基。
迟闻大道难忘我，久厕乡庠鲜有施。
欲竭微劳酬厚顾，敢因私念枉多疑。
从今矢志相依党，十驾毋休骥可随。

（1961年9月）

①夏阳曾著长篇小说《在斗争的道路上》。

②解放初听夏阳讲辩证唯物主义大意，为予学习马列主义哲学之始。

③抗美援朝期间夏阳曾赴朝慰问朝鲜人民军及中国人民志愿军。

④东堂：指当时泰州市委之东礼堂。

⑤泰州专区革命烈士纪念碑文，为夏阳所撰。

# 次夏阳同志原韵记随政协诸公访渔场绝句四首

扁舟曲港又重来，画叟诗翁萃异才。
昔日萑苻呼啸处，渔场万亩喜新开。

化育奇功竟属人，外调内激技何神！
从来实践生科学，始辟机玄一疍民[①]。

蟹肥菱熟正秋风，鼓尾扬鳍映日红。
袅袅如丝鱼种细，明年此际跃犹龙。

观光十里出宫墙，风送归帆映夕阳。
赢得宽余心境好，高吟不觉夜初长。

（1961 年 9 月）

①人工育鱼苗，南宋时浙东疍户始为之。见周密《癸辛杂识》。

# 中秋前夕再叠原韵呈夏阳同志四首

大好情怀付与诗，月圆明夕又佳期。
红旗万岁擎三面[①]，皓首髫年共一辞。
重谷兴农真善策，殊方异域竞相师。
乘槎上汉非虚语，定向琼楼折桂枝。

无限欢欣诉与谁，我生何幸值良时。
将销兵革牛归野[②]，欲洗乾坤海作池。
已见东风摩碧落，定看寰宇映红旗。
玉盘如镜容谁玷？寄语狂夫莫倒持。

妙语龙川[③]启我思，疑祛惑解自情怡。
兴邦奚贵清谈客，治学应如绩绣丝。
面壁九年勤蚁术，振衣千仞奋鹰姿。
从来不朽闻三立，万世同瞻武穆祠。

念载宫墙岁月驰，书痴不解弄镃基。
博文有耻思炎武，俪语扬芬羡卷施。
未列鹓行休自弃，誓追龙种复何疑。
春晖煦育歌吾党，宁有明珠克报随？

（1961年10月）

①② “红旗三面”“将销兵革”云云，今日似皆不合。为保

留当时思想之真实，存而不易。

③龙川，清代太谷学派宗师李晴峰，门人称为龙川夫子。夏阳李姓，此借指之。此首颔以下三联，皆用夏阳语意。

# 夏阳同志将移篆南京次留别原韵三章以赠行

县校曾游怅未逢，有缘聚首泰扬中[①]。
危城弦诵嗟频辍，取室鸱鸮枉自雄。
讲舍今成嘉会地[②]，帅门常忆读书风。
同窗消息知多少，人杰唯君专且红。

高轩故里喜重逢，政理人和指顾中。
陇亩亲临不辞苦，辩才无碍最为雄。
解音善舞同民乐，一唱百酬新国风。
春色两家分正好，图南忽报蜡灯红。

别恨难胜盼再逢，秣陵景色画图中。
江干百丈长虹起，台畔千年毅魄雄。
吊古爱寻天国迹，泛舟宜趁藕花风。
何时许入芝兰室，共话东方日正红。

（1962 年 1 月）

①夏阳读书于泰县县中时与予不相值，1938 年省扬中迁校泰州，夏阳与予同级。颔联即记当时受日寇轰炸及驻军骚扰之实况。

②省扬中借用为校舍之泰州明德中学旧址，1961年前后曾辟为市委会议招待所。

## 菩萨蛮

谁何[1]逼促[2]投荒鄙，风尘邂逅怜知己[3]。悔读十年书，猪奴争不如。　　放怀穹宇外，谈笑忘成坏。欲向绿茵眠，蝉鸣高树颠。

（1968年9月）

①谁何：责骂。

②逼促：逼迫催促。

③在农村劳动受造反派欺虐时，一农民敢于直言，斥其非法，并以开水饮予。惜不知姓名，未能相报。

## 示玶璇

数载勤耕灌，新春换旧颜。
做工研彩印，负笈列医班[1]。
又入繁华界，毋忘稼穑艰。
红专应黾勉，高处许登攀。

（1977年2月）

①是年次女祖玶回城入印刷厂为彩印工，幼女祖璇考入苏州医学院。

# 赠单建

自昔三秦客，高怀薄孔颜。
探骊珠傍颔，斫垩斧伦班。
缩地长房易，腾天尺鷃还。
相期览沧海，日观[1]策同攀。

（1977 年）

①日观：泰山主峰名。观读去声。

# 出席“五·二三”[1]座谈会感赋

盛会不平常，英耆聚一堂。党恩真浩瀚，众志倍轩昂。
笔舌诛群丑，葵心向太阳。兼程奔四化，滴水汇汪洋。
更向层楼上，穷追小我王[2]。精心研马列，俯首学牛郎。
斗柄瞻方向，烟氛扫派帮。宽怀消块垒，阔步迈康庄。
高睨卑山姆，侏儒笑北强。求真毋墨守，先进在东方。

（1977 年 5 月）

①“五·二三”：为 1942 年毛主席《在延安文艺座谈会上的

讲话》发表之日。泰州市委于1977年5月23日召开座谈会纪念该讲话发表三十五周年。

②小我王：指《在延安文艺座谈会上的讲话》中所说“他们的灵魂深处还是一个小资产阶级知识分子的王国”。

## 东风齐着力二首　工业学大庆赞歌

大庆红旗，铁人榜样，举国风从。起家“两论”①，根底在心红。大干更兼快上，荒原辟，缚住油龙。如松柏，斗霜傲雪分外葱茏。　　列缺②耀长空，风雷迅一朝扫逆除凶。扬眉吐气，众志薄苍穹。定展宏图四化，争贡献捷足登峰。凯歌起海隅岭徼，遍地英雄。

古邑新风，人民团结，壮志凌霄。希踪大庆，岳阜敢争高。厂有化肥先进，群奋发，策马扬镳。城内外红旗耀日，战鼓如涛。　　比赛起高潮，学常州乘风誓逐前茅。淮阴昆友，携手许相超。工农城乡结合，期四载旧貌全抛。齐着力争分夺秒，毋负今朝。

（1977年6月）

①两论：毛主席著《实践论》《矛盾论》。

②列缺：闪电。见汉司马相如《大人赋》。

## 满庭芳　祝宣传口先代会开幕

玉宇澄清，红旗飞舞，九州万马腾骧。重开盛会，多士气轩昂。锻炼曾经风雨，争上游胸有朝阳。老中青群英会聚，白首映红装。　　为人民服务，不同岗位，一样心肠。或培苗育秀，救死扶伤，发展人民体育，百花放艺苑芬芳。拚十驾誓追骥足，暮齿敢徜徉？

（1977 年 7 月）

## 喜闻十届三中全会公报

紫电耀长空，欢声八方彻。三中全会开，历史展新页。为民消祸殃，拯党免蹉跌。猗欤叶元帅，年高志益烈。振策攀险峰，投鼠奋挞伐，遂成回天勋，股肱史无匹。夕照分外明，青松傲霜雪。群情望邓公，引领已数月；骥伏岂由它，谗毁肆长舌。精金锻益坚，云开星月洁。稀寿气犹朝，雄才不世出。泾渭奚容混，功罪今剖别。四凶恶贯盈，万死愆犹溢。人面怀鬼胎，野心图篡窃。春雹乘夏霜，众芳一时歇。女皇梦正酣，棒起妖氛灭。遗臭千万年，惩顽付柏栗[①]。丰碑怀山阳[②]，捷音慰先哲。大愤一朝平，人民更团结。矢志展宏图，前茅尘可及。红旗举如云，高歌震穹碧。百工多铁人[3]，亿众勤稼穑。艺苑春风吹，多士齐勉力。同心营四化　指麾仰辰极。万户歌南风，四海瞻巨擘。长歌写予怀，拈毫竟忘夕。

（1977 年 7 月）

①柏栗，语出《论语·八佾》。鲁迅《秋夜有感》诗："柏栗丛边作道场。"柏栗指刑戮。

②山阳：指周恩来总理。山阳，总理故乡淮安之旧称。

③铁人：石油工人王进喜之褒称。

# 次韵答卫素存[1]谢赠陋轩诗集并见示近作

惠我多佳什，词圆意不平。
临阡[2]思缱绻，鉴石眼高明。
好弈求非胜，衔杯忆旧盟。
春风及吾幼[3]，江水谢深情。

（1977 年 7 月）

**附：卫素存原诗**

陋轩诗一卷，佳贶见生平。
寤寐求之久，昏花眼乍明。
岂惟消暑计，永结岁寒盟。
报称知何似？深衷篆盛情。

①卫素存，泰县人。太谷学派黄仲素之弟子。工诗。曾任如皋师范、上海陆行中学教师。晚年居苏州，1991 年 2 月逝世。

②临阡：惠寄近作中有《谒吴王张士诚墓》诗。

③吾幼：幼女祖璇时方负笈苏州医学院，卫君曾亲往探问。

## 祝中共十一大开幕

京都喜讯动云霄，九亿欢腾似海潮。
爆竹连珠喧四野，华灯映月彩千条。
承先启后旗高举，大治初成券可操。
南北东西心向党，讴歌辰极德威高。

（1977 年 8 月）

## 次韵赠王骧二首

闲访荒祠[①]忆昔年，痴人谈鬼数开天。
千秋功罪昭青史，莫道多余话早传。

喜谤何须訾少年，都缘妖雾障云天。
青松依旧高千尺，诗叟而今信可传。

（1977 年 8 月）

①荒祠：指常州瞿氏宗祠，瞿秋白同志幼年居此。1962 年，予与王骧等偕往参观时，瞿之老友羊牧之先生为予等讲述瞿之生平甚详。

## 赠画师潘觐缋四首

江淮一个画鱼人，笔底涟漪画锦鳞。
雾敛蛟除风日好，洋洋入水更精神。

朱碧琳琅四壁春，江淮一个画鱼人。
先生何术知鱼乐？浅底翱翔欲乱真。

食鱼莫若河之鲤，津生齿颊枇杷美。
江淮一个画鱼人，信手拈来皆可喜。

垂纶懒学磻溪叟，击水浑忘化鸟[①]因。
俚句漫吟何所赠？江淮一个画鱼人。

（1977 年 8 月）

①化鸟，语出《庄子·逍遥游》。此联寓不求闻达意。

# 南行杂诗六首

头童重溯少年游，几历沧桑四十秋[①]。
公敌强邻俱殄灭，人民此日主沉浮。

闻说黄田路易行，崎岖八里半泥泞[②]。
鬼神易画凭虚语，涉尽江湖识水情。

一别琴川廿八年[③]，此番重到换新天。
殷勤东道情无限，最喜春风妙句传[④]。

百尺窗帏结素纱，参天松树映云霞。
难凭针线传心意，煦育恩情百代赊[⑤]。

辛峰[⑥]极目趁初晴，画卷新描妙入神。
粉壁朱甍添绿树，赏心愧杀画中身。

园丁培溉忘辛苦，聋哑能教歌且舞[⑦]。
不闻典记许嘲师，大厦端须万章树。

（1977 年秋）

①予 1937 年夏曾经靖江赴江阴，今往常熟，又取道靖澄，忽忽四十年矣。

②由八圩渡江至黄田港，步行八里抵江阴，雨后路颇难行。

③琴川：见《客中书慨》诗注③。1949年春予在常熟任教，距兹二十八年。

④苏州地区张元鼎局长在会上诵其近作有句云："大快人心事，春风上小亭。"

⑤常熟花边厂女工为毛主席纪念堂手结巨幅窗纱，图案为松与云彩。

⑥辛峰，虞山高处一亭名。

⑦常熟聋哑学校学生曾为吾人演出歌舞。

# 赠刘自健二首

读用拙韵记野外经历诗，卓行豪情，不胜钦仰。近又读答单建诗，齿及下走，倍增愧赧。谨步原玉成二律，借酬高谊云尔。

逖听瑶章奏妙音，铅刀相许拟南金。
连年失旦惊汤镬，赤舌烧城恣刻深。
长剑天威锄反侧[①]，山阳人杰[②]永讴吟。
春风时雨花如笑，暮齿何容息壮心。

胸有豪情字益香，惯拼重茧探玄黄[③]。
长春西蹑千峰雪，霞客南寻万壑芳。
《山海》流观[④]思郭璞，柯亭有日遇中郎。
佳儿曾许随鞭镫，马首时瞻险亦庄。

（1977年）

①指老一辈无产阶级革命家领导党和人民粉碎“四人帮”。

②山阳人杰：见《喜闻十届三中全会公报》注②。

③玄黄：黑色与黄色，此借指各种矿藏。刘君正从事地质勘查工作。

④陶潜《读山海经》诗云：“泛览周王传，流观山海图。”丁福保注：汉时所传有《山海经图》，即郭璞作注者。

## 河传　赠单建祖瑁吉夕

秋半，云灿。月儿圆，人似鹣鹣凤鸾。天教两情盟岱峦。毋谖，心如金石坚。　　洙水巴山[1]千百里，烦双鲤，何异常相倚？驾长风，专且红，攀峰，好音贻阿翁。

（1977年9月）

①时祖瑁在山东定陶工作，单建在陕西镇巴工作。

## 水调歌头　答刘自健

儿女联翩至，佳节近中秋。多情尺素双鲤，琼玖两遥投。金缕[1]韵谐鸾凤，还遣青蚨比翼，高谊碧霄侔。笑顾东床客，声气永相求。　　疏慵惯，蒙诗札，久无酬。栖栖摘句寻字[2]，不觉火旻流。闻道扬眉京国，正绘神州新貌，彩笔意方遒。翘首瞻先路，蹇拙讵容休。

（1977年9月）

①金缕：刘君赋《金缕曲》一阕贺单建祖瑂结婚。

②当时予正从事为编写《汉语大词典》看书制卡工作。

## 采桑子　观昆剧《风雪山神庙》

昆腔一曲沧州庙，气吐虹霓。旧韵依稀，不觉韶光念载移[①]。　　只今百卉重争艳，老柳新荑。劫后奇姿，笑尔风霜占几时。

（1977年10月）

①1956年冬曾观北京昆剧院侯永奎演《夜奔》于南京。不闻此曲忽二十年。

## 忆江南　谢赵璧自太原寄赠汾酒及诗

青蓝契，诗酒远相贻。情共杏花村酿永，神亲千里胜相依[①]。心寄太行西。

（1977年10月）

①此为1951年《忆江南》留别赵君旧作之句。全词不复记忆，此句亦赵君告予者。

# 座谈会抒怀

革命有三宝，统战其一端。
四凶乱敌友，多士尝苦酸。
斗转兴百废，阳煦及儒冠。
垂老何所有？愿献寸心丹。

（1977 年 12 月）

# 参观志感

观光百里绕扬城，礼接殷勤旧谊赓。
宾馆宛然迎海客，殊荣如许愧平生。
井喷千吨油高产，站筑成群水北行。
古渡通舟除潦患，施桥启闭利航程。
漆雕年久光弥赤，玉器磨多泽益莹。
东渡至今思古德[①]，壮怀终见斩长鲸[②]。
飞天仿佛层霄下[③]，异景缤纷老眼明。
午夜未眠思绪集，短吟何以报深情。

（1977 年 12 月）

①古德：唐鉴真和尚渡海赴日前，曾驻锡扬州。

②参观扬州平山堂时，见鲸骨一，长十余丈。此句借喻“四人帮”已被粉碎。

③晚会上有杂技演员表演“空中飞人”。

## 武陵春　文化宫索字为赋小令书之

灿烂天枢[1]霄汉澈，功过许重论。十七年来一路春，红线指航津。　楠梓千章多建树，不负灌园勤。此日真翻老九身，前路映朝暾。

（1977 年 12 月）

①天枢：北斗第一星。

## 一剪梅

青眼曾闻赏拙顽，德也非醇，才亦非专。簿书期会改朱颜，往已难追，今又何干？　马齿加长力未殚，书渴如饥，诗兴如澜。辞书未就梦奚安？愿把晨宵，都付丹铅。

（1977 年 12 月）

## 千秋岁　读元旦社论

光明中国[①]，鼓角迎春急。初效著，肩毋息。寇穷诛隐伏，途远争朝夕。齐心干，明年辉赫瞻奇迹。　　功过今重述，瘏马冈能陟。怀铅椠，勤占毕，分身应恨少，有志终须集[②]。从今始，愿拼己百追人一。

（1978年1月）

①《人民日报》1978年元旦社论题为《光明的中国》。

②集：成就，《诗·小雅·黍苗》：“我行既集。”郑玄笺：“集犹成也。”

## 金缕曲

读自健沁园春词，结句怀及老拙，弥感深情。闻将出国远游，草此奉寄，以壮行色。

又返京华矣！怅频年窜身秦岭，栖遑蜀水。钟弃缶鸣云蔽日，句句居然真理。竟重演九儒[①]故事。封建烟尘消逝久，奈枯灰复灼加新记。知识有，便成戾。　　欣逢巨手翻天地，振纲维宏开文教，大兴科技。昔日夜郎空自大，鹦跃还嘲鹏起。游绝域取长撷异。盼早归来谋四化，许神交那日成襟契。拼一醉，长安市。

（1978 年 11 月）

①九儒：元代民间有人分十等之说，“儒”列第九，位于娼、丐之间。

# 金缕曲　闻单建入清华研究生院喜赋

有志终成矣！趁青春清华园内诵弦重理。庶女[①]叩阍来白眼，误却千章楠梓。幸此日区明朱紫。天降我才皆有用，铸新邦端赖屠龙技。谋四化，此其始。　　年衰未息乘风志，爱霜晨登山临海，迹寻洙泗。多少风尘多少趣，胜似摩挲砚几，浑不厌征程迢递。借得黄河千尺浪，尽湔除暖暖姝姝[②]气。歌有竟，学无际。

（1978 年 12 月）

①庶女：借指平民。

②暖暖姝姝：柔顺貌。语本《庄子·徐无鬼》：“所谓暖姝者。”

# 迎春会上偶得半联[①] 衍成两律聊抒所怀

两届三中会，经时才一年。
城乡展新貌，友朋莅联翩。
实践辨真理，往哲非神仙。
重点今改易，建设务居先。

民为邦之本，善言堪拜嘉。
不复挥五子[②]，争鸣容百家。
五六七八九，儒墨释回耶。
统战集群力，振兴吾中华。

（1979 年 1 月）

①半联：指“五六七八九”句。此日与会者多五十以上人，亦有六十、七十、八十、九十者。

②五子：指思想教育工作中曾出现之五种过激做法：画框子、抓辫子、挖根子、打棍子、戴帽子。

# 庆佳节[①]二首 建国三十周年抒怀

彩旗飘，凯歌高，欣逢国庆今朝。卅载韶光轻掷抛，思往事，起心潮。　　露润阳和心地彻，偏教厚赉无劳。发脱眼花情尚豪，尘难及，志休挠。

妖氛戢，长空碧，兴四化待群力。实践堪凭是非白，久自悸，殊无益。　　辞书未就难安席，青蓝业敢称疾。驽不私惭念腾掷，愿再驾，八千日。

(1979年10月)

①此调有平仄韵二格，今各填一阕。

# 元旦述志

岁值金猴天宇净，年逢开九万家欢。
千章楠梓争居上，半老园丁渐爱闲。
校竟两编[①]多浪墨，学无一得未攻关。
二螯莫寄浑堪笑，愿把余生付椠铅。

(1980年1月)

①两编：指予主编之《中学古诗文评注》及续编。

## 十六字令四首　春节纪事

春，爆竹声声破晓闻。除秽恶，正气满乾坤。

春，日换天新自此辰[①]。休迷信，人力胜天钧。

春，生意纷纶柳色新。山盟在，何必怨东君。

春，冰解寒消路已明。谋四化，白首愿长征。

（1980 年 2 月）

①是年春节日蚀。

## 金缕曲　泰州七届人大开幕喜赋

大会重开矣！振新风，恢张民主，坚持法制。历尽十年风雨劫，又见云消天霁。人三百一堂济济。代表都从差额选，算而今真正尊民意。共商讨，梓桑事。　海陵此日风光丽。议前程，工农商学，端资群智。推举贤能新领导，马首同瞻共企。从今始转移风气。万众一心谋四化，看明朝古邑新颜美。予不敏，愿随骥。

（1980 年 12 月）

# 祝党诞生六十周年

大火流天际，歌声动万方。天鸡开旭旦，神骏导康庄。周甲人寰换，逢辰笑宇张。征程非易涉，前事许轻忘？星火熹黄浦，红旗矗井冈。工农齐步武，马列示津梁。“围剿”嗟何及，长征斗益强。金陵沉醉梦，关陇励耕桑。薪胆方歼寇，干戈又阋墙。片言收蓟市，万舸渡长江。日出新天灿，霞飞赤帜扬，人民基业创，吾党德威彰，蓬末咸沾泽，葵心尽向阳。山河凭布设，土地属编氓。除恶宁邦国，援朝固场疆。争鸣花烂漫，并举计周详。破旧诚无匹，图新亦擅场。作风时砥砺，法宝永持将。堡垒谁能敌，先锋众所望[①]。多思疏不免，万里曲难防。克治三年旱，能除四逆殃。磨多金更艳，食有日何伤。风起春池皱，云消广宇苍。韶山功不朽，淮水泽弥长。模楷同瞻企，流风复振扬。全心谋四化，一致与中央。求实多英策，瞻前引远航。追随忘老拙，步履愧栖遑，十驾存余勇，千金惜寸光。芜篇倾愊忆，鼓吹[②]献桃觞。

（1981 年 6 月）

①“望”读平声。

②“吹”读去声。

## 和友人六十自寿

我亦行年周甲子，于人何补愧栖迟。
杖乡喜见中兴肇，耕砚无虞恶岁饥。
水皱春池风不再，山明夕照景堪思。
满园桃李花争发，并辔相期着意驰。

（1981年）

## 为泰州集邮协会成立作

阳春有脚花无脚，独有此花[①]能御风。
真意高情各相寄，天涯咫尺将毋同？

（1981年）

①邮票旧称邮花。

# 金缕曲 潘觐缋画展题词

淮左丹青手，笑徒闻板桥高致，兰疏竹瘦。不识吴陵知乐[1]客，昂首俨然雪个[2]。春回矣万花如绣，发发洋洋[3]皆欲活，任河鲂江鲤沿波骤。沧海外，无胫走。 迢遥岭徼来髫秀[4]，欲追随青藤[5]门下，点睛相授。妙绘神来欺白獭[6]，泼墨夜光如昼[7]。喜笔底明珠[8]争购，闲掷闲抛[9]成往事，染朱衣垂钓[10]全无咎。欣得水，人增寿。

（1981 年）

①知乐：潘之画室名。潘善画鱼，故名。语本《庄子·秋水》："子非我，安知我不知鱼之乐？"

②雪个：明末清初画家，号八大山人。其画鱼常作昂首状，以寓强项不屈之意。

③发发洋洋：鱼游动自得貌。发音拨。

④有广西幼女闻名来泰从潘学画鱼。

⑤青藤：明画家徐渭别号。

⑥白獭：三国魏明帝游洛水，见白獭美净可爱，欲取之而未能得。侍中徐邈曰："獭嗜鲻鱼，乃不避死。"因画板作两鲻鱼，悬岸上，于是群獭竞逐而至，遂执得之。见梁吴均《齐谐记》。

⑦清初画家傅山尝于酒后作画，挥洒淋漓，且画且绕案走，友人疑其醉，前抱持之，傅曰："乃败我画兴！"揉画纸掷地而去，友人捡而纳之橱中。越数日，闻室内巨响，光如白昼，视之乃自画纸中出。

⑧⑨明珠，喻葡萄。明徐渭《题墨葡萄》诗云："笔底明珠无处卖，闲抛闲掷野藤中。"

⑩朱衣垂钓：明宣宗时画家戴进应命作《秋江独钓图》，图中钓者着朱衣，或谮于上，谓戴乃借以讽达官，宣宗遂戍戴于岭南。

## 教育局春节联欢会上口占

乐育天下英，风和桃李林。
新春各努力，建设两文明[①]。

（1982 年 1 月）

①韵脚字皆局长名，凡四局长，名"明"者二。

## 钱炳老病中以示儿诗[①]嘱书不忍落纸慰以一律

问疾归来又展笺，乍闻少间倍欣然。
风霜历劫松弥劲，冰雪为心药可蠲。
策杖闲吟长寿诀，开襟且置示儿篇。
相期艾绿蒲黄日，许我文游[②]伴几筵。

（1982 年 4 月）

①钱炳之，泰县人，曾任泰县文教局督学、高邮县文教局长。示儿诗云："死尔无知莫认真，飞灰何必祭如神。随风撒向青松底（指烈士陵园），幸与英雄结比邻。"

②文游：高邮文游台，在城东北隅。

## 咏雨花石

菁华何自出？家傍旧长干。
碧似千秋血，殷如九转丹。
不求依紫绶，只爱伴儒冠。
任尔风波恶，悠然璧自完。

（1982 年）

## 谢赵野亭[①] 赠咏草选

缘结依昆玉，神交托简笺。
虚怀叨下问，咏草喜先传。
上寿侔诗什[②]，豪情逸酒仙。
淞江应有日，酬唱许忘年。

（1982 年）

①赵野亭，醒吾君之兄，长于予二十岁。

②《野亭咏草选》凡录诗词百首，编选中曾数度通函，以删润相嘱。人百岁为上寿，见《庄子·盗跖》。

## 画堂春　题徐中画展

小西湖畔展丹青，眼波眉黛盈盈。江山增彩后先承，卓荦群英。　　融古采新入妙，挥毫镌版俱能。九方皋卷[①]逸青藤[②]，雏凤声清。

（1982 年）

①九方皋卷：徐悲鸿作《九方皋相马》长卷。

②青藤：见《金缕曲　潘觐缋画展题辞》注⑤。

## 观花俊小友画展为题一绝

乳燕乘风舞，初花映眼鲜。
出蓝应更艳，着意绘新天。

（1983 年）

# 海陵景物咏四首

小山蓊蔚映晴空，谁锡嘉名拟岱宗？
道是元戎遗胜迹[①]，壮怀长忆《满江红》。

（泰岱晴岚）

波光掩映古城西，湖小何妨景自奇。
不见草堂[②]瞻夏屋，万家春雨润新稊。

（西湖春雨）

那堪玉带更围腰，旧迹先除且乐桥。
此日洿池成集市，古槐新绿最妖娆[③]。

（洧桥新市）

梅史扬芬艺入神，凤凰岭上馆容新。
前朝古屋今堪用[④]，耄叟应争第二春。

（梅馆流芳）

（1983 年，其四作于 1988 年）

①岳阜俗称泰山，上有岳武穆祠。

②小西湖畔旧有宫氏春雨草堂，倾圮已久。

③北门内大街有且乐桥，跨玉带河上，解放初已拆除。洧水桥农贸市场于大街以西填河造地而成。

④梅史馆之部分屋宇为明代建筑移建于此。

## 画堂春　题钱炳老书法展览

秦邮风物正春浓，争观书展钱翁。魏唐篆草一炉融，翥凤盘龙。　　书品恰如人品，清奇还赏坚忠。胸怀霁月与光风，不老青松。

（1983 年）

## 好事近　癸亥中秋

佳节又中秋，最喜宇清风肃。儿女奋飞拿月，散芳华盈国[①]。　　台澎两岸一家亲，此夕共凝瞩。海上弄潮知信，卜归期宜夙。

（1983 年 9 月）

①是年中秋节前全国运动会开幕式上有女子跳伞表演“天女散花”。

# 为红粟诗刊初集题词

我亦海陵人，红粟谊未籀。
闻以名诗篇，盖言旨且有。
吾诚一粟耳，乐入耕者手。
幸为鹦鹉余①，奚贵太仓朽②。
闵苗勿助长，春雨润南亩。
匪堪持赠君，嘤鸣求其友。

（1984年）

①杜甫诗："香稻啄余鹦鹉粒。"
②《汉书·贾捐之传》："太仓之粟，红腐而不可食。"

# 题《白蛇传》

野史传佳话，良缘属许仙。
借簦心已授，觅药意尤坚。
误浅何须剑，情深敢忤天。
雷峰封不住，全仗小青贤。

（1984年）

# 农历五月十三日得赵野亭惠书并馈饼饵率成短章聊志谢忱

甲子竹醉日，青鸟来淞湄。
笺素情已重，饿馇复累累。
人事多幸偶，妙合孰如斯！
兹辰乃何夕？往昔堕地时。
忽忽六三载，于世鲜所裨。
力殚不自恤，来日犹可追。
结缘托文字，经岁逾故知。
谓若得神助，或非谬悠辞。
吾乐不可已，短章率先驰。
匪堪报投李，聊博一解颐。

（1984 年 6 月）

## 题《泰州市图书馆善本书目》

历劫无恙，藏守之功。
占善率录，取精用宏。

（1984 年）

## 国庆节抒怀

人民中国大旗升，卅五年前庆此辰。
粤海珠还酬夙志，奥坛凯奏逸前尘。
花迎海上三千客，日丽神州四化春。
最是照人肝胆语，怜才重智两须真。

（1984 年 10 月）

## 闻泰州市报创刊喜赋

春到吴陵佳气多，初刊市报喜如何！
城乡改革开生面，科技研求闻凯歌；
思想更新频启瀹，文明两建互观摩。
东风吹得花如笑，老拙犹堪踊且哦。

（1985 年）

## 赠别黄扬同志

十载吴陵治绩真，莺迁百里倍情亲。
板桥听竹怜枝叶，旧尹传薪启路津。
千顷每怀黄叔度，两家宜共绿杨春。
神州渐入升平世，霞绮明朝定绝伦。

（1985 年）

## 观《槐荫记》三首

偶然聚首似奇缘，两载悠悠梦不圆。
忽听鸡鸣窗欲曙，呼天无术驻婵娟。

残菊飘零只自怜，幽怀欲诉向谁边？
天仙竟欲乘风去，忍把痴情付酒船。

殷雷天半祸横来，惊散鸳鸯剧可哀。
最是难忘临去语，莫伤郎体我承灾。

（1985 年）

## 庆佳节　祝首届教师节

正秋高，海生潮，师而著节今朝。红烛心惭许素操；吹不灭，剪添苗。　　四十三年随逝水，疏慵浑似边韶[①]。此日绝尘多俊髦；牛之驽，驾堪遥。

（1985 年 9 月）

①边韶：字孝先，汉代人，以文学名。尝昼寝，弟子嘲之曰："边孝先，腹便便，懒读书，但欲眠。"

# 咏花六绝句

一盆百指拥轮囷，生长龙沙不厌贫。
怒放嘉葩如血铸，求真万里见精神。

（仙人指）

弱羽轻丝漾碧烟，殷红五角斗娇妍。
纷拏直欲迷黄雀，拔剑摩天谢少年。

（茑萝）

金冠翠带临风立，唢呐枝枝向晓吹：
底事“忘忧”欲相问？依声托事有谁知。

（萱花）

西来天马驰万里，南至佳花四序开。
秋色断肠轻一顾，出崖观海识方来。

（四季海棠）

竹外桃花传妙句，难能一体两情融。
花如人面春常在，却病祛尘叶最工。

（夹竹桃）

曹州名卉甲天下，移向江城花不奇。
绝尘国色徒自许，尔爱虚声人笑痴。

（菏泽牡丹）

（1986 年）

# 题泰山公园月季展

市花谁最美？吾爱月月红。
人与花争胜，彩凤舞长空[①]。

（1986 年）

①泰州有凤凰城之称。

# 画堂春　祝泰州职工文学协会成立

百花齐放卅年前，分明非梦非烟。延安座上有遗篇，光照人间。　　念载阴晴过眼，怎忘煮鹤焚兰？定教旧曲莫重弹，朱墨春山[①]。

（1986 年 5 月 23 日）

①鲁迅《赠画师》诗云："愿乞画家新意匠，只研朱墨作春山。"

## 参加泰州市政协为<br>七十岁以上委员祝寿献词

七十古稀今弗稀，群翁踊跃颂明时。
从心所贵不逾矩，杖国依然念在兹。
椿树大年八千岁，人间芥子百须弥。
无烦入海求灵药，微醉清宵酒半卮。

（1986 年 10 月）

## 扬州蒋公桂同主持诗词协会成立之日<br>未能赴约寄句志慊

传来消息自扬州，会启诗词乐唱酬。
永叔偕民吟兴好，香山携老友声求。
愿随蒋径①心徒切，奈有洪乔信自浮。
小过已成追莫及，假予来日报桃投。

（1986 年）

①蒋径：汉蒋诩退隐后，于宅中开三径，唯故人羊仲、求仲从之游。

# 咏花二首寄成都单建

曹州移向海陵栽，他树徒枝此独开。
深植勤培天亦助，好花都自苦辛来。

（牡丹）

柔枝三寸不胜寒，几历风霜刮目看。
绿叶丹荣无限好，客心知否故园欢？

（明星月季）

（1986 年）

# 菩萨蛮　丁卯仲春述志

陇头流水鸣无已，此身久许酬知己。晨起斗霞裳，夕阳描淡妆。　　八千云路远，途阔浑忘倦。雁阵莫惊寒，春风天地间。

（1987 年 3 月）

## 金缕曲　丁卯竹醉日遣怀

六五行年满。看阎浮云霞明灭，万千变幻。剑戟森罗莫予毒，愁见赚人流盼。又何怨早捐秋扇？桃偶相偕酣醉舞，乞偷安背上芒须剪。风瞬止，翮犹健。　平生回首非虚暂。卅五年啸歌讲席，裁成狂简。寄趣辞书曾八载，斟酌“长”“门”字眼[①]。漫评说诗文两卷[②]。沧海未观书未读，惜分阴毋负桑榆晚。长寿诀，酒盈盏。

（1987 年 6 月）

①予参加《汉语大词典》“长”“门”两部首之编纂工作。词典编纂方针为“古今兼收，语词为主”。

②见《元旦述志》诗注①。

## 寄珅儿

六五谁云老，人生第二春。
观书无限趣，弄翰自由身。
不有闲休日，难成笔削新。
浮云何足算，霞绮最堪珍。

（1987 年 6 月）

# 祝张舜德金石诗书展览开幕

满树桃花夹竹枝，先生双笔展新姿。
欲追完白书兼印，更似于湖[①]曲胜诗。
信有才名磨不磷，任它世味薄如缁。
客来姓字无劳问，原是罗塘老布衣。

（1987年6月）

①于湖：宋张孝祥，别号于湖居士，工诗，尤擅倚声。

# 无题

别了张村走李庄，那番演罢者开场。
几多角色饶滋味，五十春秋付讲章。
一息存时终不懈，千帆过处欲偕航。
青春误了还容再，谏往追来异楚狂。

（1987年8月）

## 偶成

痼习难除太认真，做人为学两因循。
尘缘是处无端结，天幸余年自在身。
莫问是非忘毁誉，不关愚巧卜升沦。
闲庭寂寂秋虫杳，益寿何须饮八珍。

（1987 年 9 月）

## 自嘲用东坡《洗儿戏作》韵

人皆贵有自知明，我实呶呶一老生。
但愿青春常伴我，书城坐拥笑公卿。

（1987 年 9 月）

# 戏仿古绝句[①]

一下一下又一下，三下心宁意不诧。
书山墨海任游遨，“谁知下里乾坤大”[②]。

（1987 年 9 月）

①古绝句云：“一上一上又一上，一上上到高山上。举头天小日月低，四海五湖皆在望。”

②借用王心斋诗句。

# 庆佳节　教师节有感

逢佳日，欢声溢，蜚语令我心戚。闻道伊谁说“无益”[①]，倘靡[②]士，邦奚立？　　清贫耻乞嗟来食，如尘土视金璧。唯愿神州脱穷白；齿暮矣，心难息！

（1987 年 9 月）

①是年教师节前，有人说：“知识分子不能创造财富，对社会无益。”

②靡：无。读上声。

# 迎春四绝句

信是无冬只有春，非谀非妄却为真。
立春屈指十三日，爆竹声中岁始新。

岁余[①]稀见雪纷纷，信是无冬只有春。
多谢天公瞭人意，坚冰解却倩东君。

老来渐悟宜三戒[②]，误了青春犹可再。
信是无冬只有春，一息存时终不懈。

茶会迎春笑语闻，神州风日似南熏。
人和更比天时好，信是无冬只有春。

（1988 年 2 月）

①岁余：冬者岁之余，见《三国志·魏志·王肃传》注。
②三戒：戒忧伤，戒偏执，戒怠惰。

## 丁卯除夕喜雪

除夜江城乍飞雪，玉龙先舞夺天时。
关情陇亩无声被，俯首新苗着意滋。
白屋装成不须买，琼枝修洁那容缁。
谁言贫者忧多瑞[①]？此日家家挟纩丝。

（1988年2月）

①唐罗隐《雪》诗：“尽道丰年瑞，丰年事若何？长安有贫者，为瑞不宜多！”

## 卜算子　戊辰岁朝睹案头梅开作

瘦骨独盘纡，岂有骄人意！叶脱枝清正着花，趣异秾桃李。　　自赏几曾多，徒说根株异。不惯伸眉赚客欢，冰雪怜知己。

（1988年2月）

## 咏助浴器

团栾仿佛中秋月，柔刃[1]参差豆蔻丝。
何羡麻姑长指爪，澡身搔背两相宜。

（1988 年 4 月）

①柔刃：柔软有韧性。语出《礼·月令》季夏之月郑玄注："蒲苇之属，此时柔刃，可取作器物也。"

## 代柬致某编者

两度芜笺劳白眼，纷披朱墨剧堪怜。
先生未免人之患，且诵平原广论[1]篇。

（1988 年 5 月）

①南朝梁刘孝标，平原人。孝标曾作《广绝交论》。

## 端阳戏作

榴花灼灼近天中，屈子文章百代雄。
耻若脂韦成逐客，不随萧艾舞炎风。
悬蒲欲剪珊瑚网[①]，啖鬼难寻磊砢[②]钟。
非我独醒天未醉，童孙解唱映山红。

（1988 年 6 月）

①珊瑚网：明汪珂玉编书画录名。

②形容人物之性情才智卓越不凡。

## 挽董程里

凉秋旧雨漫寻游，驻足惊心讣入眸。
弱冠文章传白下，廿年霜露累蓬头[①]。
临川[②]风骨今重睹，髡孟俳谐别有忧。
笑语如闻人永诀，难忘检索共登楼[③]。

（1988 年 8 月）

①蓬头：指与董君共甘苦之妻。语出宋玉《登徒子好色赋》。

②临川：指汤显祖。董君作有《女人心》等剧。

③是年六月予曾遇董君于市图书馆藏书楼上；未两月，董即病逝。

# 游宝应纵棹园

纵棹园中一个亭，门前八字气峥嵘。
真如[①]献宝洵虚语，赢得人间尔许名。

（1988 年 9 月）

①真如：唐比丘尼名，传其曾得宝，宝应因此得名。

# 重阳戏写欢怀

连宵风雨又重阳，天戮云师日月光。
不系茱萸长寿考，敢题糕字岂疏狂？
相忘落帽豪情在，安用停杯浊酒香。
人比黄华曾未瘦，秋虫声里读琼章。

（1988 年 10 月）

## 谢王退斋赠画及诗

海上吟翁故里游，忘年师友气相求。
清宵贻画不辞远，比岁投诗懒未酬。
桃李喜闻寒胜水，衣冠愁见曲如钩。
寄情吾爱书千卷，樽酒能消万古愁。

（1988 年 10 月）

## 迎蛇年仿齐梁律句[①]

龙种乘风下，逢蛇非不祥。
报随吐明月，为足悟昭阳。
兵妙常山阵，民熙永野乡。
昆仑绕三匝，武库醉千觞。
倘见两头者，诛除福泽长。

（1988 年 12 月）

①本诗涉及之典故，参见本诗文集《逢蛇非不祥》一文。——编者注

# 泰州解放四十周年述怀

换了新天四十年，海陵风物美无前。市分县合三番变，行署专区几度迁。三厂[①]改观百厂建，小桥剩迹大桥添；石油裂解增新品，棉纺成龙又化纤；风爱春兰调冷暖，酒疑茅酿酌梅边；千池鱼跃菱湖畔，大厦翚飞西浦沿。歌舞青年喧地道[②]，职工学府育英贤；崇儒画苑开生面，蒋第层楼贮简编；五院广疗奇杂病，六街新设幼儿园；协商月旦群情达，市报荧屏信息传。好景纷陈星布汉，前行德业篑为山：花园有凤村先觉[③]，一鹤栖桐众所瞻[④]；张氏守藏威不屈[⑤]，李侯多艺笔如椽[⑥]，人间织女参枢政[⑦]，海外禅师忆祖龛。往事不忘堪作筏，浅滩过尽好扬帆。劝君莫羡小城镇，建市常宜放眼看；造地填河功急就，破墙作店校何堪；师专底事兴旋废[⑧]，坡子缘何曲且坚？改革端须民启智，远谋应弃自耕田。书生忧国洵多事，走笔浑忘夜已阑。

（1989 年 1 月）

①三厂：解放前泰州仅有之泰来面粉厂、振泰电厂及华泰纱厂。

②指市共青团之青年活动中心，设于五一路西首人防工事内。

③花园村于锦凤为农业合作化之先进人物。

④浴室工人，五一劳动奖章获得者佘鹤桐义务为残疾老人服务，多年如一日。

⑤泰州市图书馆馆长张纪天，“文革”期间不畏强暴，保护

馆藏珍本图书及《大藏经》无恙。

⑥李进，笔名夏阳，名作家，兼擅书画，曾任泰州县县长。

⑦纺织女工陈秋华，第六届全国人民代表大会代表。

⑧1978 年兴办之扬州地区泰州师专班，初具规模，且有发展需要，却因故停办，至今全省各地级市唯扬州无师专。

# 送儿子祖瑚游学墨尔本二首

风和四海厌言兵，少子图南向澳京。
欲为斯民除疾患，岂忘慈母倚门情？
云程往复五万里，道术探求绝世英。
飞语“涉洋”[①]堪一笑，稀年无憾喜儿成。

春风乍暖晚寒轻，比翼佳儿赋北征[②]。
人似滇茶[③]红色久，心如泉水出山清。
东床无负垂青眼，鲁叟[④]何惭贮满籯。
唯愿加餐多自爱，明年此日盼归程。

（1989 年 3 月）

①涉洋：“文革”中有人误读予与儿书中“远涉京师”为“远涉重洋。”（“远涉京师”，参见 083 页《金缕曲　京游归来》注①——编者）。

②瑚飞澳前其爱人丁如宁送之至京。

③滇茶：云南产山茶，花开经月不谢。

④鲁叟：汉韦贤，邹人，与其子玄成并以明经称。

# 答劳模调查

韶华难驻事无成，怕说当年榜上名。
明日黄花君莫笑，书生依旧一书生。

（1989 年 3 月）

# 金缕曲　巳年话蛇[①]

有客衔珠至。胜阿瞒诛才刺友，猜人负己。国不知贤贤不用，蛇虎何关祥否；知尔者狐裘晏子。非汝似龙龙肖汝，数千年颠倒人间史。龙安在？蒙昧耳。　舍人为足诚多事，但炼得用心挣揣，自然腾起。首尾相将无懈处，多少好官解此；岂只是常山兵势。武库现形酣醉后，更大唐宰相潜吞李[②]。唯两首，杀毋贯。

（1989 年 3 月）

①见《迎蛇年仿齐梁律句》诗注①。

②唐相李绅，微时于僧舍昼寝，僧见一黑蛇上树食李，驱之，蛇入绅怀不见。绅醒，僧问：“秀才梦中何所见?”绅曰：“梦上树食李，为人所逼。”见《云溪友议》。

# 伯兄八十寿未往祝暇寄以一律用其五十五年前赠行原韵

早岁鸰原十翼飞，只今伯季两相依。
小时了了惭青眼，暮齿便便适褐衣。
多谢风霜身愈健，难除圭角愿终违。
君登耄寿予将老，回日长戈犹可挥。

（1989 年 4 月）

**附：伯兄原诗**

舞勺年华便奋飞，出门负笈不依依。
阿哥手佩襟前笔，慈母亲缝身上衣。
多难国家应有责，少孤兄弟忍相违。
聪明愿汝除圭角，一片天才好发挥。

## 参观泰州师范学校留赠

故地访东郊，春风五里桥。
崇楼更旧貌，后起擢前茅。
浴德尘无染①，为师志学陶②。
乡邦兴四化，端赖育群髦。

（1989 年 4 月）

①该校以环境整洁著称省内外。

②该校在师生中提倡学习陶行知办学精神。

## 泰州师范学校题词

学必有师，无士则愚。
教育为本，师范前驱。

（1989 年 4 月）

# 中秋寄海外单婿瑚儿

今岁中秋月，清辉照八纮。
友陔[①]亭午际，菲地[②]早春逢。
难共一轮满，相怀六处同[③]。
江南迄淮北，千里已殊风。
御侮心如结，重洋一脉通。

（1989年9月）

①友陔：英国略称UK之音译。

②菲地：瑚儿在澳大利亚维多利亚州菲地（Fairfield）医院进修。

③予子女在国内者散居泰州、南京、泗洪、大丰四地，并英澳计之凡六处。

# 庆佳节　祝中国人民政协成立四十周年

忆从头，萃群俦，共商纲领宏猷。四十春秋硕果稠，今胜昔，望神州。　　民主真诚邀监督，欣然肝胆相酬。港澳台侨故国游，心如结，爱金瓯。

（1989年9月）

## 重阳定为敬老日喜赋

岁岁重阳节，今闻敬老篇。
识途称马智，种蚌得珠圆。
星丽瞻南极，花红借少年。
不容行九去，四化路三千。

（1989 年 10 月）

## 送戈玉华移官扬州

凤翥晴霄意气豪，绿杨城郭正秋高。
澄潭独傍嵚奇石，越地犹闻车笠谣。
涉世知非[①]诚寡悔，守玄尚白讵堪嘲？
瘦西湖畔天穹阔，我欲乘风奈二毛。

（1989 年 10 月）

①知非：戈君行年五十。

## 题姜熹书法展览

书艺兼今古，清新诗有情。
神州多佳日，笔底气峥嵘。

（1989 年 12 月）

## 政协之友迎春茶会口占

龙蛇过去马来时，人走茶温剧可思。
君子之交淡如水，乐夫天命复奚疑？

（1989 年 12 月）

## 得祖瑚近影数帧喜赋

海外佳儿彩影来，摩挲凝睇几多回。
丰神韶秀年疑少，眉宇醇和德称才。
域外异肤结同气，澳南冬暖似春台。
任他草色迷人眼，游子归心不待催。

（1990 年 1 月）

## 偶成

新竹娟娟迎晓风，若闻雏凤啸晴空。
江山此日人才出，多少轻红浅黛中。

（1990 年 1 月）

## 少年游 迎九十年代第一春节

九零年代，初迎春节，马岁喜重逢。华夏如磐，亿民奋力，瑞雪兆年丰。　　坚持四项诸原则，屹立亚洲东。恶浪喧腾，珠峰竦峙，马列大旗红。

（1990 年 1 月）

## 闻扬州政协推予为先进分子感赋

岂有琼瑶敢自缄？咨诹曾不薄青衫。
只今将理闲居赋，多谢东风侑一帆。

（1990 年 2 月）

## 和尤我民移居二首

楼头闲眺夕阳红，古柏临窗弄晚风。
乔木新迁光景好，高吟不觉夜方中。

当年喉舌战旗红，觉世醒民笔有风。
投老犹勤育桃李，先生乐在砚耕中。

（1990 年 2 月）

## 金缕曲　春节案头水仙盛花地柏苍翠喜赋

天马来何自？看人间西风狼戾，东风如砥。谁报春来梅未醒，唯有凌波仙子[①]。谢老圃见其肝肺，惠我蹲鸱[②]才一握，七丛花次第舒纨绮。伴烛影，竞摇曳。　虬枝霜雪全无畏，自婆娑不矜上汉，却希傍地[③]。老子犹龙虚语耳，巧伪何如朴鄙？爱翠叶蒙茸如刺，本性温柔亦敦厚，倘摩挲曾不伤其指。有铁骨，似廉吏！

（1990 年 2 月）

①凌波仙子：指水仙花。

②蹲鸱：大芋。语见《史记·货殖列传》。此借喻水仙之球茎。

③不矜上汉，却希傍地：地柏株形低矮，故曰：不以上霄汉自夸，却愿傍地伸展。

## 祖瑚归国，赠以一律

轻寒未敛昼初长，闻道繁花满帝乡。
瀛海归来酬一诺，肌肤清减论三章[①]。
廉颇能饭犹依赵，涑水忧时且示康。
吾爱培根不知止，求真辨伪独思量。

（1990 年 4 月）

①瑚儿在澳完成论文三篇，因饮食不惯，略见清瘦。

## 单建母丧不能遄奔归国寄一律以慰之

春残日暮雨凄凄，吊客仓皇百里驰。
桂魄偏圆鸾驭夕[①]，萱帏永寂雁来时[②]。
调羹属纩长劳妹，继志承家幸有儿。
异国哪堪风树恸，子规休向海西啼。

（1990 年 5 月）

①单母卒于农历三月既望黎明前。

②单建是年秋学成归国，距其母逝世将半年。

# 渔场旧事二首

初凿方塘卅载前，争传泥炭可肥田。
千夫覆篑丘如带，有客烧灯块可燃。
屋漏使君[①]眠席底，夜深书记警河沿。
渔场此日花如绣，可忆禅谌草创篇？

烟霞稍敛未全消，兼学农耕向彩桥。
稚弟为庖怜讲席[②]，弱鬟伤足怵深宵。
刳蛇吞胆惊奇嗜，拈蛭呼朋误拔茅。
童稚几多成大器，莫教闻曲似前朝。

（1990 年 5 月）

①使君：指当时泰州市委第二书记钱承芳同志。予随之往渔场，夜雨，与钱各于床上罩席而眠。

②讲席：指扬州师院蒋声教授。“文革”中其弟在渔场做庖人。

## 海陵诗社成立大会即席口占

青松百尺竹千竿，喜见珠玑落笔端。
诗味有如茶味永，人情更胜啖怀丹[①]。

（1990年6月）

①怀丹：西瓜别名。晋陆机《瓜赋》："或摅文以抱绿，或被素而怀丹。"

## 中秋书事

明月圆时喜欲狂，真看秋色胜春光。
健儿迭奏登峰曲[①]，城市争披濯锦装[②]。
霸主雌雄徒扰攘[③]，恩仇觉醒化圭璋[④]。
阴晴圆缺寻常事，茶味诗情两久长。

（1990年5月）

①指亚运会上我国选手屡获金牌。

②指全国开展卫生城市评比活动。

③指伊拉克吞并科威特引起大小霸权之战。

④指印度尼西亚、新加坡与我国复交或建交。

## 江城子　泰州老年大学成立献词

老年大学集英耆，叟奚持，敢为师？点[①]尔何如？卓荦逞奇姿。不似梁翁[②]驰仕路，求无已，觅新知。　　回头四十八年非，业荒夷，且相随。室入芝兰，鸥鹭已忘机。不以评分忧毁誉，无限好，夕阳时。

（1990年9月）

①曾点，曾参之父，孔子弟子中之年长者，见《论语·先进》。

②梁翁：梁灏，宋人。传灏及第时年已八十二。其谢恩诗云："饶他白发巾中满，且喜青云足下生。看榜已无朋辈在，归家唯有子孙迎。"见《孔氏谈苑》。洪迈《容斋随笔》谓此说不足信。

## 归国谣　谢单建贺金婚

胡尔疾？休趁九秋圆月夕[①]，归来相贺金婚吉。　　晴阴与子同休戚，谈瀛客，真情价重连城璧。

（1990年9月）

①九秋圆月夕：予与徐絜清于1940年农历九月望日结婚。

# 相见欢

沃芮[1]三载专攻，擅横通。堪笑昌黎冗散却名同[2]。
关三叠，峰千笏，几时封？不见大河腾涌直朝东。

（1990 年 9 月）

①沃芮：英国郡名，原文为 Warwick，一译瓦瑞克。

②单建留学 Warwick 大学三年获博士学位。唐韩愈《进学解》云：“三年博士，冗不见治。”古今同名异实，此姑借以增趣耳。

# 亚运记事十绝句

亚运北京开，客来三十六。
场技两无前，奥旗堪再矗[1]。

圣火何自来？高原太阳爇。
一炬传九州，十亿齐欢悦。

海峡隔东西，朝鲜别南北。
此日偕入场，有朝成一域。

彩龙凌空起，万人翘首观。
久潜一朝奋，雄飞摩苍天。

朝盼海疆开，夕盼脱贫弱。
天道自酬勤，笑举金牌跃[②]。

举轮逾贲获，入水如蛟螭。
巾帼集英秀，卓荦侔须眉。

老翁长髯飘，双童方垂髫。
太极同演练，奇葩永不凋。

猗欤中州女[③]，宁静如澄潭。
小挫色不改，夺魁笑微含。

雉皋农家妹[④]，轻车驰绝尘。
创绩冠寰宇，勇毅堪拏云。

北京喜相聚，广岛将重逢。
友谊暨进步，亚洲振雄风。

（1990 年 10 月）

①我国将申请 2008 年奥运会（夏季）于北京举行。

②此咏亚运会吉祥物手举金牌之熊猫盼盼。

③指来自河南之女乒乓球选手邓亚萍。

④指来自江苏如东之女自行车选手周玲美。

## 重阳自嘲

生孙竹子系匏瓜，老矣云何漫自夸？
入耳畏闻“年纪大”，降阶每憾眼前花。
青春欲驻丹谁赉，白首难移愿岂奢？
不学陶公吟止酒，自求多福且无涯。

（1990 年 10 月）

## 读马国征《清流集》

善承旧传统，巧绘新山川。
当代求诗史，《清流》笔如椽。

（1990 年 10 月）

# 金婚日述怀五首

五十年前天作合，九秋时节月初圆。
身轻飞燕曾相识，字问鸳鸯不羡仙。
情好却随离绪切，温风偏向岁寒添。
邻家笑谓将归客：底事治装鹊正眠？

歇浦春深寄小诗，枇杷熟了燕双栖。
沉酣书数恒忘夕，淡泊情怀不羡时。
如岛孤城终易帜，丧心土偶竟谀夷[①]。
怀安怕问蚕丛路，乡校低眉傍小儿。

甘把青春付举隅[②]，挑灯秉烛乐清癯。
雉皋离乱烟云幻，琴水飘零客梦孤。
多士倾心报知己[③]，千夫炼石薄今儒。
儿饥煮芋尝嘉果，妇病沽衣拥药炉。

甘苦同餐五十年，难忘最是“史无前”。
笔耕舌耨皆成罪，绝版孤篇尽化烟。
寒夜未归儿傍户，累旬穷诘妇何愆。
两心尤系青湾畔[④]，炼狱徒劳燕子笺。

雾敛天开幸劫余，病除体胖两情舒。
佳儿海外瞻英澳，伯也青阳富集墟[5]。
民治七年参议席，远游千里度云衢。
稀年又值金婚日，此景谁知卜吉初。

（1990年10月）

①由沪返泰舟中有二附敌歹徒竞说日寇“亲善”。过江阴时，二人因所贩私货被查获，遭日军毒打。自作孽不可逭，信然。

②举隅：语出《论语·学而》，此指从事教育。

③指解放后广大知识分子受党教育努力投身建设事业。

④无锡轻工学院位于青山湾畔。

⑤泗洪县旧名青阳镇。

## 市人大常委会老干部迎春茶会上口占

春色来天地，人和政亦通。
羊年真善美，民主展新容。

（1991年2月）

## 为市政协迎春茶话会作

策马迎羊换旧符，春风万户饮屠苏。
从心辰极无逾矩，寄志青云[1]不半途。
始建共和行八秩[2]，回归一统莫踟蹰。
神州渐入小康世，指日江城泊巨舻[3]。

（1991 年 2 月）

①青云：语出唐王勃《滕王阁序》：“老当益壮，宁移白首之心；穷且益坚，不坠青云之志。”

②今年为辛亥革命八十周年。

③闻有计划于高港泰州间凿引江河，海洋巨轮将直驶泰州。

## 咏史八章
## 为纪念中国共产党成立七十周年而作

为公立党破天荒，七十年前赤帜扬。
首会春申开世运，从教马列耀东方。
雄图起义南昌郡，暴动秋收五井乡。
枪杆指挥咸任党，政权建立赖戎行。

闻道东师入沈阳，燕云转眼寇氛张。
倒行攘外先安内，“围剿”文坛并武装。
延水长征谋抗日，韶山卓识指迷航。
将军兵谏惊天地，御侮从兹莫阋墙。

抗战坚持战愈强，八年敌后更前方。
四军疾足驰苏皖，八路雄威震太行。
祸变忍闻煎一叶[①]，降旗终见出扶桑。
鸿门敢赴全无畏，戎首违天自不祥。

横渡长江百万师，神州遍地映红旗。
天安门上高呼日，中国人民站起时。
村舍分田商户合，邻邦抗美义军驰。
争鸣齐放群情奋，万里春风逐马蹄。

蓦地喧天跃进风，万斤谷麦万炉红。
揠苗岂料成禾槁，救病还应谢上工。
诛吕有心期绛灌，批林无意及周公。
几分功过休评说，创始奇勋百代隆。

风雨清明欲断肠，万花如雪吊山阳[②]。
迅雷一击诛群丑，夕照奇辉引远航。
真理短长凭践履，人才难得贵锋藏。
继承宁许持“凡是”，唯实求真越旧章。

三中全会展新篇，路线分明众粲然。
云鹊飞鸣风落帽，天鸡一唱户耕田。
海疆万里频开港，经济中心共着鞭。
永矢无渝四原则，建成“特色”史空前。

首战翻番十载中，亿民温饱乐融融。
西方[3]混沌东方亮，先富勤劬共富从。
再搏云程九万里，小康光景一帆风。
货毋弃地藏非己，人尽其才倡大同。

（1991年3月）

①皖南事变后，周恩来发表四言诗：“千古奇冤，江南一叶。同室操戈，相煎何急！”

②山阳：见《赠刘自健二首》诗注②。

③西方：指东欧波、捷、匈诸国及苏联。

# 步韵和刘汉符七十自寿

不须回首惜华年，此日辉腾九点烟。
楚水才难刘梦得，武林曲妙柳屯田。
荣名为宝黄花节，文史劳心皓月天。
朋酒相期盈八秩，金瓯一统赋新篇。

（1991年3月）

# 瑚儿将再访墨尔本临行赠以一律

天京芳草碧，少子又南征。
利国师长技，居夷忆旧盟。
地圆寒暑异，风便简书赓。
觅得奇方药，归来体不轻。

（1991 年 3 月）

# 游鸡鸣寺戏作

古刹鸡鸣寺，尼庵僧作场。
喧天铙钹响，拂地幢幡长。
绿女求佳偶，红男祷小郎。
欲寻清净土，烟雾满炉香。

（1991 年 3 月）

## 偕单建登小九华山

祖腹相持上九华，层岩敢涉任倾邪。
千秋灵骨高弥仰，没字荒碑耻莫遮。
入眼湖山真锦绣，冲霄楼馆灿云霞。
登峰忘却隆椎痛，不觉流连白日斜。

（1991 年 5 月）

## 七十自序

稀年何幸值良时，早岁虚声岂有为？
倾盖难忘肝胆语，长门穷释古今词①。
八千里路云和月，五十春秋困与知。
眸子苍茫心地澈，盈庭兰芷盎生机。

（1991 年 6 月）

①见《金缕曲　丁卯竹醉日遣怀》诗注①。

# 颈病吟

颈痛方知椎反曲，平生伏案却连年。
折腰花事新来苦，强项人前枉自惨。
山有未登川未涉，书难轻弃笔轻捐。
阿谁能为除顽疾？还我青春不羡仙。

（1991 年 6 月）

# 金缕曲　祝中共诞生七十周年

七十春秋历，率人民移山理水，振兴邦国。溯自三中全会后，建设中心勠力；改革好、特区新辟。经济翻番举温饱，旷古无，今亦谁堪匹？瞻北斗，四原则。　吴陵古郡风光易：小西湖能观沧海，中华特色。企业承包开生面，公有依然本质；多佳品远输异域。五达康庄楼百丈，客归来何处寻陈迹？谢吾党，庆今日。

（1991 年 6 月）

## 千秋岁　贺徐复教授八十华诞

酒浮蒲碧，开九歌南极。臣铉绪，阳湖[①]绎；春风桃李苑，千载雕龙业。承绝学，章黄以后畴堪匹？　　忆昔琴川集，辞典初研核。师口倦，予心获：说鱼闻鱀白[②]，释长容蠡测[③]。生也晚，流光倒驶程门立。

（1991 年 6 月）

①阳湖：武进旧名。徐复武进人。

②徐复谓《尔雅·释鱼》之“鱀”，即今白鱀豚。

③予拟《汉语大词典·长部》稿，于“长”字下列平、上、去三声，有欲删去声者，徐复力赞予说。此句“长”读去声，“蠡”读平声。

## 步韵和王雨生迁新居

春到寻常百姓家，为师谁道恶生涯？
柳州越雪原虚语[①]，夕照何输破晓霞。

（1991 年 7 月）

①越雪：语见柳宗元《与韦中立论师道书》。

# 赠刘自健

辛未六月，莅京览胜，自健刘君惠以寝食，周至殷勤。临行无以为报，谨成一律，未罄所怀！

投闲值炎暑，扶幼入京华。
最赏城中海，贪看锦上花。
果蔬疑叠彩，风物蔚云霞。
刘子怀高洁，深衷永拜嘉。

（1991 年 8 月）

# 次韵答刘自健赠别

何须访古必商周，且作京华七日游。
初蹑长城非好汉，连宵暑雨不知秋。
客来崖渚方观海，书法龙门胜学欧[①]。
他日香山红叶里，放怀吟啸许随刘？

（1991 年 8 月）

①刘君工书法，得《龙门二十品》之妙。

## 京游归来次韵寄自健致谢

京师一来复，山水任登临。
轻涉居庸险，闲观北海深。
此行酬旧约，东道竭殷忱。
味胜醇醪永，真情篆客心。

（1991 年 8 月）

## 金缕曲　京游归来

远涉京师矣！卅年前戒儿刻鹄，豪言偶寄[①]。七十从心腰脚健，老去终酬夙志。曾不畏秋阳如醉。一枕黑甜东方白，已黄河飞渡津门抵。望燕市，灿霞绮。　殷勤儿女舂粮备，最难忘豫章下榻[②]，许陈易位[③]。谁谓间关行不得，是处真情高谊。倘邛竹一枝相倚，碣石登临观沧海，更西行庸蜀羌滇外。乞仓圣，借眸子。

（1991 年 8 月）

①1962 年在致儿子书中勉其应有远志时云："父虽年近不惑，尚思远涉京师，重游沪渎。"

②豫章下榻：汉陈蕃为豫章太守，不接宾客，唯名士徐孺至，

为之设榻，去即挂之。借喻此行莅京时，刘自健君为治寝食甚周。

③许陈易位：汉末许汜见陈登，登轻汜，自卧大床，使汜卧下床。予自京南归时，原订卧铺为上床，同行一记者，以其下床让予，而自卧上床。故借上下床故事，反其意而用之。

# 京师纪游十曲

## 【中吕】满庭芳　天安门广场

广场似海，秋阳如火，客满长街。天安门得人民爱，歌唱衷怀。最难忘[①]碑座上红旗一排，学英雄青少年偕。毋稍懈，千秋万载，“演变”慎防灾。

（1991 年 8 月）

①“最难忘”，此为散曲中衬字，用小字低排，后凡曲中衬字皆如此。

## 【正宫】端正好[①]二首　人民大会堂

卅二年前，此堂初建，从经始才一周年。鲁般智巧青年擅，伟迹人寰现。

东大门前，红氍毹艳，迎宾礼鼓乐喧阗。万人盛会千人宴，百族齐欢忭。

（1991 年 8 月）

①“端正好”及以下之“滚绣球”“哨遍”“离亭宴煞”，此四曲牌旧皆不作小令，今姑用之。

## 【正宫】滚绣球　登八达岭长城

路入山，山路弯，穿峦临涧，驾轻车不觉行难。阶可登，携弱鬟[1]，堞楼遥看：望京都锦绣斑斓。长城不到心难息，到了长城兴未阑，欲出阳关。

（1991 年 8 月）

①外孙女单荣，年十岁，予携之登长城，步履轻捷。

## 【双调】水仙子　北海公园

琼华岛上塔峥嵘，太液池中五曲亭，九龙双壁辉光迸，多少阑干白玉成。趁晚风水上舟轻。真难得望峰思静，临流濯缨，忘却归程。

（1991 年 8 月）

## 【般涉调】哨遍　颐和园

闲访颐和归去，心留山影湖光聚。海子赏京都，算昆明渠率诸湖。柳荫处，长廊依旧；十七孔桥浮，石栏杆上狮无数。谐趣园含众妙，小桥曲水，如到姑苏。游难尽殿阁亭楼，望湛然[1]祠墓巍乎。怪底观堂[2]，大智若愚，彭咸竟伍？

（1991 年 8 月）

①耶律楚材别号湛然居士，工诗文，元初官至中书令，于制

度多所兴革。墓在园之东南隅。

②王国维，字静庵，号观堂，近代学者。精研哲学、文学，于甲骨文、金文之考释，史地之考订，创获尤多。1927 年自沉于昆明湖。

## 【中吕】上小楼 雍和宫

世宗旧府，乾隆生处。看而今巨像檀雕，一声声唢呐呜呜，众喇嘛礼诵南无。打鬼乎？假面舞，先民遗绪。可怪的赤身佛素纱遮住？

（1991 年 8 月）

## 【双调】雁儿落带得胜令 天坛公园

圜丘九九阶，九九铺石块。原来“九五”[①]流，惯把皇穹拜。 祈谷亦高台，民食岂关怀？镂凤雕龙殿，千夫百匠骸。佳哉，封建全摧败！奇哉，回音壁上来。

（1991 年 8 月）

①“九五”：《易・乾》：“九五，飞龙在天。”旧因称帝王为“九五之尊”。

## 【双调】离亭宴煞 故宫博物院

两朝君主如流电，故宫博物今开院。游人万千，珍宝馆里流连，西洋钟前摄影，三大殿门边转。当檐草不除，丹陛谁容践？看宫廷那边，正大光明的匾高悬，垂帘听政的窗尚在，每闻那西太后遭人怨。花园弘历居[①]，国事由颙琰[②]。心闲意远，博弈亦贤乎，铿然忆曾点[3]。

（1991年8月）

①弘历：清乾隆帝名。

②颙琰：清嘉庆帝名。

③曾点：见《江城子　泰州老年大学成立献辞》注①。

## 【中吕】卖花声　陶然亭公园

陶然亭旁慈悲院，志士仁人聚者边[1]，“少年中国”[2]共周旋。石台深锁，客来何见？剩评梅与君宇相眷[3]。

（1991年8月）

①昔毛主席、周恩来、李大钊、邓中夏等同志均曾在此开展革命活动。

②李大钊同志领导的“少年中国学会”之成员常在此集会。

③高君宇、石评梅两同志之墓在陶然亭畔，墓前有近年新建之双人塑像。

## 【中吕】山坡羊　景山公园

循坡移步，新槐初树，当年庄烈[1]投缳处。眼模糊，雾飘浮，遥看紫禁如棋布。只有人民才真是主。昔，舸已覆；今，别自侮。

（1991年8月）

①明崇祯帝殉国后，清廷谥为怀宗，后改称庄烈帝。

## 《般涉调》耍孩儿 讽一日五游

街头喇叭声声诉："请一日观光到五！"登车自主却全无，只稍停水库须臾，不经神道长陵远，但定陵边许下车。"长城去"！两游而已，不亦悭乎？

（1991 年 8 月）

## 中秋书感

月圆今夕又中秋，风定人和庆九州。
理水咸钦微禹[①]绩，撼山莫逞乱华谋。
瞻前不惑大同世，指日回归古亶洲。
寰宇重开新秩序，岂容秦楚主沉浮！

（1991 年 9 月）

①微禹：语本《左传·昭公元年》"微禹，吾其鱼乎？"后用以颂卓越之功绩。

## 中秋寄祖瑚

举头见圆月，少子定思家。
南国春将及，中原夜渐赊。
长城初涉足，牛斗欲浮槎。
读罢《钱神论》，东篱且种花。

（1991 年 9 月）

## 中秋次韵寄刘自健

归来腰脚竟无何，回首京华逸趣多。
展影每怀东道主，中秋对月且赓歌。

（1991 年 9 月）

# 次韵和孙伯仙八十自述

人生曾不似秋蓬，早岁峥嵘羡往踪。
比翼文坛犹轼辙[①]，同心御侮各从容。
海陵寄迹成桑梓，锦里偕游掷药笼[②]。
诗简唱酬开九日，期颐可卜一帆风。

（1991 年 10 月）

①孙之兄石灵，为 20 世纪 30 年代作家，孙君亦擅文学，故以苏轼、苏辙为喻。

②唐狄仁杰谓元行冲曰："君正吾药笼中物。"掷药笼，借喻退休。

# 《南吕》骂玉郎带感皇恩采茶歌　重阳三曲

儿时光景犹能记，重阳到，乐难支。方糕甜软芬如桂；红绿纸，插小旗，多春意。　　斗转星移，橐笔为师，忘寒饥[①]。无税吏，扰题诗；能沽淡酒，曾未停杯；不须携，高处去，觅灵芝。　　古来稀，已非稀，老人有节最堪奇。更喜河滨楼矗起，倡随白首赏天滋[②]。

（1991 年 10 月）

①忘：读去声。

②天滋：东城河北段旧名天滋河，新建退休人员活动中心于河畔。

## 次韵和陆曦翁八十双寿

经霜弥劲仰青松，开九齐眉夕照红。
着意亲民勤庶政，精心纂史写英雄。
宣传科技开群智，操守清廉砺党风。
世入小康人益寿，期颐矍铄祝诗翁。

（1991 年 11 月）

## 瑚儿归国即来省视喜赋

银丝传笑语，游子已归来。
阿母烹鲜俟，吾怀勿药开。
枇杷枝见蕊，绰约竹新栽。
但诉相迎意，诗成未剪裁。

（1991 年 11 月）

# 喜迎猴年赠祖璐

卜岁壬申吉，占星非沐猴。
水帘灵洞启，参宿碧天流。
金棒千钧举，丹炉百炼修。
心清鸣不误，眼慧鬼焉廋？
谨恪称君子，精微守棘头。
神州春色好，安用觅高丘。

（1991 年 12 月）

# 《中吕》阳春曲二首　贺单建晋升副教授

古来学自王官出，博士为官读五车，宋元教授亦朱绂。今异古，官学两分途。

分途学比官难做，蜗角蝇头巧伪俱，鹓雏毕竟上高梧。鱼得所，何羡曳长裾！

（1991 年 12 月）

## 谢夏阳同志寻得三十年前和诗拙稿亲钞见寄并赠画梅一帧

芜笺乍寄惠双筒，旧稿重逢似远朋。
白首依然怀总角，朱梅展幅拂条风。
当年曲直沧波逝，卅载悲欢夕照红。
放眼阎浮多乐事，真情却在故人中。

（1992 年 2 月）

（以上选自作者亲编之《圆庐诗存》，以下选自《圆庐诗存续编》。——编者注）

## 沁园春　次偕游颐和园韵寄自健贺年

数载神交，既接丰仪，我幸有缘。算别来四月，诗简再惠；雪深盈尺，瑞兆同欢。紫竹园中，兰汀[1]桥畔，俪影寻梅应粲然。冬严矣，喜春风不远，放眼瞻前。　神州满目俱妍，正物阜民熙庆两番。任联盟旗偃，恍如瓯碎；白宫志满，枉见中全。我自岿然，大同必达，特色中华创史篇。睎辰极，恰指挥若定，棋局之间。

（1992 年 1 月）

①自健寓所西有蓝靛厂大桥。

# 病中吟三首

## 一、七律　作环枢断层未成戏赋

病在环枢费忖猜，头颅今上断层台。
绕空三匝光穿透，调试无成片屡裁。
不见位移圜未裂，缘何颈屈脰难回。
莫非俯首为奴日，请罪晨昏有后灾。

（1992 年 2 月 27 日）

## 二、五律　初摄环枢 C. T.（“摄替”）片戏作

断层曾未就，“摄替”试精尖。
人卧床徐进，灯红带自旋。
毫芒容细切，关节眼能穿。
消息明朝问，今宵放脚眠。

（1992 年 2 月 27 日）

## 三、山坡羊　遵医嘱作卧式颈牵兼旬为一程

带牵颌枕，崇朝寝衽，春光误却何须恨。苦经春，屈难伸，欲除痼疾恒为本。智叟能移山九仞。病，已把根源诊；治，必使环枢稳。

（1992 年 3 月 8 日）

# 谢徐复教授为《圆庐诗存》作序

萧评陶集明贞志，欧论梅诗见至情。
芜句只堪侪下里，品题新咏愧徐陵。

（1992 年 3 月 15 日）

# 观梅引

梅花山上梅花开，闻道塞途看花来。花开正是春时节，怪底春风归倏忽？桃花未红李未绽，冬衣忽被夏装换。少女翩翩裙带飘，欲与梅花试比娇。花不误时人自误，春梅灿灿花满树。忽然一夜北风吹，雨雹交加殷其雷。晨兴侧耳问天气，风声萧萧雨将至。访梅难上梅花山，观梅且向玄武边。梅之文化馆在西，馆中切花斗珍奇。绿萼一枝若流矢，“横空出世”力无比。骨红一枝芳草间，“寻春”蜡屐何姗姗。“遥寄一枝春”与谁？天涯咫尺心相随。更见三友共一盎，梅娟松翠竹疏放。切花技艺贵出新，东邻花道流派纷。一言蔽之曰“人巧”，人巧难比天然妙。盆花艺术馆在东，入馆如登邓尉峰。虬枝夭矫若蛟舞，“中华之魂”孰堪伍？或见一盆花两色，俨然“宝黛初相识”，朱缨昂藏气英彦，素女含羞似掩面。又见一株若连理，两根入泥干一体。别有老根粗似象，鼻长胫短奇模样。奇梅异景看不完，不知室外雨潺潺。归途风雨湿春衣，回首梅花心自怡。梅花山上花如何？莫使春光遂蹉跎！

（1992 年 3 月 17 日）

## 泰州市图书馆建馆七十周年纪念

万轴琅玕七十春，搜藏辛苦谢前人。
东西今古为吾用，共绘神州又日新。

（1992 年 5 月）

## 【中吕】十二月过尧民歌 为纪念“四二”讲话发表五十周年作

长不朽延安讲话，五十年飞彩流霞。为人民风帆高挂，崇现实浪漫堪夸。看艺苑前驱后驾，笑旗手早化虫沙。　　喜今朝改革百年赊，许争鸣齐放满园花。旧瓷瓯好泛新茶，稀年人爱赋春葩。无他，逢辰兴倍加，崛起歌华夏。

（1992 年 5 月）

# 壬申竹醉日七十有一初度抒怀

投止人间七一年，钱刀尊俎两无缘。
老来只合莳花木，闲极唯宜听管弦。
心息未调初练步，俗尘何碍且谈禅。
庭帷一片冲和气，不假昌阳寿自延。

（1992 年 6 月）

# 【中吕】满庭芳二首

百枝莲开早，朱顶红对对双双成阵，素地绯丝更妖娆。令箭荷花七朵端阳闹，可堪才过午姹紫齐凋。忘忧草舒眉破晓，未黄昏花已萎憔。歌吟妙，开头便了，君莫道好景不崇朝。

舶来妙种，海棠家族，数珍奇倒挂金钟。朱冠紫绶光华动，一排排灿若灯笼。新来客羽裳轻拢，垂素带娇小玲珑。须珍重：似水绘园中佳人姓董，休侵陵暑雨更炎风。

（1992 年 6 月）

## 授完老年大学最后一课告别讲席感赋

笔舌生涯五十年，苦甘回首味填咽。
只今舌蹇笔堪使，余日优游五柳篇[1]。

（1992年6月）

①指拟写作之《陶诗注商》。

## 次韵谢刘自健为《圆庐诗存》扉页题字并寄贺章

京华不羡宰官身，山海图经绝艺存。
诗轴扉题石庵字，芜篇相对愧阳春。

（1992年6月）

# 海陵新八景咏
# 为创建全国卫生城市活动中宣传泰州而作

## 一、梅馆流芳

梅史扬芬艺入神，凤凰岭上馆容新。
前朝古屋今堪用，耄叟应争第二春。

## 二、招贤纵目

桥唤招贤据要津，舟车如织往来频。
南迎巨舶五湖客，西接高轩四海宾。

## 三、洧桥集市

那堪玉带更围腰，旧迹先除且乐桥。
此日洿池成集市，古槐新绿更妖娆。

## 四、电讯钟声

万家程控一楼崇，按键初停话已通。
最爱洪钟惊午梦，惜分争秒莫从容。

## 五、天滋朝晖

楼建天滋娱退休，晨曦乍吐荟群流。
香功剑舞从所好，羡杀临河垂钓钩。

## 六、书院新貌

安定心斋开学派，淮东时敏启初猷。
泰中誉满苏南北，更展新姿竞上游。

## 七、古寺重光

古寺寻源典午年，几番瓦砾几番烟。
难能龙藏存完璧，殿宇重光玉佛添。

## 八、师校清风

春在东郊五里桥，良师难得赖培苗。
室无尘滓园如绣，四美成风品自高。

（1992 年 7 月）

## 唐菖蒲

一束瓶花十样妆，红绡皓袖舞霓裳。
针神画圣徒多巧，难与天公论短长。

（1992 年 7 月 15 日）

## 读报记闻二首

少食脂肪多运动，挺胸收腹骨增强。
睡眠充足深呼吸，知识更新乐且康。

去国廿年人渐瘦，相逢无语各西东。
他生未卜今生老，种种痴怀付晚风。

（1992 年 8 月）

## 颈疾久不愈，感赋

环枢不稳球麻痹，两疾非深治却难。
激素几曾舒颈曲，磷脂未许解咽瘅。
空闻射虎穿奇石，安得屠龙异等闲？
又是秋高明月洁，登楼却怕举头看。

（1992 年 9 月 10 日）

## 贺新凉　步原玉代柬答刘自健

燕蓟方凝瞩，喜飞来真情短简，贺新凉曲。犹记京华初晤对，酒馔讴吟相属。才瞬息春驰秋逐。七十衰翁何所事？听管弦爱把轻音录。万籁寂，绝歌哭。　　无心更问缁和俗。正纷纭袖长善舞，货刀求犊。五达康庄交歧路，谁识明朝荣辱。习禅定支床已足。药石难疗颈咽疾，欲强身养气先为鹄。烦恼断，瓣香祝！

（1992 年 9 月 12 日）

## 街头书所见

共建海陵城，人人讲卫生。
六街尘尽洗，千户貌俱新。
齐整车成列，绵延幛接楹。
客来流美誉，不负苦经营。

（1992 年 9 月）

## 小园秋色

长空闻雁过，秋色溢庭园。花艳相思草，香清鱼子兰。
扶桑频缀蕊，枫叶正流丹。一串红成阵，满天星尚繁。
吊钟眠暑发，夹竹映桃鲜。茉莉三番秀，“明星”[①]几度妍。
迎霜呈异彩，入腊[②]又开颜。好花吟难尽，东篱菊待看。

（1992 年 9 月 20 日）

①明星：月季之一种。

②入腊：石蜡红又名入腊红。

# 偶成

同学二年偕叔季，及门三月识宁馨。
长安道上马蹄疾，遥看天枢第七星。

（1992 年 10 月）

# 戏改放翁绝句

斜阳古道赵家庄，锦里先生正作场。
身后是非谁料得，江流石转两茫茫。

（1992 年 10 月）

# 补泰州景物咏之五[①]——古骸奇赏

四百年前伉俪身，冠裳肤发未成尘。
直声在昔权珰惧，遗骨于今海内珍。

（1992 年 10 月）

①前四首见《海陵景物咏》（1983 年）。

# 养疴杂咏十八首

昔年挽臂同心结，此日持肱作杖扶。
珍重夕阳无限好，芝兰玉树绕庭隅。

科技尖新磁共振，头颅又上扫描台。
此身恍入桐棺里，僵卧移时复活来。

头垂舌短病经年，几度求医见未全。
察得神经元渐损，还童何处觅芝田？

触刑往哲志难移，探病今吾电击肌。
甘苦略同风味异，宴安应惜太平时。

病非骨骼在肌肤，误识根源环与枢。
欲使神经重健壮，须从静坐下功夫。

刘郎最早说咽萎，周氏能窥疾属肌。
病在身中浑不识，还将摸象笑真知。

一年几度花枝发，今岁飘零明又妍。
安得人生如草木，春风野火不知年。

花残又发花长好，月缺重圆月不磨。
安得人生长寿考，不须乞药效姮娥。

底事神经渐损伤：形销肌缩舌根僵？
都缘而立知非岁，夜夜挑灯读写忙。

良医易觅药难求，已近严冬枉恋秋。
天若有情天亦老，无忧无虑待归舟。

春来渐觉损腰肢，长夏磷脂静注施。
舌蹇颈垂曾未减，凉秋白下访名医。

平生两度婴奇疾，发秃而今又颈垂。
渐识病因投峻剂，补天有术或堪期。

绒衣手织不开襟，肩背难提脱不成。
此事亦须劳内子，从此生活更依卿。

前山陡峻后山平，请得真经路易行。
才发菩提心便应，止痾端在自诚明。

晨昏静坐习禅定，读罢还操太极功。
动静相参调体气，会看冰解值东风。

坛经展卷启愚蒙，本性明时万有空。
莫向人间求福祉，出离生死乐无穷。

灵药难逢着意求，每闻摇落不悲秋。
缤纷满路花千树，未到源头肯舍舟[1]？

闻道枇杷满树花，水仙一本九头葩。
归思却似东流水，心比行人先到家。

（1992 年 10—11 月）

①建读予“归舟”句，以为消沉，原韵慰予：“灵药何须入海求，回春先破此心秋。但从前路寻佳境，浪静风平好荡舟。”再用原韵答之。

## 谢单建赠《管锥编》

欣承佳贶《管锥编》，寤寐求之久渺然。
如得摩尼珠一颗，相将游目夕阳天。

（1992 年 11 月）

## 录旧作为单建书屏二首录一[①]
## 戊午夏日纳凉偶成

巴山志士意何如？重到京华试卷舒。
敢棹轻舟探学海，积薪居上绝空疏。

（1992 年 11 月）

①另一首题为“牡丹花放寄瑁建”，见“咏花二首寄成都单建”之第一首。——编者注

## 西江月三首　归家即兴

报道寒潮将至，醒来细雨飘萧。归车疾驶逐风飙，人比寒潮先到。　霜冻即来能避，华佗[①]欲访偏遥。逢辰非好亦非糟，只有天公知晓。

丹实累累天竹，银冠灿灿枇杷。绿波紫雾映朝霞，更爱海棠潇洒。　喜见枝头吐蕊，人称“锦上添花”[②]，梅疏松翠竹横斜，三友丰姿无价。

不见球欢车啸，但闻鹊噪莺啼。好风容易自巴黎，又

得自由趣味。　　九十碗汤龟鹿，三千片药“都”“施”③。沉疴似觉有生机，且盼春回岁始。

（1992 年 11 月）

①华佗：指省中医院周仲瑛教授。拟就诊而周适出国。

②蟹爪兰别称锦上添花。

③自“都可喜”至“施尔康”。近来所服药片，此外尚有喜得镇、脑复康、肉桂嗪、新 $B_1$、地巴唑、维生素 E、维生素 $B_6$ 等多种。

## 手植枇杷始花喜赋

不畏风吹并蚁侵，十年一木渐成荫。
何须泥首钱神庙，待看枇杷满树金。

（1992 年 12 月）

## 观菊秦寓归来集句书感

人生七十古来稀杜甫，药饵扶吾随所之杜甫。
不要人夸颜色好王冕，菊残犹有傲霜枝苏轼。

# 太极气功十八式口诀

起势开怀舞彩虹，分烟抡臂倒旋肱。
荡舟湖上球如托，望月天边掌抵风。
云手仰观禽探海，波峰高涌鸽舒胸。
冲拳翔雁飞轮转，踏步平心竟此功。

（1992 年 12 月）

# 壬申残腊辞旧岁

时序如流又岁阑，客来说“病治非难”。
乐观胜似长生术，信念堪驰九曲滩。
舌蹇能言莫缄口，咽萎少饮且多餐。
“春风又绿江南岸”，定向栖霞学止观[①]。

（1993 年 1 月）

①栖霞寺都监为一精研佛理之名僧，与单建之同学窦如静为戚里。

## 鸡年将至，杂感成吟

不闻三峡猿声厉，一唱天鸡万户春。
百叟千官皆学贾，山乡水泊总迎宾。
财多智损生民贱，草茂狐丰满眼尘。
此日阎浮谁得似？南柯太守喜逢辰。

（1993 年 1 月）

## 先君子忌辰六十八周年奠词

三岁悲孤露，稀年忆府君。
鸰原余小弟，邺架化清氛。
少子辜深爱，愚儿学未勤。
桐枝多大器，一事可相闻。

（1993 年 1 月 18 日[①]）

①农历十二月廿六日。

# 记闻

舟驰巫峡不闻猿，一唱雄鸡万户喧。
百尺寒冰消又结，春风何日绕昆仑？

（1993 年 1 月）

# 答问

谁言冰解似无期，冬去春来序莫移。
空说千军曾辟易，安能朝跻不于西？

（1993 年 1 月）

## 癸酉人日试笔步朱学翁韵

一唱天鸡四海春，阎浮安得凤司晨？
蝇声曾集盈朝士，客技能欺启闼真。
偶语隔窗抛岁月，六街长袖舞风尘。
晚年好静吾谁与？耻作淮南宅里人。

（1993 年 1 月 29 日）

## 元夜即事二绝

冬去春来序未差，上元风暖发新葩。
孱躯亦觉添生意，笑看儿童放礼花。

爆竹声声破夜空，春宵振发老龄聪。
星星火在顽童手，敢创人间造化功。

（1993 年 2 月）

# 【双调】雁儿落带得胜令
# 祝泰州市第十一届人代大会召开

星移一纪来，人大经四届。鸡鸣岁又新[1]，盛会今朝再。　春满海陵街，蓬勃市场开。工程营百亿，快步上台阶。佳哉，好景逢年迈；欣哉，拈毫且写怀。

（1993 年 2 月）

①本句一作“桃都鸡又鸣”。

# 换届不再蝉联[1]

十年参政莅维扬，大事当前每协商。
讲席见容陈“设想”，修辞相属乐劻勷。
绿杨风物添新异，丹桂枝栖忆故常。
老病应休无限好，闲庭翘首念乡邦。

（1993 年 2 月）

①承告代简致扬州政协。

# 【中吕】阳春曲十首　九老吟

## ——为《文化老人话人生》写意

### 序篇

群翁话老如开镜，妙语奇思照眼明。知心千里若闻声。填小令，歌唱老人星。

### 一、巴金

爱唠真话千人重，不讲无聊假大空。口心如一仰高风。挥剩勇，奋笔气如虹。

### 二、冰心

人生自古谁无死，带病延年岂可悲。乐夫天命复奚疑。登九矣，难得断瞋痴。

### 三、沙汀

河边倾跌难行走，匍匐攀梯上下楼。丧明卧榻气功修。生趣有，创作岂容休？

## 四、张骏祥

谁言花甲旋当废，七十犹能陟翠微。回头旧作每知非。如自鞑，未老却先衰。

## 五、华君武

当年黄酒三斤尽，低度而今但一樽。退休曾未做闲人。“休奋迅”，老妇唤频频。

## 六、徐迟

老如化石浑无趣，自我封凝笑陋儒。难容塞路卧通途。挥不去，砸碎也须除。

## 七、贾植芳

三朝经历多忧患，亲见亲闻写不难。真情留与后人看。须奋腕，“人”字笔如山。

## 八、黄裳

昔游书市多佳品，今入书林若乱云。藏书难觅架中存。春已近，旧梦许重温。

### 九、袁世海

几多角色人争赏，童子功夫老未荒。只今儿女已成行。经板荡，无恙谢糟糠。

（1993 年 2 月）

## 外二首

### 艾芜

“烟花三月”西湖瘦，放旷“官应老病休”。低吟诗句乐悠游。寻梦久，翠竹傍清流。

### 谢希德

老来多话人谁听，见面常忘姓与名。衰年两景最堪惊。宜自省，适可便须停。

（1993 年 2 月）

# 怪病吟

寻常一书生，罹疾却颇怪。初云病环枢，未识病所在。病在神经元，运动遂生碍。“生病多中年”，予已七十外。奈何此病侵，淹缠忽两载。国手见之稀，怪哉一不解。其二则病情，亦颇异常态：肺肝无异常，胃肠鲜病害；枕席夜眠安，食减酒未戒。所苦舌与咽，功能俱萎殆。舌蹇音不清，咽部失反射。饮水水易呛，啖饭如吞块。两臂弱无力，力微难束带。但见日消瘦，虚羸令人骇。更有怪之三，病因莫能揣。难题久昭悬，迄无善答者。或云病毒侵，或云毒物介，或言免疫力，自身力不逮。众说自纷纭，真知安可待？何以治怪疾？不怪怪自败。自信病可治，治久意不怠。乐观以忘忧，心宽病自泰。扁仓史非虚，参芪效堪赖。病徐治必缓，安康信可再。

（1993 年 2 月）

## 《圆庐诗存》印成问世后，希奎、学纯、南生、长啸等纷纷惠诗嘉勉。答以一绝

鸡鸣芜句向人寰，春水微澜自等闲。
诗简殷勤传好语，玉成暮齿谢他山。

（1993 年 3 月）

## 次韵和朱学纯七十自寿并谢赠诗

门前罗雀故人稀，诗社逢君幸未迟。
博写鼎彝神似古，专精会计吏为师。
瑟琴和乐康而寿，风絮才华学始知。
观海攀峰多妙句，瑶环满纸了无疵。

（1993 年 3 月）

# 癸酉上巳怀红粟诸友

养疴虎踞龙盘地，偃息莺飞草长天。
寄语故园吟啸客，有人和梦到梅边。

（1993 年 4 月）

# 浪淘沙

春夜又闻雷，旧韵参差。三千弟子一缁衣。但愿生儿愚且鲁，长命无衰。　　久雨有晴时，乍见晨曦。乘风飞向最高枝。莫道轻狂唯柳絮，桃李芳菲。

（1993 年 4 月）

## 谢瑞椿赠诗二首

乘春芜句向人寰，舌蹇形销兴未阑。
诗简殷勤嘉勉至，玉成衰朽谢他山。

碌碌无为负此生，岂容姓氏冠州名。
明年文稿删存就，梅岭相携酌一觥。

（1993 年 4 月）

## 次韵和赵野亭九十生日感赋并谢赠诗

养疴白下误春光，诗柬飞来乐靡央。
九十歌吟辞气健，一腔悲愤鬓毛苍。
羡君曾作三巴客，今我难尝五剑香。
淡泊同甘娱暮齿，任他歧路塞迷阳。

（1993 年 4 月）

## 忆秦娥 春寒

绿杨堤，十年梦好归来兮。归来兮，心为形役，乌鹊南飞。　　但闻天外东风吹，人间依旧冰河期。冰河期，一轮白日，惨淡威仪。

（1993 年 4 月）

## 忆秦娥

嫩红丝，芳糕装点光琉璃。光琉璃，只堪赏目，岂可疗饥。　　江蓠辟芷偕辛夷，侧身低首瓶中栖。瓶中栖，天香安在，花意谁知？

（1993 年 4 月）

## 偶成

“不叫人间看白头”[①]，岂缘霜鬓却堪羞。
劝君惜取年少日，莫叹韶光难倒流。

（1993 年 4 月）

①《扬子晚报》有短文误解“不叫人间看白头”为怕人看到老态。诗以喻之。

## 访古林[①]牡丹园

谷雨三朝看牡丹，客来花事已阑珊。
暖风吹得人如醉，竹杖扶将老未残。
深色几丛朱紫乱，姚黄稀见探寻难[②]。
山中宰相今何在？童稚如云笑语欢[③]。

（1993 年 4 月 23 日）

①古林，梁陶宏景修道处古林寺旧址。陶时有“山中宰相”之称。

②看到黄色牡丹一株，几经寻觅始得见。

③是日园中小学生来游春者甚火。

## 浪淘沙

寥落启明星，红雨飘零。朝霞掩冉散犹生。云合天低风过了，一片新晴。　　春意满芜城，柳色青青。柔条高下任流莺。寄语东施休自诩：太上忘情。

（1993 年 4 月 27 日）

## 贺新凉

又向兰园宿。此番来楼高百尺，森然乔木。东壁刮磨声凄厉，西舍又鸣爆竹。腾热浪装潢新屋。难得中宵人籁寂，夜沉沉放脚酣眠足。天未晓，噪声续。　　明朝佳节劳人祝。喜晴窗纤尘不染，素晖盈目。架上“十批”书重见，且把秦皇诛戮。铺短纸临池试墨。小住养疴能入静，耳中机只听筝琶曲。老与病，莫予毒！

（1993 年 5 月 1 日）

## 气温陡降，因成一绝

昨日今朝大不同，忽然炎夏忽初冬。
人间莫学天公样，四序春光处处浓。

（1993 年 5 月 14 日）

## 遇险

一粒甜糖颗，才吞误入喉。
饴条填气管，瞬息似沉舟。
呛咳声徒急，号呼气欲休。
飞来遘奇祸，疏外复谁尤？
老妇惊无主，佳儿计莫筹。
崛起心生窍，探喉指作钩。
几声呛用力，一块吐无留。
遇险能逃死，沉疴或有瘳。

（1993 年 5 月 16 日）

## 移居峨眉岭

何处寻幽静，峨眉岭上行。
晨风传鸟语，长昼鲜人声。
绿树娉婷立，丹荣寂寞生。
乍闻“流水”曲，顿觉耳根明。

（1993 年 5 月 19 日）

## 四月初五日偶成

燕子来经月，呢喃久未忘。
犹迟春梦醒，时觉晚风凉。
满树枇杷熟，沿街角黍香。
倘非三月闰，今日正端阳。

（1993 年 5 月 25 日）

# 忆江南三首　谷音小唱

“鲜鸡蛋”，叫喊似摇铃。此日肩挑穿巷走，明年箱叠嫁衣新。天道不欺勤。

敲竹板，又报卖浆来。糟似沉渣无整粒，水多于酒改旧醅。弄假为生财。

盲老汉，算命响铜铛。岂有先知传信息，全凭估揣说凶祥。愚昧未消亡。

（1993 年 5 月 28 日）

## “六一”书付陆然辈三人

又是儿童节，桐枝半长成。
外孙皆童稚，爱我有真情。
遥寄枇杷子，相携万里城。
毋忘鸿鹄志，不让段家甥。

（1993 年 6 月 1 日）

## “七一”抒情

又逢党生日，华夏正腾骧。
九派咸归海，天涯亦恋乡。
湖平峡将掩，潮起富多方。
迅进乘时利，扬鞭向小康！

（1993 年 6 月 20 日）

## 病中答外孙陆然

外孙传语趁银丝，劝我当如高士其。
言语喑呜能握笔，心情愉快易成诗。
难明病理非无治，敢用奇方幸有医。
生意平添重抖擞，文存亲订八旬时。

（1993 年 6 月 21 日）

## 数字诗一首自寿

涉世七二载，从教五十年。
博文三夺冠，释辞卌万言。
儿女六家好，诗词四百篇。
八旬先庆九，孙曾绕寿筵。

（1993 年 6 月 30 日）

# “八一”抒怀

明朝逢令节，首举义军旗。
“三八”[①]何能改？人民不可离。
“长城”曾御侮，“柱石”永为基。
常保江山赤，河清亦可期。

（1993年7月31日）

①“三八”，指三大纪律八项注意。

# 枕上二首

养疴白下逾三月，舌蹇依然眼益昏。
寂寞雨窗难自遣，且寻故旧寄诗存。

重到兰园意兴佳，梦回诈断足开怀。
从今无复沦三等，疾减情怡百事谐。

（1993年8月2日）

## 立秋前夕口占

每值鸡年历坎坷，不如意事暑前多。
狂童恐吓函藏弹，爱子章皇山外歌。
洗涤溷藩甘作役，依违门户奈之何。
秋风起处皆逢吉，可卜今秋病亦瘥。

（1993年8月6日）

## 赠陈巩荪医师

绝艺争传贯古今，病原百穴耳轮寻。
神针为我疗顽疾，一卷芜辞献寸忱。

（1993年8月9日）

# 夜不寐书感

汉宫寂寞不胜愁，梧叶飘萧满院秋。
天下何须忧落木，一江春水向东流。

（1993 年 8 月 12 日）

# 凉秋又现高温感赋

凉夏老农忧，初秋席易裯。
暖风忽南至，热浪扑崇楼。
久厌肥甘味，争为碣石游。
何时真肃杀，大地起歌讴。

（1993 年 8 月 26 日）

# 东邻小鸟歌

东邻有好鸟，鸣声清且娇。
响若银瓶弄，轻如吹洞箫。
画眉名何自？岂为张相曹。
倘逢争鸣侣，不哑仍哓哓。
略无温柔意，暴戾横且骄。
宁蒙恶鸟谥，不同勃郁谣。

（1993 年 8 月 27 日）

# 洁清七十有四初度写此为寿

卿下云台七四年，于飞龙岁菊花天。
胡尘匝地笙歌寂，戎马生郊学侣迁。
青岁怀安徒自弃，苍颜萎病幸相怜。
逢辰无计为君寿，聊当花枝献此篇。

（1993 年 9 月 7 日）

# 代洁清答诗

误入人寰底许年，匆匆已傍夕阳天。
未烦占卜因缘结，任尔沧桑主仆迁。
不畏劬劳育儿女，休言老病乞矜怜。
愿君心境常宽泰，共赋天伦幸福篇。

（1993 年 9 月 8 日）

# 国庆抒怀

昨夜中秋月最圆，今朝国庆万家欢。
孱躯顽疾稍稍减，故里诗情迭迭传。
耳际风雷秋气肃，心头春雨百花妍。
港还有日台澎近，华夏中兴共着鞭。

（1993 年 9 月 20 日）

# 第二部分 ◎ 文选

# 一、散文

## 试作长联颂泰州

爆竹声声，春节多趣，夜阑忘倦，浮想联翩，遂成一长联。全文二百四十四字，意欲于联语中能窥见泰州史地之概貌，古今之变迁，与夫未来之景象。纳须弥于芥子，思有未精；施斤斧以裁成，期诸大雅。联曰：

“海陵故郡，历汉晋隋唐宋元明清诸代，岁越两千。畴昔繁华，声蜚简册；当时豪杰，誉播乡邦。君不闻：枚叔言，左思赋，宾王檄，小畜诗(1)，常夸粟积吴仓，饭炊红稻；且有供奉(2)法书，陋轩吟卷，曾占艺苑高标；安定立规，心斋乐学，卓树儒宗别帜；更兼武穆屯军，文山转徙，士诚起事，荆川(3)御寇，丹忱与日月争光，胜迹偕贞珉同久。

“苏北名区，位通盐连云徐淮维扬之间，人逾廿万。麾师东进，星火燎原；治舰渡江，兵民敌忾。世共称：恽传薪，沈就义，陈帅谋，俞公智，遂使凶除豺虎，途辟榛芜。今则石油化气，织染成龙，轻重工商并举；塔耸层霄，馆藏瑰宝，开先继往相辉；尤爱西湖春雨，李朝古钟(4)，临河幽姿，梅亭新筑，风物岂三峰独秀，友朋自八方而来。”

注：(1) 小畜：宋初王禹偁著《小畜集》，有诗句云："饭馈海陵红稻软"，似为"海陵红稻"最早见诸文字之资料。至于左思、骆宾王所云"海陵红粟"皆袭用枚乘之言，指盈仓久积之粟。

(2) 供奉：张怀瓘，唐海陵人，曾任翰林院供奉。

(3) 荆川：明唐顺之，人称荆川先生，曾御倭寇于泰州境内。

(4) 李朝古钟：泰州现存古铜钟，传为五代后唐遗物。后唐君主李姓。

（刊于《泰州市报》试刊第2期，1986年3月8日）

# 谁知“下”里乾坤大

## ——略谈王心斋和泰州学派

“世人不肯居斯下，谁知‘下’里乾坤大，万派俱从海下来，天大还包在地下。”

这是明代反传统的平民哲学家王心斋的一首《咏“下”》诗。在封建社会里，天是至高无上、神圣不可侵犯的，而他却说天依附着地，并且在地的下面。短短二十八字，生动地反映了作者蔑视权贵，颂扬劳动人民的思想感情。

本市五一路西端，光孝寺旧址西隔壁（今纺机厂西首），曾经有一座“崇儒祠”，是明万历年间，为了供奉王心斋，由他的世居姜堰的族弟王一庵主持兴建的。里面有王心斋的塑像，神龛前悬着“铁汉”两个字的匾额及对联，两壁有碑刻。

王心斋原名王银，泰州安丰场人（清乾隆四十年，由泰州析置东台县，安丰才属东台），世代以煮盐为业。他的父亲是“灶丁”，他本人也是一个“亭子”（“游民业盐者为亭户”，见《唐书·食货志》）。当时盐民的社会地位比一般民户还要低贱。青年时期，他为生活所迫，常常到山东贩卖私盐。因这机会，他到过孔林，拜过孔庙，据说这对他后来成为儒家一个学派的祖师是有影响的。

王心斋三十岁以前识字不多，他的思想不是来自传统的圣经贤传，而是以灶丁、农民的“叛逆”思想作为深厚的源泉。他曾说：“经既明，传不复用矣；道既明，经何足用哉！”这就几乎把圣经贤传一概抹杀了。他认为“百姓日用是道”，“圣人之道无异于百姓日用”，“愚夫愚妇，能知能行，便是道”。他所说的“愚夫愚妇”，就是被压迫、被剥削，没有文化教养的劳动人民。他所说的“百姓日用”，就是劳动人民的生产和生活实践。他认为“百姓日用条理处，即是圣人条理处”，“圣人经世，只是家常事”。这就是说，只有劳动人民的生产和生活实践，才是真理所在；看起来没有什么精微奥妙的“家常事”，而“圣人”的“条理”却在其中。王心斋四十以后讲学的中心问题就是把“百姓日用之学”和“羲、农、尧、舜、……周、孔”之道联系起来；讲学的对象也是不论“老幼贤愚贵贱”，只要是“愿学者”就“传之”。在他传道的车子上，挂着“入山林求会隐逸，过市井启发愚蒙”的对联。所谓“隐逸”和“愚蒙”主要是指文化教养与社会地位都不高的下层劳动人民。在他的著名的门人中，林春是佣工，朱恕是樵子，颜真是陶匠，颜均也是识字不多、读书不能句读的平民。王心斋的思想就是这样来自劳动人民又传播于劳动人民之中，这不仅是王心斋学说的特点，也是由他开创的泰州学派的传统。

王心斋和泰州学派的另一特点是和封建统治不合作。不仅他自己没有应过试、做过官，他对自己的五个儿子“皆令志学，不事举子业”。王心斋死后，他的第二个儿子名襞号东崖的继续讲学，声望很高。有人向朝廷推荐王襞，他却坚卧不起。王心斋的“高第弟子”徐樾，据说在听了他讲学以后，就想解官求道，王心斋认为这才算是“有志之士”，准备把“大成之学”传给他。王心斋说：“君有大过则谏，反复之而不听，则易位。”这就公然认为残暴的君主，臣子可以推翻他。明武宗南巡到扬州，派亲信的太监、总兵到沿海一带向人民索取供他游猎取乐的鹰犬时，王心斋毅然拒绝这种苛索，并斥责那些爪牙，是为了天地间最下贱的鹰犬来加害天地间最尊贵的人民。民贵君轻的民主思想到了王心斋手里，也成为“百姓日用之学”了。

我们并不认为王心斋和泰州学派是完美无缺，不需要加以分析批判的。说王心斋是王阳明的门徒，这不符合事实，但王心斋确实接受了王阳明的影响。王心斋后来名艮字汝止，就是王阳明给他改的。从这个名字可以看出，王阳明是在用儒家的正统观念来克制王心斋的“叛逆”思想。《周易》“艮”卦的爻辞不厌其烦地提出“艮其趾（按：趾，脚指头），……艮其身，艮其辅”。“艮”就是“阻止”“限制”的意思。王阳明让他叫这个名和字，就是叫他不要乱说乱动。虽然，在王艮见到王阳明以前，他的思想已经成熟，两人在论学过程中也有不少分歧，但王阳明的主观唯心主义还是在一定程度上浸染了王艮。此外，在王艮的讲学活动中，宗教神秘色彩很浓；他在为人们传诵的《乐学歌》里，要人们一切任其自然，和他主张的“反己”“造命”相互矛盾。这使王艮学说的合理性受到削弱，是无可讳言的。

（刊于中共泰州市委宣传部主办：《战报》

第 14 号，1979 年 6 月 15 日）

# 种花琐记

初秋的早晨，朝阳方升，白露未晞，清凉爽适，却无寒意，真是宜人的天气。那天一起身，我顿觉心开目朗：庭前花坛上四株一串红齐开了。人们常形象地把一串红叫作“爆竹红”。寸许长的红花，相对轮生在花梗的四周，很像一串串鞭炮，我觉得它有胜过鞭炮之处。鞭炮如只是挂着，并不动人；只有燃着了引火线，噼噼啪啪地响起来的短暂时刻，才会使小孩欢笑，大人兴奋，甚至以为它有“除旧布新”的作用。可惜即使是千响的长鞭，热闹的时刻也是有限的。爆竹红则不然，一株花能生出十几根花梗，而且前发后继，新陈代谢，花期长达三四个月，甚至更久。一串串鲜红的花朵迎风耀日，给人以欢悦热烈的感觉，久而不衰。“此时无声胜有声”，无声的爆竹红，又岂是只能噼噼啪啪响一阵子的爆竹所能企及。今天四株一串红齐开了，我不禁记起杜甫“灯花何太喜”的诗句，也想问一声“爆竹齐花何太喜”？正在思忖，广播里传来党的十二大昨天在北京隆重开幕的喜讯。拨乱反正，继往开来，这是个具有伟大历史意义的日子。花如有知它会回答我：“花喜端因人更喜。”

我之学种花，并不始于今年。一九六三年，那时，一位同组的学员，听说我宿舍前有些园地，送给我十几种草花种子，说是只要略事松翻，按时播种，就能四时赏花，快心悦目。我也以为这并非奢侈的享受，还有习劳的益处，就开始学起种花来。经过三年的培植，不断增添些新的品种，庭前的花圃，居然稍有可观。其中，有“黄花刺叶”，一种根株并不肥大坚实的草花，花也很小，可它的叶子真个坚挺刺人。我觉得它颇像有些棱角的小人物，虽无威严，却不柔顺，自有其可爱处。还有“含羞草”，孩子们很喜欢它。无论是院子里邻居家的，还是串门的亲友们带来的，他们一旦发现了这个花草中的“小动物”，都要去玩弄一番。我却以为它的复叶那种一触即合的性格，似乎并不可爱。这不有些像随人俯仰，丝毫不能自主的男女，又有些像不待相知有素，就轻易地配对成双的娃娃们吗？最难忘记的要算是“虞美人”了。这不是因为它的得名和《霸王别姬》里的绝代佳人有关；也不是因为它颜色鲜艳，姿态婀娜，有些像倚栏浅笑的醉美人；而是别有“一番滋味在心头”的缘故。虞美人属罂粟科，古代曾有人误以为它别名罂粟。当庭前的虞美人开花时，我曾对来看花的青年朋友说过，它的花有些像罂粟，并且扯到从什么书上看到的怎样从罂粟制取鸦片的问题。谁知“文革”的风暴一起，这些无心的闲话，竟然成了罗织我的“罪名”的材料。随着风暴的愈演愈烈，庭前的花圃变得杂草丛生，一片荒芜。风暴过后，一提起种花，就不免心有余悸，从此十几年我便和花草绝缘了。

今年迁入新居，有了个比较宽广的天井，又听了绿化环境的号召，这时潜消已久的种花旧癖又不禁萌动起来。大约清明刚过，妻子用两毛钱从街头买回来一盆三色堇，没有几天，居然开出十几朵黄、白、紫三色相杂的“猫儿脸”来。在孩子们的怂恿和帮助下，修起两个小小的花坛，我于是竟重弹起种花的前朝曲了。短短几个月的经营，庭前不觉已有花数十种，或盆栽，或地种，虽然没有富丽的牡丹，没有雅洁的兰草，更没有金松银桂，紫竹丹枫，仍是草花为主，并无异卉奇葩，却也绿叶扶疏，花枝不断，颇有些生气勃勃然。

草花之中，一串红以外，可爱的要数牵牛花了。我没有考察过此花得名的由来，但有一点感到奇怪：花草之中只有牵牛而却无织女；昆虫里的纺织娘，名字和织女相似，可是昆虫之属却没有叫牵牛的。这是天公的安排，还是人间的恶意，留给物种学家去考证吧。牵牛花墙根屋角，随处可生，它从不端居盆盎之中，傲然几案之上，连庭园里珍贵的地面，它也无心掩占。我只在庭前东墙上任意拉扯些绳子，牵牛花即盘旋而上，为我构造出一幅妙趣天成的图画。八九月间，每天清晨开门东望，牵牛花排行成簇，笑脸相迎。少则七八朵，多则二三十朵，有浅红的，有淡蓝的，有紫红镶着白边的，侧面看去有些像喇叭，正面望去则俨然一颗颗五角形的红色的星、蓝色的星、紫色的星。它虽然开的时间比较短，但是我上班前它正开着，它萎谢时我已离开了它，这就好像有意专门在清晨给予主人一些欢快和兴奋，而把寂寞和痛苦留给自己。它就这样每天每天地开，从不间断。最近秋风乍起，天气渐凉，牵牛花的叶子枯黄的越来越比苍绿的多，但是每天清晨，它还要开出三朵五朵、十朵八朵，颜色还是那么鲜艳、花冠还是那么大小。牵牛花真是取之于人的很少而给予人们的很多，且颇有些鞠躬尽瘁、死而后已的风格，难道不是花中的妙品吗？

几年前工作室一旁的天井里，有几株夹竹桃，每逢春尽夏来，绿叶葱茏，宛如翠竹；繁花满树，颇似绯桃。它的名字固然俊秀，要紧的还是花和叶配合得宜，独具奇姿。离开那地方几年了，好像已几年没有再见过夹竹桃。今年从书本里看到夹竹桃可以分株，也可以扦插，忽然想起向旧主人索取了几根夹竹桃的新老枝梢，试行扦插。一共剪来新老枝各三根，新枝水插，十几天后有一枝竟生出一些白色的根，再过几天根须越来越长，愈生愈多，及时移栽上盆，居然成活了。三根老枝插在沙土盆中，近一个月时，有两枝也先后萌发了新芽，而且每枝都按夹竹桃的特性三叉轮生，始而吐芽，既而放叶，长势颇好。我曾以此沾沾自喜，告诉友人土插夹竹桃的成活好像也并不难。可是又过了二十多天，这些新叶忽然先后蔫败，而且一蹶不振，最后竟完全枯萎了。一时弄不清楚是怜惜还是懊丧，带着一腔无可奈何的情绪，把两根老枝拔出土来，原来它们虽然放了叶，却完全没有生根。再向老花工请教，才知道这是扦插时常有的现象，不仅夹竹桃如此。从这里悟出一点道理：生根比长叶难得多；没有根的叶子，一时尽管鲜绿可爱，却是不会长久的。做学问、人的成长和人们之间的友谊不也是这样吗？

宋人彭渊材曾把海棠无香作为五恨之一。此海棠可能指秋海棠，因为木本海棠并非完全无香的。我以为渊材之恨不免稍过。什么都好的完人是几乎没有的，又怎能对花责备求全呢？有的花以色胜，有的花以香胜；有的花以四季常开受人喜欢，有的花则以难得开花为人珍惜；有的花花无足观而叶可爱，有的花花不可见而果则甚佳。……总之，品类不齐，各具特色，要想种一花而能众妙毕具，占尽风光，那与其说他很爱花，不如说他对花不懂得爱。我是爱秋海棠的。中国土生土长的秋海棠，也像牵牛花一样，常常静悄悄地滋生在墙根屋角，不要很多阳光，不要施肥培土，到了开花的时刻就有枝皆花，有花皆艳，轻盈娟秀，姿色宜人。今年妻子拨开墙根涂过一层薄薄的水泥的砖缝，把一些海棠珠芽放进去，居然生根开花了，现在正盛开着。至于来自海外的四季海棠，那就更加可爱。它不仅能四季开花，而暗绿的叶片镶着红边，衬托着淡红的花朵，更显妩媚。它确有胜过土生的秋海棠之处，说它更加可爱，大概不能算崇洋媚外吧。三十年前在某地教书时，曾经种过一盆。秋天买回来，经常浇水，适时照射阳光，枝叶繁茂不断着花，直到严冬，依然花枝满头。不幸“一夜北风紧”，室内温度骤然降到零下，虽然把它放在壁橱里，第二天一早，不是“开门雪尚飘”，而是“开橱花已凋”了。一时不免有些难受，深恨自己护花无术，以致于此。今年孩子又给我带来一盆四季海棠，几个月来，枝叶日繁，花开愈盛。想起当年的教训，正在为它能否安然越冬而担心。古书上说：秋海棠又名相思草，也叫断肠花，据说是女子的泪水化成的。这些无知妄说今天谁也不会相信。“菩提本无树，明镜亦非台”，认为海棠象征着断肠就和说萱草可以忘忧一样，完全是某些人们自己心理的反映。秋海棠，我爱其淡泊自甘；四季海棠，我爱其青春常在。种花而想到断肠，未免太无聊了。

人们不禁要问：夹竹桃有毒，你爱；海棠无香，你也爱：未免有些“嗜好与俗殊酸咸”吧！为了祛疑解惑，我不得不再作一些赘语。夹竹桃的枝叶确有毒性，但它是自然界消除污染的卫生员；种花不是为了满足口腹之欲，取其所长，避其所短，以毒解毒，谁曰不宜？我何尝不爱香花，只是香花也未必都很可爱。譬如“夜来香”，这个名字本来不坏，可是有支黄色歌曲却以“卖夜来香”为名，这就使花受到玷污。还听说如把夜来香置于室内，闭户而卧，花香竟能使人昏迷，这似乎有些不甚可爱。今年也曾以几毛钱买了一株茉莉，一朵朵白花也往往入夜始放，形如玉杯，娇小可喜，可是其香未免过于浓烈，我从来不喜欢喝茉莉茶，茉莉花似乎也非我所爱。友人赠我一盆代代花，饮茶时代代花好像比茉莉花清雅一些。友人这盆花已种了几年，没有开过花。他家楼居，今年单位通告：如花盆坠楼而下出了事故，自己负责。他只好让这盆花“飞入寻常百姓家”了。不知明年春暖，能否含苞放蕊，代代花的色香如何，在我还是未知的世界，当然也说不准可爱与否了。我种了几株月季，通常不视为香花，其实它与香花玫瑰为姐妹。一株紫的，其香竟与玫瑰无异；然而玫瑰之香，似乎俗气未除。一株橘红色的，色泽艳丽，而且边开边不断地变化，可惜其香甜得有些腻人。另有一株黄的、一株白的，皆归我未久，还未识其香如何。今年还栽了几盆菊花，通常也不属于香花之列，可是古人却视为香花。相传汉武帝所作的《秋风辞》里说：“兰有秀兮菊有芳，怀佳人兮不能忘。”三国时曹丕送给钟繇一束菊花，则说“九月……芳菊纷然独荣，非含乾坤之纯和，体芬芳之淑气，孰能如此。”晋人陶渊明以爱菊著称，在他的诗篇中也说：“芳菊开林耀，青松冠岩列，怀此贞秀姿，卓为霜下杰。”至于宋人韩琦“莫嫌老圃秋容淡，且看黄花晚节香”的诗句更为人所熟知。事实上菊花确是芳香的，只是它的香既不同于兰桂的清雅，又不像玫瑰、茉莉之类的重浊，它于淡静之中有些锋芒，温馨之中略有苦味，所以其英可餐，其酒可饮，既能明目通窍，又能益智安神。若论香花，我以为推菊为上品亦不为过分。目前严霜未降，菊才吐蕾，待到重阳过后，那时或可容我饱赏一番秋菊的芬芳吧。

最后该说一说兰花了。今年曾得到一盆夏兰，到手时花茎已抽，后来从花苞中升腾出七个花朵，可惜不知由于什么原因，却一朵花也未放就中途夭折了。最近在友人家看到一盆秋兰，一梗三花，芳馨满屋，令人艳羡不已。兰花之香虽然淡雅，却善于扩而充之，不像有些花近则可闻，远便不觉。古人所以把兰花比作君子，也许不是赞赏它的幽居空谷，独善其身；而是取其能升堂入室，兼善天下。但兰花之难养，人所共知，若非精心栽培，曲意调护，是不易得到“馨香盈怀袖”的享受的。后来听说，四季米兰其香与兰花相似，而护养不似兰花的艰难。孩子为我买回一盆，花仅一丛，蕊如鱼子，这几天三十几平方米的住处，竟被米兰之香充满了。然而这是唾手而得，坐享其成，因为买回的是花已含苞的新株，听说此花在江淮之间越冬不易，欲求明年花更好，今冬须费一番功。什么事都是不可能不劳而获的，种花何独不然。

（刊于泰州市文联主办：《花丛》1982 年第 2 期）

# 崇儒怀旧

这个题目有点骇人听闻。“崇儒”就是尊孔复古，“怀旧”就是留恋过去。倘在十几年前发现以此为题的文章，那会使有些先生们始而乐不可支，继而疲于奔命。为了“紧跟”“捍卫”，不得不大张挞伐，鸣鼓而攻之呀！

其实，“崇儒”也者，“崇儒祠”的省称，笔者早年曾在其中先做学生，后做先生；所谓“怀旧”，只是回忆彼时彼地的同学或同事而已。崇儒祠里供奉着的泰州学派祖师王心斋，今天攻之者说他是封建统治的卫道士，颂之者说他是平民大众的哲学家。笔者和他虽有广义的同乡之雅，却无爱憎恩怨之情，因此崇儒之“儒”是不在怀旧之“旧”之列的。

一九三八年秋天，扬州早已沦陷，当时的省扬中迁设泰州“明德大楼”（今体育场南部队驻地大院内）。从初一到高三六个年级的教室、学校行政机构以及教师的办公室等等，都挤在一座大楼内。学校没有宿舍，我和几个同学就借住在崇儒祠内。崇儒祠建在泰州，但王心斋嫡系后代的一支却在姜堰。当时负责管理崇儒祠的王辛白先生，是姜堰一位有名的塾师。他的大女儿后来曾和我同学，他的小儿子和小女儿都曾是我的学生。他的小儿子孝曾，是我开始教书时的学生之一，写字、说话，以至音容笑貌都很像他父亲。以后他上大学时就从事地下革命活动，解放后在重庆日报社工作。不幸在“十年浩劫”中，和他的在书店工作的妻子双双含冤而死，留下两个垂髫弱质的女儿。幸存的我才刚刚六十岁，而比我小几岁的他十几年前就已无辜而罹难，湮没随百草了。这样不同寻常的“少者强者而夭没，长者衰者而存全”，其可悲可痛，真是“史无前例”的。当年我和同学们借住崇儒祠，就是由我家中商得他父亲王辛老的同意的。

那时同住的七八人，名字已不能完全记忆。除陈鸿声君家在本城，因家中人多不利于专心学习而和我们同住外，都是外地人。陈君现在哪里呢？我苦于无从访问。最最不能忘记的是我的同学钱立哉君。他是鸡年生的，比我大一岁。他的父亲给他取了个既暗含着生肖又寄予殷切希望的名字叫“鹤群”。他和我同时考入初中，可是他上完初二就以相当程度改名“立哉”考入省扬中高中。在同住崇儒祠时，他是比我高一班的高二学生。一九三八年春，我停学在家，我的三哥患了猩红热，因为躲避鬼子，热才退了还未脱痂就逃到乡下去，不久继发肾脏炎，医生却当作风湿治疗，结果一个二十六岁的青年就撇下两个垂髫弱质的女儿而离开了人间。他的死一半由于庸医的误诊，但更主要的是敌人的侵略所致。人们常说，庸医杀人不用刀，其实杀人而不用刀子的何止庸医而已。当前流传的淫秽书刊、黄色歌曲，以及污七八糟的录像录音等等，对青年来说，不也是比刀子还可怕么。那时家中老母哭子，少妻哭夫，弱女哭父，我终日沉浸在啼颜与哭声之中，哪里还有心思读书。暑假后省扬中在泰州复课，钱立哉一再来我家劝我慰我帮助我，我这才也以相当程度考入省扬中，重新开始了学校生活。我以后的学习和工作，倘说以钱君对我的劝导为契机，大概是不算夸大的。

崇儒祠在千年古刹光孝寺的西侧，我们住在正殿前的三间大厅里。大厅以南有二门和大门。偏东有些闲房和一个院子，住着看祠的一家大小三四口人。环境幽静极了，不仅光孝寺的晨钟暮鼓、佛号经声，清晰可闻，一到夜晚，后面大殿里只有枯坐无言的王心斋及其弟子的塑像，前面两进屋里除了蛇和老鼠以外，大概也别无什么生命存在。有时月色满庭，树影参差，阵阵风来，树叶窸窣作响，胆小的同学往往一个人不敢到室外去。这么一个清静幽闲的祠堂，真是我们藏修息游的大好所在。可惜好景不常，只住了一两个月，国民党一个什么军事单位就强占了这座祠堂。单位的名称已不能记起，只记得那个单位的头子是个姓崇的。崇儒祠成了“崇公馆”，“秀才遇到兵”，我们七八人只好各自东西，另寻栖宿。我和申佩琅君借住到一个同学的家中，钱立哉则和他的外甥等另租了民房。钱君使我得到恢复学习的机会，我却无法再次帮他解决寄宿的问题。国民党的枪杆子就是这样对付青年人的学习与生活，这在我的一生中还不算是最严重的一次。今天的青年们是不易想象得到的。

回想起来感到内疚的还有一件事。在我们同住崇儒祠的某一晚，我和钱立哉开了一个有些离奇的玩笑，竟给他做了一副挽联。现在别的句子记不得了，只记得下联的最后一句是“聪明不寿惜斯人”。当时说说笑笑不以为意，谁知两年以后，这句玩笑话竟成了可悲的现实。一九三九年旧历十一月初三日，钱立哉和邱女士结婚，我写了一副贺联送给他们。文曰：“于著于堂立而俟，今夕何夕哉生明。”联语中嵌上了他的字，又记下了他们的佳期（哉生明，指农历初三）。一九四〇年春节后不久，我下乡躲避敌机轰炸，到了邱女士家，曾见到他们夫妇。那时他们都是不足二十岁的青年，新婚宴尔，如鹣似鲽。是良缘遭天妒吧，这年十月，钱君竟患急性肝炎引发肝坏死，遽尔与世长辞了。在听到他的凶耗时，我真恨自己，为什么要开玩笑说他“聪明不寿”呢？后来邱女士以哀伤哭泣过度，双目失明，不知如今还在人间否？

在“秀才遇到兵”十年以后，崇儒祠又进入我的生活。那是一九四八年，我在一个师范学校教书，学校设在距崇儒祠不远的“武庙”（今体委）内。秋天，荣汉初中从姜堰迁到泰州。“荣汉”是一个从学徒成为资本家的人的名字，他早年是王心斋的后裔经营的一爿钱庄里的学徒。抗战开始后，王心斋的一个后裔，《心斋先生学谱》的作者，做不成官回到家乡，想办教育，就由“荣汉”出了些土地和钱，由“荣汉”的旧东家当董事长，《学谱》的作者做校长，办起了荣汉初中。荣汉初中和王家有这样的关系，一九四八年迁到泰州，以崇儒祠为校址是很自然的了。这时《学谱》的作者已重返官场，弃学校如敝屣，由陆景龄先生代理校长。陆先生是我上小学时的老师，又是我在师范教书时的同事。“蜀中无大将”，他竟要我这个乳臭未干的小伙子帮他主持教务。因此我每天上学常常是先到崇儒祠处理一些教学事务——有时也上一些课——然后再到武庙去教书。不久以前遇到一位同志，他说曾是我的学生，我已记不起来这是何时何地的事。他说：“你在荣汉初中给我们讲《李龙眠画罗汉记》，课听完了，许多罗汉的音容笑貌就都活跃在我们眼前。”这一下我想起来了。那是荣汉初中迁到崇儒祠前一年的春天，我曾因曹伯丹、陆友聃两位老师的盛情难却，给荣汉初中代过两个星期的课，难为他竟能记得。后来迁到崇儒祠时，他已是初三的学生了。其实，我这次跟崇儒祠的关系，也只延续了大约三个月而已。先后相加，那位同志跟我只有四个月不足的师生关系，可是三十多年以后，他还能记起我当时讲了什么。教师真是一个严肃的职业，丝毫随便不得。你的一句话，包括好话、闲话甚至错话，都可以留在学生头脑里几十年。今年春节时就曾有一位二十几年前的学生，说起我当时因他作业潦草而送给他两句话：“天下庸人第一，世间懒汉无双。”其实问题何尝如此严重。无怪孟子要说：“人之患在好为人师”，稍一不慎，谬种流传，误人不浅。教师真是不好当的。

我的第一次离开崇儒祠是被枪杆子赶出来的，第二次，两三个月就又离开，却是被“笔杆子”打出来的。一九四八年初冬的一个早晨，我到崇儒祠大厅东一间的荣汉初中教导处去检查学生们半学期来的作业，这是上周请教师们通知学生送来的。这时有个没有让学生把作业送来的“先生”已经到校。我才向一位职员询问还有哪些班哪些科的作业尚未送到，他就咆哮起来，没有讲几句话，就挥拳捋袖，像要打人。我连忙掉头向二门跑去，还未跑出二门，一张圆凳已经飞到我的背上了。由于身上穿了两层棉衣，没有造成什么严重的损伤。但这次走出崇儒祠大门以后，一直就都过门不入，再也没有进过崇儒祠了。这是怎么一回事？当时只想到一个原因，就是这位飞凳打人的“先生”，他想一个人包揽许多课程，以便多拿钟点费，被我顶回去了，也许算是挡了他的财路。后来有朋友对我说，这只是原因的一方面。那天中午回到家，接到一封没有署名的信，说有些人准备打我，希望我加倍小心。我怨这封信怎么没有早来一天。事后只把这封信给陆校长看了看，告诉他“飞凳打人”的事是有预谋的，我不能再去崇儒祠了。但对参与预谋的究竟是哪些人，他们究竟为了什么就再也没有深究。直到解放后，还是当时写信给我没有署名的同志，才把那场“凳祸”的起因告诉了我。除了因为我挡了某先生的财路之外，还因为我斥责几个有些背景随便旷课的学生的话，也触到某先生的痛处。短短几句话，对他们的相互抱成一团起了触媒作用。于是乎几个学生的附和对某先生来说是“为虎添翼”；而某先生的播弄，对那几个学生来说是“火上浇油”，这一下他们便密谋大打出手，对我来个必欲去之而后快了。几年前，我和写信给我的同志劫后重逢，共庆无恙时，还曾谈起二十年前的往事，至于某先生以及那几个学生的沉浮起伏，我就无心过问了。

我虽然不愉快地离开了崇儒祠，但和陆景龄先生的师友之谊还是历久不衰的。在崇儒祠共事之前我们曾连榻而居，促膝而坐，晚间工作久了，常常请工友买点小菜，有时只是几包五香豆、花生米之类，就对酌起来。陆先生长于油画和水彩，后来也作国画，花卉翎毛，兴之所至，不乏妙品。又善于饲养金鱼。“文革”以后他退休在扬州家中，我曾去拜访他。看到池里游鱼成群，壁上“百卉争春”，小厅内外，充满一片生气。可惜的是正当青山夕照晚景堪娱的时刻，可恶的癌症夺去了先生的生命。就在崇儒祠共事之前不久，他曾画了一幅菊花送给我，要我题字。我写了一首五绝：“生就崚嶒骨，啸傲风霜里。芬芳抱素心，几曾向人启。”这幅画在“十年动乱”中不知落入谁手？如今陆先生已离开了人间，不禁使我更加想起那幅失而不可复得的画来。

（刊于泰州市文联主办：《花丛》1982年第1期）

# 逢蛇非不祥

龙年过了，蛇年接着到来。中国人习惯于敬龙怕蛇。提到龙就会想到皇帝、龙王、龙凤呈祥、生龙活虎，龙意味着尊严、威武、神奇、活力，总之褒义为主。蛇则不然。一听到蛇就会想起蛇毒、蛇花子、牛鬼蛇神、枭蛇鬼怪，总之蛇可怕、可憎，人们对它毫无好感可言。虽然白素贞曾使许仙一见倾心，但当她一旦露出蛇形，便几乎把许仙吓死。就这样，古人常常相提并论的龙蛇，却遭到一褒一贬的不平等看待。在这行将进入蛇年之际，为蛇翻案，还它以本来面目，似有必要。

我很敬佩两千年前齐国以清廉著称的贤相晏婴。当齐景公"上山见虎，下泽见蛇"，以为不祥时，晏婴直截了当地对景公说："国有三不祥，是不与焉。夫有贤而不知，一不祥；知而不用，二不祥；用而不任，三不祥也。"山跟泽是虎和蛇的住所，在那里看到虎和蛇，"曷为不祥也"？若使蛇而有知，听到晏婴这段话，即使不喊"晏子万岁"，也要称他"晏青天"。今天如有人无视晏子所说的"国有三不祥"，而听到"蛇年"却有不祥之感，未免要被一个封建大官僚笑为太无知了。

蛇不仅并非不祥之物，它颇具人性，能给人以物质的和精神的享受。《蛇谱》中说："富贵蛇色青而黄，穴人家仓囷下，米粟必多，倍于所入，其家必发。"这也许为一些求富心切，如醉如痴者所想望，我不大信其有。我要说的是人所熟知的两个故事里的蛇。

人们常跟和氏璧并提的隋侯之珠，据说就是蛇衔出来的。高诱在《淮南子》注中说：隋侯见大蛇受伤，用药给它敷治，后来蛇从江中衔出一颗明月珠献给他，人们叫它隋侯之珠。这是多么可爱的蛇！药到便愈，伤可谓不重；敷药治伤，事可谓不难。一个普通卫生员就能做好的事，人们一生中不知会遇到多少次，有谁还会记得呢？可是蛇对隋侯却念念不忘，报以明珠。这又是多么可爱的人性！在那“史无前例”的日子里，妻子背弃丈夫，学生殴打老师，假“造反有理”之名，行忘恩负义之实，这样的人盖非绝无而仅有。他们虽有人面人身，然而和衔珠之蛇相比，难道还有一点人性吗？

“永州之野产异蛇，黑质而白章，……可以已大风、挛踠、瘘疠”，“有能捕之者，当其租入。”这是《捕蛇者说》开头的一些话，大家都很熟悉。柳宗元拘于世俗对蛇的偏见，在文章结尾说“孰知赋敛之毒有甚是蛇者乎”，给人的印象是他所写的只是一种毒蛇。其实，这种蛇能“当其租入”，这是它的经济价值；那蒋氏捕蛇者一年之中只要捕到两条蛇，“其余则熙熙而乐”，不管骄官悍吏怎样狼奔豕突，闹得鸡犬不宁，他只要“视其缶而吾蛇尚存”，就可以“弛然而卧”。这蛇带给蒋氏的不仅物质上可以当其租入，还有精神上的熙熙而乐，这又是多么富于人性！

蛇非不祥之物，我们还可以多方位加以说明。春秋军事家孙武曾说，善用兵譬如“常山之蛇”，首尾相应，无懈可击。后来“常山阵”成了军事上的术语。战国的策士陈轸曾用“画蛇添足”的寓言说服楚将昭阳解围而去，救了齐国。这也可说蛇在政治斗争中发挥了难以估量的积极作用。俗谚云：“人心不足蛇吞象”，以为这是不可能的。其实，蛇吞象之说，屡见于《山海经》和左思的《三都赋》等著作中。古书中还有“昆仑山周三万里，蛇绕之三周，长九万里”之说。抗战期间，滇缅公路上曾用炸弹击毙一条卡车压过纹丝不动的巨蟒，据说腹中包藏着无数的钢盔。这些都足为吞象说的旁证。人们只习惯于说什么“巨龙”“神龙见首不见尾”等等，其实龙之形象由蛇而生，自然界本没有龙。《荀子》说“螣蛇无足而飞”，郭璞说“螣”是“龙类，能兴云雾而游其中”。这螣蛇似乎正是龙的模特儿或原型，郭璞却说它是“龙类”，这有些近于把本应是“人民公仆”的官吏说成要“为民做主”一样颠倒了过来。今天谁要用蛇来比喻官长、统治者，一定会被斥为大不敬。古代不是这样。晋朝开国元勋之一、胸中十万甲兵的杜武库（有“左传癖”的杜预），《晋书》上就记载着他在酒醉之后现出蛇身，唐朝的宰相李绅也有类似的传说。在这些传说面前，还能说什么蛇为不祥之物，只该和“牛鬼”“枭怪”为伍呢？

当然，任何事物都具有两面性，蛇也不会例外。据说有一种两头蛇，人见了便会死亡。楚国名相孙叔敖，也以清廉著称。他幼时曾看到过两头蛇，回家告诉母亲，母亲问他：“蛇安在？”他说：“闻见两头蛇者死，恐人复见之，已杀而埋之矣。”母亲听了说，你做了好事，定有好报，你不会死了。用我们习惯的说法，这叫作坏事可以变成好事。今天的官倒，一头是“官”，一头是“倒”，有些像两头蛇。但是只要我们下大决心，奋起千钧棒，也定能澄清玉宇，化险为夷。说到底，蛇并非不祥之物。

（1989 年）

# 难忘之爱　终身之憾

1937年初春，也像今年这样寒风料峭，雨雪连绵，我正从王道明先生补习初中课程。那时王先生给我出了一道作文题：《求学求所以为人之道说》。我以一个十五岁的孩子不自度量，凭着一知半解，就以《左传》上说的“三不朽”——太上有立德，其次有立功，其次有立言，作为“为人”的具体内容加以阐述。王先生很赞赏我这篇习作，给我加了十八字的评语：“闳中肆外，要语不繁，好自为之，当可出人头地。”看了老师的评语，一边加强了自信心，一边增添了责任感，我要怎样才能不辜负老师的厚爱呢？岁月匆匆，五十多年过去了，不仅立德如登天之不可攀，功业也难说有什么成就，仅仅参加了一部辞书的编写，刊布过一些诗词散文，衡之以“通古今之变，究天人之际，成一家之言”的标准，也算不上什么“立言”。我没有能像爱慈父一样，用实现其期望来报谢老师对我的教诲和勉励。

道明先生不仅是我的老师，也是有通家之好的长辈。1925年吾父逝世时，道明师的挽联云：“平生知己只二三，那堪又弱一个；不如意事常八九，此番算到十分。”从联语可以想见他们两人友谊之深厚。道明师弃官还乡寄居我家时才生了儿子世善，他关心我们弟兄，几个无父的孤儿，就像爱自己的孩子一样。尤其是我，1929年、1934年，就曾两度跟随他上学或补习；到1953年，道明师又把平生不肯轻易“为外人道”的一段经历告诉我。这段经历，不仅可以窥见道明师的“为人之道”，而且可以说明他辞官后直到解放二十多年远离政界，唯以设馆授徒或做家塾教师糊口的原因。可是对于老师对我的信赖，以及涉及一份有意义的文献的存没的大事，我却没有给予应有的重视。这更是我深负吾师之爱，不能“发潜德之幽光”的终身之憾。

那是1953年春，道明师来我家，边吃饭边告诉我：1925年以后，他应高等文官考试及格任北洋政府外交部主事时，经常到北京大学听李大钊同志讲课。课后写些评论时政的文章交去，李大钊同志都给予批阅。时间久了，他对李大钊同志的道德文章，非常钦仰。1927年奉系军阀逮捕李大钊同志，道明师闻讯惊恐成疾，住入医院。不久精神复常，仍被软禁在医院里。这时道明师自料不能幸免，就写了一份两三千字的绝笔书，慷慨激昂，欲以唤醒后人。他从报上看到李大钊同志就义的消息和同时遇害的烈士们的遗像，几乎昏厥。道明师说，这些烈士都曾经和他一起听李大钊同志的演讲，而今他们却被军阀虐杀了。又过了些时日，道明师被准予复职。道明师说，他的未遭屠杀，可能由于李大钊同志有一次在西山集会，他因听另一位老师演讲而未去，事后听说，那次集会是发展组织的。道明师在“忍看朋辈成新鬼”之余，被“杀人有将”吓破胆了。

我问老师：“绝笔书还在吗?”他说：“你有暇到姜堰去，我可以给你看。”可见这份绝笔书虽几经变乱，时隔二十余年，还被珍重保存着。可是我只想到革命已经胜利了，老师正担任泰县政协副主席，如他两句词所说：“问年虽暮，望气犹朝。”这份绝笔书终将流布人间。谁知三年之后，道明师忽以心疾辞世。我闻耗时正居母丧，急以寻觅绝笔书事求诸师母和世善，可是虽经竭力搜寻，终未能得。以后又经十年“文革”，师母现已远徙榆关，这份绝笔书恐将很难重睹了。我竟以终身之憾报难忘之爱，悠悠苍天，曷其有极！

（刊于《扬州日报》总第1611期，1990年4月11日）

# 长夏花赞

端阳过了，长夏已来。古代诗人把春末开花的芍药叫作“婪尾”，又说“开到荼蘼花事了”，好像过了春天，花儿就都开完了。其实许多好花并不在春天开，居室前有几平方米的小院，入夏以来，就有一些花颇堪观赏。

说来也怪，近一个月相继开放的君子兰、百子莲、金针花，虽花冠之大小、颜色之浅深、花开之久暂各个不同，但花形却都是喇叭状的。

前几年“君子兰热”曾经喧闹一时，一花数十百金，居然有人争购。那时它是不会降临寒门的。去年孩子带给我一盆，花形小，叶不全对称，盖属中下品。今年先后出花薹两枝，从初花到开完，历时一月有余。前一薹，花凡二十朵，已属难得；谁知前薹未谢，后薹又出，虽只有花八朵，却使人感到后生可畏，余勇可贾。兰以幽香著称，而此花无香，叶片花冠又皆与兰花迥异，它因何而得君子兰这一美名——不仅列为兰属，且冠以雅号“君子”，好像比真正的兰花还要高雅似的？

百子莲和君子兰同属石蒜科，无论形态或习性它和莲都不相干。难道由于周敦颐把莲称为“花中君子”，百子莲要借此暗以君子自命，来和君子兰争高比隆吗？然而名实不符，算什么君子？我前年以六毛钱买了一盆朱顶红，今年已分为七盆，三盆着花，且有一球着花三薹，每薹发花六朵者。养之不丰而惠我实多，十分难得！

再说金针花，它和来自南非或拉美的君子兰、百子莲等远方来客相比，颇有些古趣盎然的“国粹”味道。写于两千年前的

《诗经·卫风》里就说："焉得萱草，言树之背。"萱草就是金针花，它在阳光不足的地方也能生长，所以女主人公要把它种在屋子北面。它和百子莲、君子兰同属多年生草花，也是六片花瓣，雌雄同花；显得逊色的是它的生命很短促。它虽不像昙花那样只在夜间开放两三小时，见不得阳光，却有些像庄子说的"不知晦朔"的朝菌，花开花谢只有一个白天。我对此花似有偏爱。它虽不如君子兰长久，也不如百子莲鲜艳，但在方尺之地，我栽上它许多棵，每天开花五六朵甚至更多；未开或已谢的花朵，经过蒸晒，就是颇有营养价值的金针菜。比起仅能供观赏的君子兰、百子莲来，岂不可爱得多。

跟以上三花差不多同时开放的还有一种小喇叭。以上三花的花冠短者五六厘米，长者十厘米以上。这第四种喇叭是微型的，从管颈到管口大约只有一厘米。这花虽小，却有些特色：枝干柔韧，稍加缠缚便成盆景，此其一；花开甚繁，一盆可着花数百朵，此其二；花色纯白，如冰似玉，夏日给人以清凉之感，此其三。说到这里，我不说人们也会知道它的名字了。我并非有意让人猜谜，而是不大喜欢这个名字。"六月雪"，不仅与从杂剧《窦娥冤》衍生的京剧同名，且易引起"匹夫结愤，六月飞霜"的联想。我以为称它"满天星"好。

除了这几种喇叭形花以外，小院中近来开放的还有：花极艳丽而名亦新奇的令箭荷花、三头九顶，集君子、美人于一身的夹竹桃，金星璀璨香气馥郁的米珠兰，此外还有洒金秋海棠，不仅花如绯玉，叶亦斑斓如画；吊钟花花如宫灯，喜气洋洋。在这炎炎长夏，我的小院既非花事阑珊，更未群芳尽歇，而是有色有香，绚烂多姿。此院虽小，可以见大。没有繁荣、稳定、祥和的社会主义祖国，怎会有我这个繁花似锦、暑气全消的小院?!

（刊于《扬州日报》总第1689期，1990年7月11日）

# 红粟盈仓话海陵

扬州以东五十公里的泰州，是有名的“汉唐古郡”。早在公元前一百余年西汉时就在这里置海陵县。提起海陵，人们很容易联想到“海陵红粟”这一色彩斑斓的短语。

人们往往以为这个短语出在骆宾王《代徐敬业传檄天下文》里。实际上骆宾王在檄文里是借用一个典故来夸说起义军的力量。这个典故的出处可以说是晋代左思的《吴都赋》；但若追寻语源那该是西汉枚乘的《再上吴王书》。一个短语牵涉到三个颇负盛名的文学家各自的名篇，其中两篇都跟扬州直接有关，这真是扬州文坛上一则难得的佳话。

先从枚乘的文章说起。枚乘淮阴人，曾任吴王濞的郎中，是西汉有名的辞赋家。汉景帝时吴王濞纠合楚、赵、胶西、胶东、济南、菑川诸王，以诛晁错为名发动七国之乱。史书上说吴王“初起兵于广陵”，广陵就是今天的扬州。这时枚乘曾上书吴王，分析形势，陈说利害，劝吴王不可谋反。书中有以下一段话：

“夫吴有诸侯之位而实富于天子。……汉并二十四郡、十七诸侯，方输错出，运行数千里不绝于道，其珍怪不如东山之府。转粟西向，陆行不绝，水行满河，不如海陵之仓。修治上林，杂以离宫，积聚玩好，圈守禽兽，不如长洲之苑。游曲台，临上路，不如朝夕之池。……此臣之所以为大王乐也。”

这段话即写吴王统治下的地方物产丰饶，宫苑华美。下文说吴王倘若出兵攻汉，结果将是“去千里之国而制于十里之内”，“虽欲反都，不可得已！”吴王不听，落得个身死国灭的下场。史书上说：“汉既平七国，乘由是知名。”可见他这封上书在当时影响之大。文中所说“海陵之仓”就是吴王濞建于海陵的谷仓。海陵的仓储比汉天子“陆行不绝，水行满河”所积的太仓之粟还要多。由此可以想见，扬泰一带在西汉时已是重要的产粮之区了。

还须提起，枚乘的另一名篇《七发》，其中很精彩的一段是描写广陵潮的盛况。文中说：“将以八月之望，与诸侯远方交游兄弟，并往观涛于广陵之曲江。”这“广陵之曲江”曾长时间被人们误认为即浙江之钱塘。清代扬州学派的钜子之一汪中曾著《广陵曲江证》证明广陵为扬州，曲江在扬州城外，考证极精确可信。唐徐坚《初学记》亦云：“《七发》观涛于广陵之曲江，今扬州也。”李颀诗亦有“扬州郭里见潮生”之句。可见直至唐开元年间扬州尚能见潮，以后因泥沙淤积，曲江不存，涛亦不见。枚乘笔下的广陵之涛竟被误以钱塘之潮当之。可以设想，枚乘不仅在扬州两次上书吴王，还在扬州观看过曲江之涛。

枚乘文章里有“粟”跟“海陵之仓”，到了左思的《吴都赋》里就出现了“海陵……红粟”的字样。左思，西晋有名的八大文学家（三张、二陆、两潘、一左）之一，山东临淄人。他虽名列八家之末，其创作成就却是很出色的。左思的“咏史”诗，名为咏史，实为咏怀；笔力矫健，情调高亢，在形式主义诗风盛行之时，独能继承和发扬“建安风骨”的传统。他的名著“三都”——《吴都赋》《蜀都赋》《魏都赋》在当时就得到极高的评价。给吴、蜀两赋作注的刘逵说，左思之赋“非夫研核者不能练其旨，非夫博物者不能统其异”。名列八家之首的张华则“见而叹曰：‘班张之流也。使读之者尽而有余，久而更新。’”史书上说：“于是豪贵之家竞相传写，洛阳为之纸贵。”可是就在“三都”之一的《吴都赋》里，描绘吴都富庶繁荣的一段话，却是完全从枚乘《再上吴王书》里蜕化而出。这段话是：

“造姑苏之高台，临四远而特建；带朝夕之濬池，佩长洲之茂苑。窥东山之府则瑰宝溢目，觀海陵之仓则红粟流衍。”

除了次序上有点变化之外，枚乘文中的“东山之府”“海陵之仓”“长洲之苑”“朝夕之池”一个不漏地被左思搬过来了。这样惊人相似地沿用前人作品中的故事，是很少见的。因此把“海陵”“红粟”联缀在一句之中，《吴都赋》虽是首例，但其语源则为枚乘《再上吴王书》无疑。

最后谈谈骆宾王的檄文。骆宾王在初唐四杰中屈居最后，但由于写过这篇檄文，他的知名度比杨、卢还高。实际上骆生活经历曲折，接触社会的面较广，他文学上的成就确在杨、卢之上。他长于七言歌行，五律也颇具风骨。骆宾王这篇檄文流传较广，一半由于反对武则天，深受封建社会许多人的赞许，一半由于这篇檄文选入《古文观止》这部学童必读的启蒙读本，因此稍通文墨者无不知有此文。这篇檄文写于扬州。徐敬业是唐代开国功臣李勣的孙子，在武则天谋夺唐室政权时，徐敬业在扬州起兵，以骆宾王为艺文令。于是骆宾王写下了《代徐敬业传檄天下文》。清人汪中在《广陵对》中论及此事时，说敬业“功虽不成，其所披洩亦足伸大义于天下”。“披泄”云云，实是对骆宾王此文的称许。文中铺陈起义军的声势时说：

“南连百越，北尽三河，铁骑成群，玉轴相接。海陵红粟，仓储之积靡穷；江浦黄旗，匡复之功何远？”

这里“海陵红粟”已成一固定短语。下句接着说“仓储之积靡穷”，则显然是运用了《吴都赋》中“觀海陵之仓则红粟流衍”的语典，而非单纯的写实。这里红粟的意义自然也跟《吴都赋》里红粟的意义是一致的，都是说粮食丰产，仓储充盈，“陈陈相因，充溢露积于外”，以致“红腐不可食”。因此红粟一词，乃借陈年变色之米，以喻粮食丰富，并无贬义。

近年来有人因宋人诗句中有“饭馈海陵红稻软”“香粳炊熟泰州红”云云，推论出红粟为泰州汉唐以来水稻良种之一。是否可信，这不是本文题内应有的文章了。

（作年待考）

# 略说《钱神论》

古代不止一人写过《钱神论》，这里要说的是电视连续剧《纪委书记》（以下简称“《纪》剧”）中铁面无私正气凛然的门浩去看望杨老师时背诵了几句的那一篇，是晋代隐士鲁褒写的。翻开《晋书·隐逸传》很容易地查到了鲁褒的《钱神论》，文章不足五百字，略加解说，希望仁人志士共传此文。

《钱神论》写了三段，首段写钱的外形、性质和功能：

“钱之为体，有乾坤之象：内则其方，外则其圆。其积如山，其流如川。动静有时，行藏有节。市井便宜，不患耗折。难折象寿，不匮象道，故能长久，为世神宝。亲之如兄，字曰孔方。失之则贫弱，得之则富昌。无翼而飞，无足而走，解严毅之颜，开难发之口。钱多者处前，钱少者居后。处前者为君长，在后者为臣仆。君长者丰衍而有余，臣仆者空竭而不足。《诗》云‘哿矣富人，哀此茕独’。”

钱的形状外圆内方，别号“孔方兄”，老年人可能都较熟悉。对于青少年来说，看到《纪》剧中一再出现的“靖康通宝”，大概也会清楚了。文章指出钱是不易耗折而能长久的“神宝”，略点一笔，给下文留下余地。下半段写钱的功能，可谓淋漓尽致，不需解说。

第二段从人们对钱的特殊反应和钱对人的特殊作用两方面进一步写钱的神通，点明钱是“神物”，这是文章最精彩的段落：

“钱之为言泉也，无远不往，无幽不至。京邑衣冠，疲劳讲肄，厌闻清谈，对之睡寐。见我家兄，莫不惊视。钱之所佑，吉无不利，何必读书，然后富贵！昔吕公欣悦于空版，汉祖克之于嬴二，文君解布裳而被锦绣，相如乘高盖而解犊鼻：官尊名显，皆钱所致。空版至虚，而况有实；嬴二虽少，以至亲密。由此论之，谓为神物。无德而尊，无势而热，排舍门而入紫闼。危可使安，死可使活，贵可使贱，生可使杀。是故愤争非钱不胜，幽滞非钱不拔，怨仇非钱不解，令问非钱不发。”

衣冠之辈，理论精通。闻清谈而假寐，见孔方而惊起。倘容许移花接木，这不是牛百川之流最真实的写照吗？在“钱无不利，何必读书”之下，引用了三个故事，更有洞中当时弊害之妙。“吕公欣悦于空版”，是指吕公在接待贺客时规定：“进不满千钱，坐之堂下。”刘邦不名一文，就在名刺上写了“贺钱万”三字送上去；吕公看到名刺，居然出门相迎。“空版至虚，而况有实”，事实正是如此。刘邦一张“空头支票”已有那样的效应，《纪》剧中马市长慷国家之慨，不惜把实实在在的四十五万美元让给外商，不仅替童桦的妹妹搞到了赴日留学的签证，而且博得童桦以身相许，这种效应就更惊人了。“汉祖克之于嬴二”，那是刘邦发迹前受过萧何小恩小惠的故事。刘邦、萧何既是同乡，又是同事。一次刘邦外出应差，“吏皆送奉钱三，何独以五。”（颜师古注：“出钱以资行，他人皆三百，何独五百。”）刘邦被萧何多送的二百钱所克，萧何成了刘邦的亲信，后来做了丞相，位极人臣。文章说“嬴二虽少，以至亲密”，《纪》剧中牛百川每年住院几次，受礼几卡车，那些提瓶捧包的人正是以牛为中心结成一张“剪不断、理还乱”的网子的大小蜘蛛。第三个故事是司马相如和卓文君的一段罗曼史，人所共知，无待细说。司马相如的行径几乎近于市井无赖。这种人在《纪》剧中清贫自守的杨老师面前将无地自容，而那位马市长却和他是一丘之貉。这三个故事都出于《史记》或《汉书》，应该是真实可信的。距离今天两千多年了，难道历史长河中的这些渣滓，还不该荡涤无余吗？

最后一段，痛心疾首地揭示了钱的腐蚀作用，着墨不多，语殊精辟：

“路中朱衣，当涂之士，爱我家兄，皆无已已。执我之手，抱我终始，不记优劣，不论年纪，宾客辐辏，门常如市。谚曰：‘钱无耳，可使鬼。’凡今之人，唯钱而已。故曰：军无财，士不来；军无赏，士不往。仕无中人，不如归田；虽有中人，而无家兄，不异无翼而飞，无足而行。”

我们在肃贪倡廉端正党风之际，居安思危，在观看《纪》剧之后，读一读《钱神论》，也许是有益的。

（刊于《扬州日报》总第 2079 期，1991 年 10 月 5 日）

# 两种象棋漫谈

外孙小然跟邻居家的孩子学会了两种象棋的下法，暑假中常要我跟他对局，却不愿意下中国象棋；可我又不大会下国际象棋。争执的结果，常常以我的让步——“中国”下一盘、“国际”下两盘，达成妥协。

两个月的暑假使我对国际象棋由门外汉而逐渐产生兴趣，而且不由想起两种文化之间的异同、长短和交流等问题。

两种象棋有许多相似的地方。棋子的总数相同，两方各有十六子；棋子之种类也大同小异。不仅如此，有些棋子的走法，如“车走直路马走斜，小兵只许往前打”，两种象棋居然无异。这样地惊人相似，几乎令人怀疑两种象棋同源而异流。国际象棋的前身——古印度的“却图朗卡”，七世纪亦即我国隋唐之间传入阿拉伯，后来才传往欧洲；中国象棋的出现传说始于唐代，两者之间是否有传承关系呢？倘如此，那么中国象棋并非自古有之的国粹，国际象棋原来具有东方的“血统”。

更使我感到有趣的是两种象棋的不同之处。首先可怪的是两种棋盘结构和象征性质的不同：中国象棋棋位在线的交点上，每方各有九乘五即四十五点，这是否跟《易经·乾卦》的“九五，飞龙在天”有关；而国际象棋棋位在方格里，盘上八纵八横，黑白相间，共六十四格，这多么像“阴阳生八卦，八卦衍而为六十四卦”的周易原理的运用。这是结构上的不同，两者象征性质的悬殊就更大了。中国象棋以“将”为首，那只象征着两支军队的战斗和胜负；而国际象棋以“王”为首，那么一盘棋就象征着两国相争，一存一亡。其次，两种棋子种类的差异虽不多，却也颇堪玩味。中国象棋独有的“士”，好像将帅身边的警卫员，活动不出一个田字的中央和四角，战斗力很有限；独有的炮，能隔子杀敌，远射四方，好像有些威力，但它一旦离开“炮架子”就比兵卒还无用。而国际象棋独有的“后”，那可是棋局上威力最大的一员：不仅纵横斜出，驰骋八方，而且全局以内，无远不达。中国象棋的士跟它相比，简直是手无缚鸡之力的书生遇到了横戈跃马不可一世的“红娘子”。

在棋子的走法方面，国际象棋还有三种“特异功能”。一是象，能在整个棋盘上沿着相邻方格的对角线斜飞，不限远近；而在中国象棋里，象（相）的运行虽然斜飞的距离比士远一点，但它只能在界河一侧的五个点上逍遥，未免太稳重了。二是马，两种象棋马的走法一样，但是“国际”的马没有“中国”关于“别脚马”的规定，不管前后左右的任一点上有无棋子，它都能跳出去。这真成了所向披靡的不羁之马，够“解放”了。三是兵，“国际”的兵虽然也是有进无退，并且进入敌界仍不许横行，但当它冲破一道道防线到达敌方的最后边界时，就可以变成别的棋子，只是不能变王。这个兵太可爱了，它一方面尊重“王”的权威，决不僭号作乱；另一方面在一定条件下可以为象（相）为后，为车为马，这就冲决了等级制度的网罗，颇有点“不拘一格降人才”的味道。

两种象棋的这些差异，是否有其社会历史的根源？据说，现代中国象棋定型于南北宋之间，现代国际象棋则是几经改革，十七八世纪由欧洲人所制定的。它们是否分别带有各自“时代”的烙印呢？留待文化史家、民俗学者去研究吧。我感到有趣的是：小孩子对两种象棋的态度，不能不引起我们的深思。

（刊于《扬州日报》总第1776期，1990年10月20日）

# 科场题话

听前辈谈，清末废科举以前，有一个学台大人，每到一地主持生员考试时，在他所出的八股文试题里总要嵌着试场所在地地名中的一个字。那年，他将到泰州主持扬州府八县的生员考试，消息传来，童生们便忙着把“四书”中凡是含有“泰”字的句子，一一作为题目写成八股文，并且求师托友，修改润色，然后反复朗读，直到烂熟于胸。可是等到考试那天，童生们一看到八股文题，不禁瞠目结舌，茫然无所措手足。原来文题是“而不骄小人骄”六个字，里面连半个“泰”字也没有。这是个“截搭题”，它是从《论语》里“君子泰而不骄，小人骄而不泰”两句“截”取上句的尾，“搭”上下句的头而成。童生们原来烂熟胸中的“窗课”一个字也用不上，真是“画虎不成反类犬”，“可怜无补费精神”。学台大人这一招，害苦了不少童生，特别是那些只想凭猜题压宝，侥幸弄个“功名”作为进身之阶的公子哥儿们。

然而，在科场中也确有凭着机巧侥幸得中的人。也是前辈们说的，清末泰县乡间有个颇负才名的人，他在进学时作的一篇律赋，题为《〈经通天台奏汉武帝表〉赋》。考前，他没有读过沈炯的这篇不算冷僻的奏表，当然也不了解沈炯的身世和写表的缘由。沈炯原仕南朝，后为西魏所掳，思归不得，在行经汉武帝的通天台时，就草表奏告，希望得到神助。这天夜里，他梦入宫禁，陈诉苦衷，不久竟被放还南朝。谁知千余年后的“才士”，凭着反复揣摩题意，心领神会，加以雕词琢句，竟然写出一联警句："数百言鬼泣神惊，字里烟霞缥缈；六七代星移物换，梦中楼阁森严。"这一联声调铿锵，对仗工整。最使考官们赞赏的，是他只用了二十六个字，竟然如此精当地概括了沈炯写表的背景和效果。这位"才士"是高中了，然而这与真才实学何关？与富国利民又何关？从昔日科场中获得的功名该是什么斤两，就不待烦言而自明了。

可惜的是，在科举废除近百年的今日之中国，为命题而煞费苦心和为猜题而机关算尽者，还大有人在；因猜题不中而名落孙山和靠猜题有术而青云直上者，也颇不乏人，岂不足以令人深思。

（刊于《泰州市报》总第589期，1986年7月16日）

# 读书的苦乐

人们常说读书是乐事，我则以为读书有乐也有苦，而且苦有甚于乐；至少说，苦乐参半，乐自苦来。

在私塾里哼哼唧唧，读书背书，有口无心，囫囵吞枣，那种读书之苦我吃过四五年，不想多说。读高中时正值抗战期中，为避敌机空袭，夜晚上课。每人自备蜡烛一支，讲台上方挂一盏煤油灯，老师板书我们很难看清楚。这种苦头，今天为了“升学率”被集中到校坐在日光灯下自修的学生是很难想象到的。抗战胜利时，我已开始教书。当时没有教材，要自己编讲义。白天时间用于上课、改作业，每晚都得在豆油灯下为编讲义而读书。做了教师读书还会这么苦，恐怕今天的老师们也是难以想象得到的。

多说这些，难免有“忆苦思甜”之嫌，那就讲一点近的吧。1960年后我负责一所完中的教学行政，一边还要上课。由于不愿“以其昏昏，使人昭昭”，常常为一字一句的解释而陈书满案，不知夜之已深。那时发表在《江苏教育》上的《课文疑义举例》，就是这样辛苦耕耘的一点收获。“文革”后参加《汉语大词典》的编纂工作，更尝到了苦读的滋味。由于大量阅读，书又常是小字，八年下来，双眼近视由一千三百度加深到一千八百度。六十岁时我曾自嘲：“酒怯三杯饮，书须两镜看。”听说日本《大汉和词典》的编者诸桥辙次，书成之日双目失明。编词书者读书之苦，以致于此！

然而读书并非有苦而无乐。陶渊明说的“开卷有得，便欣然忘食”，我领受过；但我以为读书之乐还有远胜于此者。

“亡书久似忆良朋”，“文革”以后我深有此感。一些无知而可怜的孩子卷进“破四旧”的浪潮，曾使我的藏书失去大半。三中全会以后，拨乱反正，政通人和，虽然旧书失而复得者很少，但几年来不仅购得一些比失去的校印更精的古书，还增添不少旧藏所无的新书。一室之内，充盈两架，真如旧友新知，聚首欢叙。得亡书而重读，其乐无涯。

古人说：“人生识字忧患始。”我却以为“何以解忧？唯有读书。”人非圣贤仙佛，不可能远离忧患痛苦。一生中都会有横逆来袭，烦恼相侵。这时怎么办？我的对策是把头伸向书堆子里，钻进去，钻进去，钻得愈深，忘忧愈尽，快乐愈多。我的兴趣较广泛，不仅诗歌、剧本之类可以使我消愁；文字训诂之书，能使我探骊得珠；论学明理之作能使我心开意远。他如异国风情，古今人物，以至谈禅说药，无不可观。每当一编在手，便可万虑都忘。这种读书之乐不仅可以开聪明、益智慧，而且可以怡情悦性、益寿延年。说这是读书之乐的最高层次，也许并不过分。

（刊于《扬州日报》总第1557期，1990年2月7日）

# 说“一”

不久前，偶然听到有人说，回忆过去，好像不少的消极现象都和“一”有关，譬如“一阵风”“一刀切”“一言堂”之类。翻一下当前颇具权威的大型辞典，对这些带“一”的短语竟也大都（不是全部）作了有消极意味的解释。然而仔细一想，事情并不尽然。

就说“一言堂”吧。据说这短语来自旧社会某商店的一块牌子，表明该店“真不二价，童叟无欺”。这样不要虚头、不卖假货的商店，我看在社会主义初级阶段也应表扬。为什么听到“一言堂”就像吃了红头苍蝇一样难受呢？依我看，现在的商店敢挂“一言堂”的也不多。现在一说“一言堂”，谁不知道是领导缺乏民主作风，不能听取群众意见，特别是相反意见。其实那只是在原意上的引申。

“一刀切”也非一律不可取。譬如高中、大学录取新生，一般都有一个最低分数。低于这个分数，哪怕只差半分，也只能名落孙山外。又如差额选举人民代表，有时某人得票虽超过半数，但却少于其他候选人，哪怕只少一两票，也只好落选。这样的“一刀切”看来好像说不出多少道理，因为比别人差半分或者少几票，并不能肯定他才德不如别人。然而有法必依，有章必循，这样的“一刀切”意味着法律面前人人平等，似乎无可非议。至于对待某些具体问题，则都应发扬党的一切从实际出发、实事求是的优良作风，而不能简单轻率地“一刀切”，这是人所尽知的。

“一阵风”却是另一回事。对这个颇具贬义的短语，辞典上解为“形容像风吹过那样迅速”，语感竟完全是积极的。

就在同一辞典的例句中，可以看到《人民日报》1983 年 10 月 31 日的一段文字：“在发展新的‘三大件’……时，决不能再像发展老‘三大件’那样，一见有利可图，便一哄而上。”这里指出的看风头、赶浪头的做法，不就是“一阵风”吗？目前冰箱彩电供大于求，仓储过量，我真叹服《人民日报》的预见性。不仅如此，“一阵风”还有一层意思：热闹起来，锣鼓喧天；风头过去，鸦雀无声。如今党重新号召学习雷锋，全国已掀起热潮。但愿持之以恒，落到实处，不是只在有限的几天里，街头“服务队”成群，而是不论老、中、青、少，人人心中都能时刻不忘为人民服务，决不只是“一阵风”而已。

“一”字再简单没有，不觉说了许多。这些复杂的语言现象，恐怕只有社会语言学家才能说清楚。

（刊于《扬州日报》总第 1693 期，1990 年 7 月 15 日）

# 羊年真善美

最近有人说，羊年即将取代马年而降临人间，可是给羊的赞颂和欢迎好像没有一年前对马那般热烈。这未免有些赏梅忘柳、厚此薄彼。其实羊是很值得赞颂和欢迎的。

首先，“羊”字本身就意味着吉祥。汉代有名的文字学家许慎给“羊”字的解释就是皇皇然“羊，祥也”三个大字。从流传到今的汉代金石文字中常常可见“大吉羊”的字样，以“羊”代“祥”，几成通例。

不仅如此，美好的“美”、完善的“善”，这两个字都由“羊”衍生而来。“美”是个会意字，“羊”下面加个“大”，羊肉味美，肥大的羊味更美。由味道美又引申出美丽、精美、美好等意思。追本穷源，一切以“美”为词根的概念都是从“羊”而来，换句话说，“羊”是众美之源。

再说“善”，也是个会意字。有人说，“善”是“膳”的本字，意思是美味的食品。在篆书里，“善”是“羊”的下面并排着两个“言”字。两个“言”字并列，就是“竞争”的“竞”字的最初写法。“善”者，人们争着说羊肉席的味道好也。“善”的良好、友好、完美等意思都从这里引申而出。这样，“羊”不仅是众美之源，而且是诸善之根。

讲到“善”和“美”，人们自然会联想到“真”。如果“羊”也跟“真”有关，那么说“羊年真善美”就有些道理了。说来也巧，在我们的语汇里有几个关于羊的成语，含义都是厌伪求真，也就是反对虚假，崇尚真实。

"以羊易牛"，这是孟子在证明齐宣王有行仁政的可能时说到的。齐宣王不忍心看到浑身颤抖的牛被牵去杀了以血衅钟，叫人拿羊替换它。孟子说，这正是仁德的做法，因为你看到牛没看到羊啊。可是齐国百姓却认为，要是可怜它们无罪而死，牛跟羊有什么区别。"以羊易牛"，算什么仁德呢？这是对假仁假义的批评。换句话说，齐国百姓要的是真正的仁义。

"挂羊头，卖狗肉"，这个成语起源也很早。最初是晏婴谏劝齐灵公时打的一个比方。齐灵公自己喜爱妇人像男子一样装饰，却下令禁止民间女子像男人一样穿着。晏婴说："君使服之于内而禁之于外，犹悬牛首于门而卖马肉于内也。"这是说齐灵公执法不公平，内外不一致。魏晋时的民谣："悬牛头，卖马脯。盗跖行，孔子语。"用词还是"悬牛卖马"，但含义已指言行不一。大约唐宋以后，不再说"悬牛卖马"而说"悬羊卖狗"了，大都用来讥刺弄虚作假的现象。明人的散曲里有这么几句："闲看世态浇漓，卖狗悬羊，面是心非。"这多么鲜明地反映了作者对假的憎恨、对真的期望。

还有两个成语："羊质虎皮""羊皮虎质"。前一个指的是以伪乱真，盗名欺世；后一个说的是伪装和善，包藏祸心。梁启超在一篇时评里曾说："今世所谓文明国者，罔不虎其质而羊其皮，其野心固路人皆见。"这是对当时资本主义列强的无情揭露。

现在羊年将届，这是二十世纪九十年代的羊年，是建设具有中国特色的社会主义的第八个五年计划开始的羊年。在我国，随着改革开放的深入发展，一切弄虚作假、表里不一、名实不符的现象，都将如墙根屋角的垃圾一样在除旧布新之际被荡涤干净。将来什么都是真实的，人人都是真诚的；牛就是牛，马就是马，羊就是羊，虎就是虎。晋代有个羊祜，他的言行贯穿着一个"真"字：他的外甥王衍巧言善辩，他却认为"败俗伤化，必此人也"；他和"吴人交兵，克日方战，不为掩袭之计"；吴将陆抗有病，吃他送去的药毫无疑心。这是多么难得的为人处世的一片真情！在即将到来的羊年里，种种真情实意、真功实事，也将洋溢充盈于华夏的大地上。我们翘首盼望羊年的到来，我们祝愿：羊年真善美！

（1991 年 1 月）

# 两广行日记

## 十月二十三日

下午一时乘车赴宁，同行者有李荣章、李朗轩、刘福广、戴、徐等，还有小颜、宣怀之女，共十一人。途中经六合扬子宾馆，李国基任经理，十余年不见矣。五时许抵光华门机场。班机误点，原定七时五十分起飞，迟至九时十五分登机，九时半离宁。所乘为波音七三七，全乘量一百四十人。起飞和下降时只耳压增强，下降时尤烈，自语似亦不能闻，人语亦然。余无所苦。全程甚安静，汽车轮船均不及。途中飞行小姐送纪念品和热、冷饮各一杯。十一时二十分在广州白云机场降落。泰外贸褚君等在机场迎接。用部队车，主管者亦泰中校友，钱姓，与褚同学同袍；与予相见，似曾相识。十一时三刻抵韶关驻穗办事处招待所，稍洗漱。与荣章同住，谈往事不觉至凌晨一时方寝。

## 十月二十四日

八时顷早餐。炒面一盘、粥汤一碗，价四角。中晚各八角，膳费不高于宁、扬。偕荣章等出，先至电讯大楼发安抵电给玶儿。后至交易会近侧。今日无票，未能入内。游东方宾馆，全为中国古典式结构。有草坪、葡萄架，均为塑料制品，可谓巧夺天工。于富丽堂皇之中，间以幽静闲适之气，颇可观也。下午褚君偕游越秀公园。登镇海楼，俯栏纵目，中山纪念碑耸峙于西，农民讲习所巍然东隅。楼凡五层，广州历史博物馆设焉。楼东南一小楼，中为西藏唐卡展览。唐卡者，古近代之布画及刺绣也。或为佛教故事，或为西藏史迹，彩画杂以金银，极工致；刺绣亦然，虽无神姿而色彩瑰丽。穷荒僻陋之地，亦有如此精妙的艺术品，中国之大，可谓无奇不有。唐卡多数原藏布达拉宫。于南海之滨，睹西陲之宝，亦云幸矣。

晚间戴、褚说今后几天的活动安排：一进交易会参观，此属首要；二去深圳，至广州而不到深圳，岂不可惜；三为离穗的日期及目的地，由各人自定，再作安排。

在街头见一卖香蕉者，问其价，每斤三角五分。予取一把，约十支，不甚粗大；称毕云五斤，实则三斤亦不足：这种经营方式，比去年在瑶琳洞口所见更出意外。在越秀时，有贩兜售黑色裤料，同行之小毕以五元一条得之，而索价则为十二元，在此购物之难可见。

## 十月二十五日

由小缪代李荣章、刘福广及我三人取得临时进馆证入交易会参观。上午参观了工艺、轻工、纺织、土畜产等展厅；中午在馆内以蛋糕、啤酒充饥；下午继续参观电子、机械、船舶、竹木器等展厅。印象较深的是江西瓷器和广东、福建篾器，极为精美。电子厅进口处有一声控机器人，能点头、讲话。在各展厅之偏曲处时有书画展品，均标高价而绘写均不佳，且见别字、错字（如“吟”字下讹添一点、“心静”讹作“心靖”等）。此类展品岂不有伤国格。馆下附设超级市场，多收兑换券而价甚高。如一部《龙门廿品》标价八十元，一支毛笔二十元至五十元，砚则有二三千元一方者。

晚作函寄洁清，告以乘机的感觉，借用鲁迅关于吃螃蟹的比喻稍变其意，颇觉有趣。并告以回程路线时间均未定，但归期需推迟三五日。

## 十月二十六日

今天上午在招待所休息，购阅《广州日报》。

下午偕荣章赴流花工业品市场，购电子表八只、伞五把。晚间检视发现电子表有两只显示程序混乱，不能调整。

## 十月二十七日

清晨六时乘车赴深圳，同行的有荣章、朗轩、宫、张、颜、毕、刘，共八人。途经新城（宝安县），边防检查站，在麒麟酒家午膳。至沙头角，中英街未能进入，只在距街头不远处眺望。有男女从街内购物而还，大包小包累累然。向一小贩购布料一块。下午四时抵深圳市，见高楼林立，二三十层者比比然，最高为国际贸易大厦，凡五十三层。荣章为李建国夫妇接去，约定二十九日回广州。我等在深圳未久留，五时许去蛇口，住“海上世界”。原为一海轮，现改为一宾馆，有餐厅、舞厅、茶座等。在餐厅进晚餐，与李朗轩同住一室，上下床。电视为香港连续剧《断肠人在天涯》及英国片《二十三世大逃亡》。全国主要城市市花展览设于船首甲板上，晚间未及细观。

## 十月二十八日

晨起，在“海上世界”船头观看全国市花展览。会徽颇别致，古为今用。天雨未能摄影。

八时复登车，至上海酒家早餐，然后到香蜜湖度假村，（以上写于广州，以下接写于去桂林的车上，十一月一日清晨）进门处有圣母玛丽亚怀抱婴儿的塑像，在像前摄影。有内容丰饶的游乐场，又在一“城堡”前摄影。有一高架运动车路，长达数公里。其中商场全标港币，人民币六折付款，兑换券四点七折付款。以后又去深圳湾大酒店，商场、游乐场视前者小得很多。天大雨。至凤凰酒楼午餐，饭后去虎门即太平港。有小商品市场，多为衣、袜、烟花之类。余一人去林则徐公园，即林公焚毁鸦片处。有一碑，文为“鸦片战争虎门人民抗英纪念碑”；一塑像，亦为群像。园之一隅有一林公史迹文物陈列室，多为图片。全园给人以冷漠荒凉之感，与“白天鹅”“东方”等宾馆不可同日而语。民族意识、国家观念似亟待强化。林公云“位卑未敢忘忧国”，然而言之何益?

## 十月二十九日

偕小缪、老宫乘的士进馆，着重看了工艺馆和商场。工艺馆中福建漆器、竹器、软木雕刻均极精致。在江苏室遇及卢定武，致慰问之意。第一次进馆时曾遇袁敏军，1958 年学生也。商场中只有工艺品和衣服，未见电器、照相器材等。中午至中国大酒店及广州友谊商店。檀香扇较交易会为贵，照相机只有“海鸥”，未购。二时许返抵宿舍，荣章尚未回。

下午独游光孝寺，因时间已晚，未及细观。规模甚小，除大雄宝殿外，无前殿、山门，可能被拆除矣。有伽蓝殿、六祖殿，均属偏殿。有菩提树几株。有六祖发塔，即五祖为六祖披剃所落之发。归途从流花公园穿过，一榕榈长廊，树木参天蔽日，真是“非亭午夜分，不见曦月”。出园后在一小店购香蕉，店主为一中年妇女，亦能说普通话。广州及其附近能讲普通话者不少，招待所服务员、商场营业员中亦多有之。

昨晚外贸局戴经理邀集此次与会人员开会，传达了他当天上午参加省交易团召开的会议精神。另有记录。

晚饭前荣章由深圳回。晚饭后钱天福派车送我们游白天鹅宾馆、花园酒家。“白天鹅”即不久前英女王下榻处，有一人工的水帘洞，颇精雅；上一小亭，联云：故人情重一江水，南国春深万树花。“花园”有一大厅，极富丽堂皇之至。壁画刻《红楼梦》人物，有黛玉葬花、李纨教子、妙玉献茶等。两宾馆一在西南，珠江之滨，旧称沙面；一在东北，近动物园。由“白天鹅”去“花园”，车沿珠江而行，江上偶有游船，并无弦歌衫袖之丽。回到招待所，钱与我谈去桂林的安排，允明日与桂林场站联系解决接送、住宿及购票去上海的问题。

## 十月三十日

上午偕荣章赴小市场，购得 Fraka 照相机一具费七十五元。拟修电子表未能成功。下午又去街口市场仍拟修表亦未成。购剃须刀替换件一只。

晚作函寄洁清，告以近几日活动情况及归程的初步打算：由穗去桂林，然后经上海返泰，大约下月六日或七日可以抵家。

早晨钱君已与桂林通话，约好由桂林场站王站长去车站接我们，并代订五日去上海机票。住宿亦可安排。

## 十月三十一日

上午偕荣章游黄花岗烈士墓和动物园，开始用 Fraka 照了几张。动物园中有“白髯角马”，“红鹤”即“火烈鸟”，有“豺”，有“座山雕”，有“金刚鹦鹉”，面孔有两白斑，腹却红，两翼及尾为深绿色。有多种羚羊，角有旋转形、直形等。古人云“乌白头、马生角”为不可能，今则确有“角马”，其鬣、其尾似马；其髯似狐；其角如牛。面孔和尾均为黑色，故又称“黑尾牛羚”。又有“山魈”，形颇似猴，如猴大小，云产于非洲喀麦隆、刚果等地；性暴烈，能与猛兽斗。《楚辞》中所云“山鬼”，与此是否一物？在园中曾见非洲象与亚洲象隔栏而斗。中午在园内以面包、可口可乐果腹。同座一上海妇人，能讲普通话，一见即与广东妇女迥异。面颇似陈燕华，但绝非其人。

去桂林车票已购，今晚八时开出。下午钱君来，说桂林相接的为徐教导员，亦江苏人，嘱携相片一组以赠。晚七时去车站，小毕、小杨送至检票口。坐五号车九组卧铺下床，九时许即入梦矣。过韶关、郴州时皆在酣睡中。

## 十一月一日

晨六时许，车过衡阳。衡山距铁路线甚远，不见踪影。八时起，洗漱早餐毕，补写前数日记事。同车厢有两桂林青年，闻说空招距桂林车站甚近，又闻说桂林方言与川黔相似，属上江官话，语言无大隔阂。途中经兴安（灵渠所在）全州等站，下午二时四十分到桂林。王先勇团长和徐广祝教导员在出口检票处迎候。偕至空招，即住该所。王告以去南京有直达机，并说该场有时亦有包机可乘。王徐同乡，均仪征朴席乡人，徐毕业于仪征中学，识戴锦章主任。两君皆甚热情，嘱王所长代办旅游车票等。唯该所无食堂，需到街头就餐。晚偕荣章至一酒店小饮，费五元。购桂林地图及桂林风景照片五套。

## 十一月二日

乘小面包车游桂林西线风景区，先至象鼻山，后至伏波山、还珠洞、千佛岩（佛像多毁），又至叠彩山。皆甚匆促，叠彩山尤甚，未能登至极顶，即被唤上车去芦笛岩。岩为大型溶洞，景色奇诡壮丽，惜导游者说得快、走得快，过一景随即灭灯，行动稍迟，即将不能出洞。以如此精美的景物，而游程匆遽如彼，十分可惜且可恨。只求旅游公司和驾驶人员的经济效益，而忽视游客的生活情趣和精神效益，此种做法是否亦用以对外宾。中午司机将乘客带至一小酒店，菜价奇贵。予及荣章购食面包、啤酒。下午至南溪公园，游览稍畅。曾进白龙洞、穿太极洞、经刘仙岩，四时前返招待所。徐教导员来，请其改购飞南京票。徐谈转业问题，意欲进大化纤。今年刚提升正营，转业当在三数年后。今日消化不良，晚餐后尤甚。

叠彩山上有陈毅诗句："愿做桂林人，不愿做神仙。"

## 十一月三日

乘面包车游东区风景。上午至七星岩，岩内气势很大，但景观不甚奇丽。几处岩洞的解说词，有些公式化。入口处皆有迎宾之景，如芦笛岩为飞燕迎宾，七星岩为老人迎宾……出口处皆则必有送客之景，芦笛岩为雄狮送客，七星岩则为蟠桃送客。岩内景观的名称则想象、附会加拼凑。如所谓"老人看戏"，一边一洞中似有三人演戏，遂说为桃园结义；相去很远处似有一老人，遂凑成一景。又如所谓银河鹊桥，一侧洞中说为织女与群仙在起舞，一侧则说为牛郎带二孩子在盼望母亲。出七星岩后登普陀山，见一碑刻颜书"逍遥楼"三字，系清代翻刻者。后又登月牙山，入月牙洞，洞口有梁漱溟去年所书“锲而不舍，精义入神”八字及小跋。后又登襟江阁及小广寒楼，楼前有王力所作并书之长联，曾留影，联上之字不可见，但留鸿爪耳。中午吃盖浇饭，只费一元。下午至穿山公园。所谓穿山洞，实为人防工事，其中略有些景观，所谓石头开花、石上生毛，实皆石灰岩溶蚀之现象耳。此洞为桂林诸岩最不足观者。

## 十一月四日

七时许乘车去阳朔，因漓江水浅，桂林至杨堤间一段不可行舟，改从陆行。由桂林至杨堤，坐车中始而远山层叠，山外有山；继而山势逼近，可望不可即。车行沿途皆见山冈起伏，或尖或圆，或粗或瘦，或单个耸立，或数峰相连。将至杨堤，从大路折而向东。车穿行山间，路曲而狭，山多而秀。此一段景色，颇堪留恋。至杨堤登上游轮，下层坐椅，上层立观。偕棠章登楼顶，“两岸连山，略无阙处”，但非陡壁绵延，而为冈峦突起。导游沿途解说，亦若七星、芦笛中，随意想象，附会其词。如九马画山，实为一大削壁，壁上斑驳如画，远观之似马，及至逼视则无足观矣。又如老人山、螺蛳山，亦均如此，远观可以想象，近视则索然。此段山景约占漓江水道（桂林至阳朔）四分之一左右。螺蛳山以下的四分之一，山皆平衍，无足观者。而杨堤以上即占水道全程二分之一一段却因水浅未能见赏，实大憾也。其可憾比芦笛岩之未及细观尤甚焉。下午一时船至阳朔，登岸时循一峭壁凿就之阶梯而登，殊险峻也。

在阳朔，曾途值曹奎官，从昆明开会后取道桂林。闻扬州来六人，未有泰州来者。晚王、徐二君来，说近日无包机赴宁，我们只有乘七日客机。又说七日送行和以桂林特产相赠等事。两君热情可感。并闻说，昨日钱天福从穗来电话询问我等行踪及安排情况。

阳朔景观有月亮山、雪狮岭、大榕树等，惜均未及观赏。后来听说因阳朔城正在修路，从停车场去大榕树等处的路不能通车。这也是一个遗憾。

## 十一月五日

午前偕荣章至市间购物，便道游杉湖。山光水色，小楼小艇，竹丛与夹竹桃相映成趣。在其中留二影。购回桂花茶四包、小葫芦六只。中午在一饭馆午膳，两菜全素，而口味颇佳，数日来所未觏。午休后乘车重访象鼻山，购仿牙筷三盒、风景照片两组、《桂林游览手册》一本。在象鼻山旁小坐时，看到昨日去阳朔同舟的游客数人。

上午途经民航售票处，询问，后日登机前八点半到售票处乘车去机场。

杉湖、榕湖为桂林城内的两湖，与漓江支流桃花江相通。中山路上的解放桥，横跨桃花江上。二十世纪三十年代有一歌曲名《桃花江》。在桂林街头所见女子与羊城不同。后者均黝黑而黠利，前者则多白皙安静。或者歌曲中之桃花江即指桂林？

## 十一月六日

上午冒雨重游叠彩山，抄录了茅盾1942年的律句。颈联云：“搏天鹰隼困藩溷，拜月狐狸戴冕旒”，盖指当时革命者与反动当局而言，非写个人之遭际。至风洞后，雨仍不止。在尚文坪上不能望远，遂未再登明月峰，因登峰以后亦不能望见七星、骆驼诸峰也。归途，至广西师范大学，绕独秀峰而行。山上有摩崖“南天一柱”“寿”等字。据说“寿”字为慈禧所书，字颇有功力。

盖才而能为恶者。在“南天一柱”前摄一影，不知能否显出。

下午在招待所整理行装，补写日记。晚饭后徐教导员送来橘子两箱，并腐乳、辣酱各四瓶以赠荣章和我。徐且亲为扎缚装箱。

作函寄广州钱天福，感谢他为我们桂林之行所作的安排。

## 十一月七日

七时半，王先勇副团长驱车来接我们至场站。八时半与民航通话，知天雨去宁的班机准时开航。九时徐教导员、陈顾问同驱车送我们至民航机场，为我们办理了行李托运、换登机卡等手续，直送至检查口，殷勤之至。十时，大雨如注。登机起飞，始而行云层中，迨升空后，机行雨上，日光灼灼，俯视云海汪洋，或起伏如波涛，如地上积雪；有时平坦如毡。来穗时夜间行云海之上，见月光皎洁，非地上所可拟。来时观月，回时赏云，“五千里路云和月”。必欲补一上联，则可为“六十春秋苦与甘”。来时所乘为波音七三七，回时则为三叉戟。来时一直平静，回时途中曾有两次颠簸，空中小姐云称遇气流所致。十一时五十分准时到达南京光华门机场，天气晴好。祖瑁来接，俄而泰州政协之小车亦至，遂同乘小车至祖瑁家。祖瑁已为我备酒饭，嘱建用电话唤祖瑚至。饭后二时三刻离宁，六时半抵家，半月之游，至此平安结束。

（1986 年）

# 二、语言文字

## 文风小议

近年来有些同志喜爱阅读一点古典作品，借以增长知识，扩充词汇；在写作时也喜欢运用一点文言词语或成语典故，使语言警辟生动，丰富多彩，这本是好事。可是有时由于对文言词语和成语典故学习不够认真深入，没有真正逐字逐词弄清楚它们的意义，运用时就不免写错用错。偶然如此，尚不足怪；倘若相习成风，屡见不鲜，就值得注意了。

暑休稍暇，随便翻阅一些期刊报纸，发现这种写错用错的现象竟不是个别的。仅从本刊的近几期中就看到若干例。

首先，在运用成语典故方面问题较多。有的随便改换成语的用字，如：

“在她的面前，真伪、好坏、是非，不言而显。”

“他这种耗之不尽，取之不竭的力量是哪里来的呢？”

成语原来是“不言而喻”和“取之不尽，用之不竭”，在这两篇文章中可以分别照用，无须改动。成语的特点之一就是它的组成是比较固定的，一般不宜任意改变。至于有些成语经过活用或改造，赋以新意，那是另一回事，本文对此不拟多所论述。但须指出，以为成语既能活用，就都可以随便换字，那是不对的。

有的似乎是把成语加以“改造”，结果却造出一些不易理解甚至不够顺适的词语，如：

“对于阅历不深的青年，我愿推心以告：学会比较，很有必要!”

“尽管普希金对妻子如此一片衷情，仍然满足不了娜坦丽的个人私欲。”

成语有“推心置腹”，源出《后汉书·光武帝纪》：“推赤心置人腹中。”从这个成语中去掉“置腹”而截取“推心”两字是不妥的。通常有“推诚相见”的说法，却不说“推心以告”。成语只有“一往情深”“一见钟情”，没有“一片衷情”。“衷情”的意思是“内心的情感”，不是“深情”。在词牌有《诉衷情》，现在我们也说“互诉衷情”。“一片衷情”是什么意思？似不能概括上文所说普希金对娜坦丽的不惜一切、百般迁就。

有的成语使用不当，也就是对成语作了错误的理解，如：

“千万不可像这三位同学的家长那样，孤注一掷，把子女逼上‘背水一战’的境地。”

“这样微小的欲望就可以杀掉无冤无仇的幼时伙伴，岂不使人不寒而栗？”

“孤注一掷”这个成语，原来是说旧社会里赌徒输急了的时候，把剩下的赌本全部押上去决一下输赢。一般用来比喻不顾一切冒险取胜的行动。那篇文章说三位同学的家长对子女升学采取“高压政策”，用“考不上就去死”“别进家门”之类的话相威胁，这叫什么“孤注一掷”呢？这些家长的错误并不是把子女作为什么“孤注”；片面地要子女升学，也和赌博毫不相关。因此“孤注一掷”这个成语这里是用不上的。

成语“不寒而栗”，常常用来形容可怕得厉害。那篇文章写的是由于没有借到十块钱竟然杀害了亲如兄妹的伙伴的凶手。这个凶手只因“微小的欲望”没有满足就挥刀杀人。这是多么卑劣的变态心理和多么凶残的犯罪行为。仅用“使人不寒而栗”来形容它，未免很不相称。作者的原意可能是想说这个凶手太残暴、太狠毒了；可是“不寒而栗”这个成语只能形容事物的“可怕”，而不能形容所怕事物的暴虐与凶残。

有的典故由于记忆不清，张冠李戴，如：

“呜呼，覆盆何以望天！怀着利己主义之心，去揣度英雄坦荡之腹，会推演出何等荒诞不经的结论。”

“戴盆何以望天”，语出司马迁《报任安书》，原来是比喻两事不能兼顾，所谓“头戴盆则不得望天，望天则不得戴盆”。后人用“戴盆望天”比喻有愿难偿，已和原意不合了。作者在这里把“戴盆”改为“覆盆”，又把它用如“管中窥豹”的意思，从形式到内容都跟“戴盆望天”成了两码事，这真是差之毫厘、失之千里。“覆盆”一词另有出处。覆盆就是覆置着的盆。如《抱朴子·辩问》篇云：“是责三光不照覆盆之内也。”“覆盆”也用以比喻沉冤莫白。如李白《赠宣城赵太守》诗：“愿借羲皇景，为人照覆盆。”此外，覆盆还与倾盆义近，倾盆大雨也可称为“覆盆大雨”。但说“覆盆何以望天”，这样移花接木是不成话的。

其次，对一些文言虚字的语法作用理解不够准确，因而用错，如：

“他们生者为人杰，死者为鬼雄，为我们青年一代树立了光辉的榜样。我们不但不能以‘亏’‘赚’论之，而且要以师者学之。倘一代青年都能如斯者，社会的道德风貌定会焕然一新。”

这是一篇文章结尾的几句。其中后面两处用到“者”字的地方都不够妥当。所谓“以师者学之”，作者的意思可能是“（把他）看作（可以）为师的人向他学习”。可是这五个字在一起，按文言语法的习惯，这里“师”字后面不能加“者”字——既不能加作为代词的“者”，也不必加作为助词的“者”。“以师学之”，勉强可以解释为“认为是老师去学习他”；但在文言中要表达这个意思，一般说“以师事之”，或者“视如师而学之”，而不说“以师学之”。下一句“倘一代青年都能如斯者”，如果作者的意思是把“者”字作为助词，这在文言语法里是容许的，但在现代语里夹着这种用法的“者”字，有些不协调；如果以为“斯者”等于“这样的人”，那么在文言里作为代词的“者”字一般是不用在别的指示代词之后的。有些人用翻译法来解释文言虚字，说“者”就是“……的人”的意思，而不交代它在什么语言环境里才能这样讲，这可能是造成这些“者”字使用不当的原因之一。

此外，有些词语近于生造，在现代汉语中既未通行，又不是文言词语，如：

“各种各样的猜测沸扬在街巷、宿舍里。”

“在某些人的心目中，待人处事就得像商人做生意一样，能够赚得利润才肯花费本钱，自己绝然不做那种赔钱的买卖。”

“沸沸扬扬”作为状语形容议论纷纷是常见的，但很少看到把“沸扬”作为动词的用例。现代语中只有“断然”“决然”，没有“绝然”这个词。尽管从字义看“绝”可以解释为“断”，但在文言里似也没有“绝然”的说法。

以上举出的各例，看来都算不上什么大问题。这样喋喋不休，未免吹毛求疵。笔者觉得本刊在青年中读者很多，影响极大，“城中好高髻，四方高一尺”；“蹶石伐木”之风，“起于青苹之末”；从培养青年纯洁的语言习惯和一丝不苟的写作态度着眼，本刊抽出一点篇幅发表这篇“咬文嚼字”的小议，也许还是有些意义的。

（作年待考）

# 关于鲁迅《会稽禹庙窆石考》的文字和标点质疑

鲁迅研究室最近根据鲁迅手迹整理发表了《会稽禹庙窆石考》（以下简称《窆石考》）的全文（见 1978 年 11 月 1 日《光明日报》第三版、《文物与考古》第 94 期），这对研究鲁迅的思想和他在考古学上的贡献都是很有意义的。发表时只附了《窆石考》手迹的局部照片，难窥全豹，不免遗憾。对整理后《窆石考》的文字和标点，亦有一二疑不能释之处，特提出来质诸大方之家。

整理稿《窆石考》分两段。第一段中云："《太平寰宇记》引《舆地记》云：'禹庙侧有石船，长一丈，云禹所乘也。……'"第二段中云："《舆地志》言，长一丈，今出地只九尺，则故未损阙矣。"这里有两点可疑：一则《舆地记》与《舆地志》，按文内引述的语句，显属一书，而前后异名，何故？二则后一段话，按整理后的文字既说窆石原来"长一丈，今出地只九尺"，显然短了一尺；而下文却说"故未损阙"，如无脱误，前后文意似相矛盾。（疑"只"字原作"已"）

《窆石考》关于"龙朝天诗"的叙述，整理稿有句云："俞氏樾又审仞其诗，止阙四字。""审仞"意不可解。此句在附印的手迹局部照片中，但印刷不清，无法辨认。从词义推测，"仞"字原稿可能是"纫"字。《集韵》："合丝为绳曰纫。"纫有连缀的意思。"审纫其诗"意谓审其字迹，连缀成句。笔者无由细察真迹，只能逞臆而谈，也许是错误的。

最后，《窆石考》整理稿近篇末一处的断句和标点可能不符原意。此处标点似应为："岂以无有圭角，似出天然，故以为瑞石与？晋宋时不测所从来，乃以为石船，……"整理稿将"与"字属下句，而在"瑞石"后加一逗号，既未标明前一句为反诘，"与"字属下，又不可解。此处"与"借作"欤"，疑问助词，常用于反诘语气。"欤"字是晚出的形声字，原作"与"，后来加"欠"作"欤"。鲁迅喜欢写笔画较少的本字，如"糊涂"作"胡涂"，"菠菜"作"波菜"皆是。鲁迅对文字学造诣很深，这一点是无待烦言的。

（1978 年）

# 读《丶部初稿》质疑

福建省编写的《汉语大词典·丶部初稿》（以下简称《初稿》），收词丰富，释义周详，质量较高。最近又看到福建省编写同志对《初稿》进一步审阅研究后提出的意见（见本刊第九十期）。他们这种认真严肃、精益求精的精神，值得我们学习。但《初稿》中还有些词条在立目、释义或举例方面存在可商之处，不揣鄙陋，提出来谨供参考，并希指正。

【丸封】《初稿》释为"喻防守牢固"，引张煌言文句"滨海丸封，又鲜戎马骚驿"为例。按"丸封"实用《后汉书·隗嚣传》王元说隗嚣以兵守函谷关东拒刘秀事，《初稿》"丸泥"义项④已引用。但"丸封"下全未提及，亦未注明"参见'丸泥'④"，好像"丸封"为一纯语词而有比喻义。实则"丸封"与"丸泥④"为同一典故的不同形式，不宜作为有比喻义的语词处理。

【丸捍】《初稿》据明晁氏《墨经·捣》："每一剂传毕五人，成熟剂，乃入匠手丸捍"立此目。但在"丸"字义项⑧"揉物使成圆形"下引明沈继孙《墨法集要·锤炼》云："熟剂与面剂相似，方可丸擀。"按词义，此词似应作"丸擀"。"擀"读 gǎn，《集韵》释为"以手伸物也"，意即搓揉碾压。今仍称用面粉和水加工面条为"擀面"。而"捍"读 hàn，防卫、抵御的意思，音义皆与"擀"不同。旧字书亦未见"擀""捍"通用之说。从词典的规范性出发，似应收"丸擀"一词，以上述《墨法集要·锤炼》的有关文句为证。"丸"字义项⑧下可另举《墨经·丸》：

“凡丸，剂不可不热”为例。至于“丸捍”需否作为参见或附见条目，可再斟酌。

【丸熊】此一典故为《初稿》所注，出于《新唐书·柳仲郢传》。原文为：“仲郢幼嗜学，（母）尝和熊胆丸，使夜咀咽以助勤。”“丸熊”是“和熊胆丸”的凝缩，为一动宾结构词组，意思是“和制以熊胆为原料的药丸”，或“用熊胆和制药丸”。《初稿》释为“用熊胆汁和制的药丸”，成了偏正结构的名词性词组，似误。

【丸颓】《初稿》所引玄应《一切经音义》的文字，只是对“颓”这个单字的注音和释义，既无“丸颓”的出处，也未解释“丸颓”的词义。《一切经音义》中一些双音词的释文，大都是这样。在使用《一切经音义》这类资料卡时，必须进一步查出包含这个双音词的佛经原文，然后参考《一切经音义》的注释写出双音词的释文。“丸颓”一词见于《十诵律》卷二十一：“若与出家受具足，犯突吉罗罪。……戾脚、脚指瘃、截阴、一丸癀、不能男、截臂、截髀、截手、截脚……”（据碛砂藏本，标点为笔者试加）按“癀”字见于《广韵》，“瘇”为多音多义字，据《集韵》，“瘇”亦为“癀”之异体。玄应《一切经音义》只云“（颓）又作瘇”，我们释文时如以“丸颓”立目，似应注明“颓，一作瘇、癀”。从经文的上下文看，“丸颓”似与“不能男”有关；《初稿》释为“即疝气”，尚可斟酌。

【丸剂】《初稿》义项②：“制墨过程中备作压制成品的原料。”引明晁氏《墨经·丸》：“凡丸剂不可不熟”（按：“熟”，一本作“热”）为例。经查《墨经》，这句话的全文为“凡丸，剂不可不热，又病于热，热不堪用，虽成必不光泽，易碎裂。”作者以“丸”作为篇名，与“和”“捣”等并列；下文又云：“一丸即成，不利于再。”可见“丸”是制墨过程中的工艺之一。在“凡丸，剂不可不热”和“一丸即成，不利于再”两句中，

“丸”均作为动词，意即丸擀。两句的意思是“丸擀时，原料不可不热”；“丸擀要一次就搞好，不宜于返工”。《初稿》误将“丸”“剂”两字连读成词，释义自然亦误。但“丸剂”的义项①是正确的，因此，词目可存，义项②应删。

【丸兰】《初稿》据《太玄·密》范望注，释为“形容稠密茂盛”。实则范望对《太玄》“万物丸兰”句的解释为“万物完茂，丸兰然”，并无稠密的意思，范注中“稠密无有间隙”是对《太玄》原文中“咸密无间”的解释。按“丸兰”为叠韵联绵词，“萑兰”或“汍澜”皆其异体（见王先谦《汉书补注》）。范注只是随文作解，我们为“丸兰”释义，似可概括为“众多、纷繁的样子”，释文末可注明：“参见‘萑兰’‘汍澜’。”

【丹汞】《初稿》释为“丹砂化成的水银”，引赵师秀诗句：“亦欲鬓毛休似雪，争如丹汞只为灰”和马致远曲句：“降伏尽婴儿姹女，将炼成丹汞黄银”为例。按《抱朴子·金丹》云：“凡草木烧之即烬，而丹砂烧之成水银，积变又还成丹砂。”（《初稿》“丹砂”条下曾引用）根据现代化学知识，《抱朴子》的后两句话是说：丹砂（朱砂、硫化汞）加热分解成水银，水银再经高温氧化，又成为三仙丹（氧化汞）。硫化汞和氧化汞都呈红色，古人不知道是两种物质，把它们都叫作丹砂。赵、马两例中的丹汞，似皆指炼丹时生成的红色汞化物，即三仙丹。赵诗后一句，正是从上引《抱朴子》的话而来。两句诗的意思是说：“要想（长生不老，）毛发永不变白，（然而）人怎能像（朱砂会炼成）丹汞，只能（像草木那样）烧成灰烬（而已）。”马例中“丹汞”与“黄银”连用于“炼成”之后，显然是指红色或黄色的汞化物。《初稿》释文把偏正词组解释为一个省了谓语动词（“化成”）的句子，且与科学实际不合。“丹汞”似可释为“红色的氧化汞，即三仙丹。”

【丹泥】《初稿》义项①：“用丹砂和水调成泥状以炼药”，

引《抱朴子》和李商隐诗为例。所引《抱朴子》文句中并无“丹泥”一词，似不可作为例证。李诗云：“丹泥因未控，万劫犹逡巡。”其中“丹泥”为“丹元”“泥丸”之合称。“丹元”，道家所谓心之神；“泥丸”即上丹田，在两眉间。前者指心，后者指脑，旧说皆主人之思维。李诗的意思是：修炼因循松懈，未能控制心神，虽历经百千万劫，仍迟迟不能到达仙境。释文似可改为“即丹元与泥丸，犹丹田。”释文末可注明“参见‘丹元’‘泥丸’”。

【丹素】《初稿》义项①：“后泛指士大夫之服为丹素”下引两例。后一例《北史·萧宝夤传》：“……饰垢掩疵，妄加丹素，趣令得阶而已，无所顾惜。”其中“妄加丹素，趣令得阶”，实即上文“饰词假说，用相褒举”的意思。下文云：“皆虚张无功，妄指赢益，坐获数阶之官，籍成通显之贵”，也是说的这回事。因此“丹素”非指士大夫之服。似可在义项④“绘画所用的红白颜料”引例之后，添一句“也引申指虚假的夸饰”，引《北史·萧宝夤传》为证。

【丹笋】《初稿》释为“形容高耸的岩石”，引周渍《舟中望九华山》诗句“刻削冠青莲，雕镂矗丹笋”为例。按丹笋喻尖峭的岩石，犹今语称喀斯特地形中石灰岩溶蚀后不断凝集竖立地上的岩石为石笋。至于“高耸”的意思则在“矗”字而不在“丹笋”。《初稿》“丹竹”条引《笋谱》云：“丹竹笋，出道州泷中峭壁上。”“丹笋”疑即“丹竹之笋”。至于用以比喻岩石，如仅周渍诗一例，似尚不能认为已形成比喻义。因此“丹笋”一词，似可释为“即丹竹笋。有时用以比喻尖峭的岩石”。

【丹野】《初稿》义项②：“血染的原野”，例引曹丕《校猎赋》：“流血赫其丹野，羽毛纷其翳目。”曹赋两句的意思是：“流血鲜明地染红了原野，羽毛纷乱地遮蔽了目光。”上句的“丹野”和下句的“翳目”一样都是“谓语+宾语”或者说动宾关系。

《初稿》“丹”字义项③：“用红色涂饰。……也指染成红色”引例中有《新唐书·房琯传》：“杀卒四百万，血丹野。”其中“丹野”的意思正与曹赋全同。这里“丹野”的意思是“染红了原野”，实为两个词，并非偏正词组。“丹”的这一意思已见单字释文，“丹野”的这一义项似可删去。

【丹毫】《初稿》释为“杆赤的毛笔”，引谭用之、龚自珍、松琴等的诗句为例。按前两例中的“丹毫”皆是朱笔，即蘸水和朱砂写字的毛笔。谭诗云：“验符何处吮丹毫”，“丹毫”显然为道士画符所用的朱笔。龚诗自注云：“予每侍班引见，奏履历，同官或代予悚息。丁酉春京察一等，引见蒙记名。”原书（《四部备要》本《定庵全集》）诗句中的“天”字、“丹”字和自注中的“见”字、“记”字前面皆空一格，可见这些字指清帝或其用物和行为。“丹毫”实为清帝御用的朱笔。至于松琴诗《女学生入学歌》中的“丹毫”，指女学生所用的毛笔。旧时毛笔有将毛部分染成红色的，但这里的“丹毫”可能只取其色彩艳丽，纯属辞藻性质，并无实指意义。因此“丹毫”似可释为“朱笔”，删去松琴诗一例。

【丹阳】《初稿》义项④：“佛教所谓超脱尘世的真空境界。”书证为李贽《焚书·复丘若泰》：“丹阳虽上仙，安能弃轮回、舍因缘，自脱于人世苦海之外耶?”又“非谓必如何空之而后可至丹阳境界也。”李氏的话扬佛抑道，意甚明显。他认为“丹阳”虽然是道家修炼所能达到的较高境界，但并没有达到佛家“弃轮回、舍因缘，自脱于人世苦海之外”的地步，是不需要“必如何空之而后可至”的境界，完全不是什么“真空境界”。释文似与李氏的原意不合。

【丹景】《初稿》释为“红日”，例引李白诗句“祖席留丹景，征麾拂彩虹”和吴筠诗句“凌晨吸丹景，入夜饮黄月”，并引王琦李白诗注：“丹景，日也。”按《说文》云：“景，光也。”

“丹景”在李诗中指“夕阳”，在吴诗中指“朝阳”，均为红色。因此，“丹景”宜释为“红色的阳光”。李诗王注，从大处说不误，但就词义看，似欠准确。

【丹铅】《初稿》义项②：“胭脂和铅粉”，末尾云“引申为妇女的代称”。例引《剪灯余话·江庙泥神记》：“奴等蒲柳陋姿，丹铅弱质。”这里“丹铅”与“蒲柳”对文，意在求对偶形式上的工稳。寻其文意，“蒲柳”作比喻用，“丹铅”则既非比喻，亦非指代，意思等于“施以丹铅（的）”，用作状语，实即《初稿》上文所谓“亦指化妆”。因此“引申为妇女的代称”这一解释似可删去。

【丹点】《初稿》释为“小粒的丹药”，引唐吕岩诗“一丸丹点一斤金”及“一丸丹点体纯阳”两句为例。实则两句中的“丹点”是主谓关系的两个词。第一句的意思是用一粒丹头点成一斤的黄金，第二句中“丹”“点”两字的意思仿此。“点”都不是指“小粒”，前面的“丸”字，才是“粒”的意思。《初稿》“丹阳”条引吕岩诗：“竟向山中寻草药，伏铅制汞点丹阳”和《庶斋老学丛谈》云：“取丹头点银成金，化铁为银”，其中“点”字的意思均和《初稿》“丹点”下所引两句诗中的“点”字相同，特别后一例，更是对“丹” “点”两字连用最好的注脚。“丹点”不是词或词组，似不能立目。

【丹艳】《初稿》释为“绮丽”，引孟郊诗“寒日吐丹艳，赪子流细珠”为例。艳指光彩，古有此训（见《洪武正韵》）。诗中“丹艳”义为“红色的光辉”，系一名词，作“吐”的宾语，与下句“流”的宾语名词“细珠”相对。《初稿》释为形容词，似误解。

【主子】《初稿》义项③：“比喻操纵主使的人。”例引鲁迅和韬奋的文句。按文意两例中的“主子”皆指旧时的统治者。鲁迅明言：“凡一朝要完的时候，总是自己动手，……打扫干净，给新主子可以不费力量地进来。”可见“新主子”即新朝的君主。韬奋文中的“主子”则指当时的国民党反动统治者。似都不仅是“操纵主使的人”，亦无所谓“比喻”。

【主友】《初稿》释为：“指在异国结识的居停主人。”引《周礼·地官·司徒下》：“主友之雠，视从父兄弟。”及王引之《经义述闻》关于“主友”的解释。按王氏云：“主友，盖皆交游之属。”句中的“皆”字，显然表明“主友”不是指一种人而是指两种人。王氏还指明：“主，谓适异国所主之人也。羁旅相依，有朋友之道，故与友并言之。”可见“主友”是指“（适异国）所主之人”和一般朋友而言。王氏下文还引了《大戴礼·曾子制言上》：“有知尊谓之友，无知尊谓之主”，作为主友并举之证。《初稿》释文只解释了“主”字，而忽略了“友”字，似与所引《经义述闻》的解释不相吻合。

【主文】、【主考】《初稿》“主文”义项②为“主考”，下文又云：“亦用以称主考官。”可见前面的“主考”仅指“主持考试”而言。但“主考”一词，实有“主持考试”与“主考官”两义；有歧义的词似不宜用作解释，不如径作“主持考试”为妥。

《初稿》“主文”义项③例引王应奎《柳南随笔》，引文后两句应为“少为巡捕衙书佐，长而从人幕中为主文”。《初稿》以“长”字属上读，不妥。又“主文谲谏”条下引蔡汝南文断句亦误。末两句应为“著之册而劝戒昭，播之诗而美刺□”。《初稿》以“昭”字属下读，句末又误删一“显”字。

《初稿》“主考”义项②：“明清科举制度中主持乡试的官。”引例中《明史·选举制》云：“主考，乡、会试俱二人。”可见“主考”并非仅指“主持乡试的官”。释文末又云：“也泛指主持考试的人”，无引例。从语词词典的要求看，释文似可作“明清时主持乡、会试等考试的官”。“泛指”云云可以删去。

【主甲】《初稿》释为“犹某甲”，例用《南齐书·刘祥传》：“云囚‘轻议乘舆’，为向谁道？若向人道，则应有主甲。岂有事无仿佛，空见罗谤？”按文意“主甲”犹“主名”，“主”指施事或受事的人，即当事人；“甲”为泛指的代称，犹“某”或“某人”。因此“主甲”意思是施事或受事的某人，即当事人某某。《南齐书》云：“若向人道，则应有主甲。”等于说“如果（囚）向谁讲了（轻议乘舆）的话，那就应该有某个当事人（听到囚讲话的人）。”《初稿》的“犹某甲”只释了“主甲”的“甲”字而忽略了前面重要的“主”字，似欠当。

【主皮】《初稿》立两个义项：“①古代乡射礼共射三次，第二次以射中皮质的箭靶为主，故称‘主皮’。”“②泛指射中目标。”按“主皮”一词较早的出处有《论语》《仪礼》和《周礼》三书。《论语·八佾》：“子曰：射不主皮，为力不同科，古之道也。”《仪礼·乡射礼》：“礼，射不主皮。主皮之射者，胜者又射，不胜者降。”《周礼》见于《地官·乡大夫》，如《初稿》所引。三书古注关于“主皮”的注释基本一致。如《论语》马融注云：“主皮，能中质。”《仪礼》郑玄注云：“主皮者，无侯，张兽皮而射之，主于获也。”《周礼》郑众注云：“主皮谓善射。”三家的注文概括言之，似即《初稿》义项②“射中目标”的意思。《初稿》义项①的解释，来自清人凌廷堪的《乡射五物考》，刘宝楠《论语正义》和孙诒让《周礼正义》均引其文。按凌说系取《仪礼·乡射礼》和《周礼·地官·乡大夫》互相比附而提出的对《周礼》所说“乡射之礼五物”的一种解释。这一解释，当否姑置勿论。凌氏之意只是说“主皮”是乡射三次中第二次射的要求，并非说第二次射称为“主皮”。凌氏认为“乡射之礼五物”中“一曰和，二曰容”是乡射三次中第一次射的要求，“四曰和容，五曰兴舞”是乡射三次中第三次射的要求。如以为“主皮”是乡射三次中第二次射的名称，则“和、容”与“和容、兴舞”

将成为第一次射和第三次射的名称。凌氏并无此意。凌氏云："中鹄为主皮。"这是他对"主皮"一词的解释，与上引马、郑诸说，并无不同。至于《初稿》义项②所引诸例均与射箭有关，似无所谓"泛指"。因此似宜只立一个义项，释为"射中作箭靶的兽皮，犹'中的'"。引例可取《论语》及马融注、《周礼》及郑众注和耿讳诗、王禹偁文。《论语》时代最早，《周礼》为伪书，但"主皮"明显作一词用，马、郑两注，言简意明，可以相互补充。故两例虽均属先秦，似可并录。

【主奴】《初稿》义项②："比喻主与次"，例引黄宗羲《范道原诗序》："至于言诗，则主奴唐宋。"按这里"主奴"的用法，似源于韩愈《原道》："入者主之，出者奴之。"实为"主""奴"两词的意动用法，即"视为主"或"视为奴"的意思。用意译法解释可以说成"尊崇与鄙视"。所谓"主奴唐宋"，就是"视唐诗为主人，视宋诗为奴婢"，亦即"尊唐（诗）鄙宋（诗）"的意思。这里似无所谓比喻，更非"主与次"的关系。这一义项似可与《初稿》义项③"即主仆"合并，释文改为"主人与奴仆"，补一例后再写明"引申为尊崇与鄙视"，引黄宗羲文为例。

【主刑】《初稿》义项①："主管刑事"，义欠明确，似宜作"主管法律、刑狱事务"。所引两例，后一例《宋史·高防传》："梦一吏以白帕裹印，自门入授防。防寤而思曰：'白主刑，吾当为主刑官乎？'俄而周祖即位，起为刑部员外郎。"其中"主刑"二字凡两见，但意义不同。"白主刑"的"主刑"是"预示着刑狱之事"的意思，这和"主刑官"的"主刑"是两个意义不同的词组。书证中似不宜出现与词目同形异义的词语，如别无恰例可取，必须引用时，宜加删节。

【主名】《初稿》义项②："犹姓名"，其误与"主甲"条相似而尤甚。不仅只解释"主名"的"名"字，未涉及"主"字，而且对“名”字的解释亦误。人皆有“名”，故“名”可作为人的泛指代称，犹“某”或“某人”。《初稿》引《史记·扁鹊仓公列传》：“主名为谁”和《后汉书·周纾传》：“下车先问大姓主名，吏数闾里豪强以对”两例，前一例的“主名”指被淳于意治好或治死了的病人，后一例的“主名”则指贵戚中有关的人。概括言之，“主名”就是施事或受事的某人，可以释为“泛指某个（些）当事人”。至于所引鲁迅一例，与上两例不同，其中“主名”指（墓中）主人的姓名，这是另一个意义的词组，不宜与上两例相混，亦不必另立义项。

【主车】《初稿》义项②：“为主的车，与‘次车’对称。”引《穆天子传》为例。按引文节取欠当。这段话的上文云：“天子命驾，八骏之乘，又（同‘右’）服䮖骝（疑即‘骅骝’）而左绿耳，右骖赤蘬（古‘骥’字）而左白仪。”下接《初稿》所引“天子主车，造父为御，㕙𠫓为右，次车之乘，右服渠黄而左逾轮，右［骖］（脱‘骖’字据上文补）盗骊而左山子，柏夭主车，参百为御，奔戎为右。”通前后观之，“主车”出现两次，并非与“次车”对称，而是一个动宾结构词组，意思是主宰此车或居于车的主位。文中以“次车之乘”与“八骏之乘”对称，并非以“主车”与“次车”对称。由于误节引文，词义遂被误解。

【主我】《初稿》释为“以自我为主”，引陈亮《谢罗尚书启》和鲁迅《文化偏至论》两例。但陈亮文中的“人亦有言，孔子主我”实出于《孟子》。《孟子·万章上》云：“弥子谓子路曰：‘孔子主我，卫卿可得也。’子路以告。孔子曰：‘有命。’”这段话是说弥子要孔子投靠他，遭到孔子的拒绝。其中“主我”的意思是“以我为主人”，即“寄居我处”，并非“以自我为主”（“主”字的这一意思，《初稿》“主”字下列为义项⑩）。因此“主我”可立两个义项：①以我为主人，寄居我处，引《孟子》和陈亮文为例；②以自我为主，引鲁迅文为例。

【主坐】《初稿》释为“主要坐罪者”，例引《水浒传》：“徐宁听罢，心中想到：‘既有主坐，必不碍事。’”按“主坐”实与《初稿》“主名”义项③相近，即“指案犯”。这里的“主”并非“主要”的意思，而是“指有关的当事人”（见《初稿》“主”［zhǔ］字的义项⑧）。“坐”有获罪、被惩办的意思。为求通俗明确，“主坐”似可释为“应当办罪的人”。

【主者】《初稿》释为“某一主管其事的人”（按：“某一”二字可删），共引三例，末一例为《洛阳缙绅旧闻记·梁太祖优待文士》：“主者留之，不令私去。”经查原书，这里的“主者”即上文的“掌客”，下文又称为“掌客者”“主客者”或“客司”。“主”有招待客人的意思（《初稿》“主”字义项⑩下已提出），“主者”就是“接待宾客的人”。因此应另立一义项，引《洛阳缙绅旧闻记》为例。

【主客】《初稿》义项②“犹主宾”，引两例。后一例为《新唐书·食货志二》：“户无主客，以居者为簿；人无丁中，以贫富为差。”这里“主客”的意思是“土著的和外来的”，并非“主宾”的意思。《初稿》有“主户”条，释文云：“指土著的原有民户，与‘客户’对称。”引例《宋史·地理志六》：“天下主客户，自至道末，四百一十三万二千五百七十六。天禧五年，主户六百三万九千三百三十一，客户不预焉。”《新唐书》“户无主客”的“主客”正是《宋史》“天下主客户”的“主客”。因此，“主客”除《初稿》已列的义项②外应再立一义项“土著和外来”，引《新唐书·食货志二》和《宋史·地理志六》前引一节的第一句为例。“主户”下原引《宋史·地理志六》文句，可只用“天禧五年”以下两句。

【主寄】《初稿》释为“犹言主次；主从”。例引杜光庭《莫庚乂青城甲申本命周天醮词》：“圆清方浊之间，递为主寄；日域星躔之内，各备职寮。”按“寄”无“次”或“从”的意思，而有“暂居”“做客”的意思，“主寄”似应释为“犹主客”。“主客”与“主次”“主从”义似相近而实有区别：“主客”指主体与客体两方，主体是内在的、本有的；客体是外来的、附加的。这和“主与次”“主与从”之间的关系不同。似不宜以“主次”“主从”代替“主客”。

【主当】《初稿》释为“犹言正当”，引杜甫《病柏》和曾巩《寄致仕欧阳少师》两诗句为例。按“主当”犹“主持”，见浦起龙《读杜心解》《病柏》诗注。曾巩诗云：“主当西湖月，勾留颍水春”，“当”应读去声。“主当”与“勾留”相对，显然也是动词，后带宾语，意思是主持或主宰。若《初稿》所谓“正当”是“恰逢”的意思，则于杜曾两诗似皆不可通。“当”读成平声，在曾诗中亦与律句的平仄不合。

（1981 年）

# 《苏武》疑义五则

《苏武》课文（《高中语文》第三册）开头处，“少以父任，兄弟并为郎”。课文注云：“苏武的父亲苏建立过功，苏武兄弟三人都因此做了护卫皇帝的武官。任，用。”前面两句，意译原文，尚无不可；后面“任，用”这一解释，实未能完全解出这里“任”的含义，且易引起误解，以为是指苏武的“父”被任用。实则“任子”系汉代一种制度，“任子令者，……吏二千石以上视事满三年，得任同产若子一人为郎……师古曰：‘任者，表也。’”（《汉书哀帝记》注）由此可见，这里的“任”字，以释为“保举”或“荫庇”为宜。“任”字的同一用法，在《汉书》中尚有他例，如《刘向传》云：“向字子政，本名更生，年十二，以父德（刘向父名德——笔者注）任为辇郎。”

文章第四节“……凿地为坎，置煴火，复武其上，蹈其背以出血。”课本中“煴”误印为“愠”，下面的注释也误为“愠火”。“蹈”字系一假借字，课本未注，殊易引起误解。这里借“蹈”代“掏”，不能用“蹈”的本义（践踏）来解释，读音也不能照“蹈”的一般读法（念 dǎo），而应和“掏”一样读，念 tāo，“击”的意思。

文章第五节开头，“武益愈，单于使晓武，——会论虞常，欲因此时降武。”课文中这里的破折号似用得不妥。按文意，单于使晓武的内容即为“会论虞常”，这里的“会”字是“一同参加”“一齐到场”之意，并非如课文第三节中“会武等至匈奴”的“会”作“当……时”解。现在在“晓武”和“会论虞常”

之间加一破折号，把连贯的句子断成两截，使前一段意不完足，后一句易致误解。这一破折号不用为宜。

文章第六节中“廪食不至”一句课本注云：“意思是说无人供给饮食。廪，念 lǐn，米仓。”前面的意译尚无大误，后面解“廪”为“米仓”却是为蛇画足。“廪”有“米仓”一义，但这里不是，而是“供给”的意思。

文章最后一节“前以降及物故”一句，教学参考书解为“除以前因为投降及死亡之外”，并在解释虚词时将此句作为“以”“表示‘因为’的意思”的例句。这一解释，使原来明白易懂的句子变得别扭，甚至不通。句中的“以”字实系“已”字的假借字，如《汉书·张敞传》：“今两侯以出，……”此“以”字也是“已经”的意思。“前以降及物故”，就是“除去在此以前已经投降和死去的”。在句中“已降”和“物故”并列，“已”做时态副词修饰“降”字，并不兼及后面的“物故”。若解“已”为“因为”，则将使“降及物故”成一联合结构作为“以”的宾语，这样的联合结构别扭殊甚，在古汉语中很少见；而且这样解释，全句成为一个表原因的分句，而上下文并无表结果的句子，那就几乎不通了。

（刊于《江苏教育·中学版》1962 年第 4 期）

# 试论《诗·硕鼠》“贯”的释义

《诗·硕鼠》篇“三岁贯女”的“贯”有些不同的解释。较多的注本，说是“侍奉”“服事”。这是根据毛传。孔颖达疏指出毛传又是以《尔雅·释诂》为根据。这个来源较早的传统解释，为不少人所袭用。《尔雅·释诂》两次提到“贯”字，与此有关的是《释诂上》的一条：“绩、绪、采、业、服、宜、贯、公，事也。”这就是毛传“贯，事也”的根据。问题是“贯”虽有“事”这一义，但《硕鼠》里的“贯”是否就是这个意义，《尔雅》没有说；而流传下来最早给《尔雅》作注的郭璞，对此却有说明。郭在这一条下注道：“《论语》曰‘仍旧贯’，余皆见《诗》《书》。”就是说，这里有“事”的意义的几个字中，“贯”见于《论语》“仍旧贯”一句，其他的字出处在《诗经》或《书经》里。郭璞大概不会忘记《诗·硕鼠》里有“三岁贯女”的句子，他却特别指出：“贯”出于比《诗经》晚些的《论语》，而其他几个字都见于《诗》《书》。可以推定，郭璞不认为“三岁贯女”的“贯”是“事”即“服事”或“侍奉”的意思。再看《释诂》这一条所列“贯”以外可作“事”解的字见于《诗经》的有“绪”（“缵禹之绪”）、“服”（“曾是在服”）、“公”（“以奏肤公”）等，这些字都是名词，而《论语》“仍旧贯”的“贯”，也正是名词。“仍旧贯”就是沿用旧有的做法。《尔雅·释诂》列在同一条下的字或为名词，或为动词，或为形容词，原则上是单一的，极少体谓混淆的情况。《释诂》“事也”条的“事”是名词，并非动词，并无服事、侍奉的意思。因此可以说，认为“三岁贯女”的“贯”也是“事”，而且是“服事”（动词）的“事”，这是毛亨对《释诂》的误解。

有些人在把《硕鼠》的“贯”注为“服事”或“侍奉”时，可能感到义有未洽，作了些补救。如《辞海·未定稿》（1963年版）“贯”字义项⑦云：“惯养；服事。”引例即《硕鼠》诗句。但在《辞海·修订稿·语词分册》（1977年版）中，“贯”字下义项⑥又改为“服事”，删去“惯养”二字，引文如旧。大概“未定稿”想用“贯”借作“惯养”的“惯”来作为“贯”有“服事”一义的补充，“修订稿”觉得此说不可靠。事实上“贯”引申出“惯养”这个意思是很晚的事，《硕鼠》写作时，“贯”或“惯”还没有“惯养”的意思，而诗人对极端憎恨的“硕鼠”也不会用上“惯养”这个概念。《文章选讲》（淮阴师范、淮安师范合编）第九分册《硕鼠》篇注释⑶云：“贯是‘宦’的假借字，侍奉的意思。”这一说大体源于郝懿行《尔雅义疏》。郝氏说：“《汉石经·诗》作‘三岁宦女’。宦盖与官同。宦，仕也；仕，事也，官亦事也。”在另一处说：贯“又通作‘宦’。《诗》‘三岁贯女’《汉石经》作‘三岁宦女’。”郝氏指出“三岁贯女”《汉石经》作“三岁宦女”，这是一个很重要的发现，可是仍把它作为“贯，事也”的旁证，没有从“贯”和“宦”的通假上进一步探求“贯”的本字和确义。

我们初步认为，“贯”（或“宦”）是“豢”的通假字。其理由如下：

第一，“贯”（guàn）和“豢”（huàn）不仅同韵部，声母也相近：前者属舌根音，“见”母；后者属喉音，“匣”母。章太炎把舌根音叫作深喉音，喉音叫作浅喉音，并说“深喉浅喉亦为同类”（见《文始》）。此两音相通假，除《汉石经·诗》“贯”作“宦”足为确证外，尚有“贯”通“擐”（huàn）（如《左传·成二年》“擐甲执兵”。擐，贯也。）、“串”（guàn）通“患”

（《诗·皇矣》“串夷载路”，《经典释文》一本作“患夷”）等可资旁证。

第二，“豢”的本义是以谷圈养豕（见《说文》）。“三岁贯女”的上文为“硕鼠硕鼠，无食我黍”“无食我麦”“无食我苗”等。“我”的“黍”“麦”和“苗”等都为硕鼠所食，“三岁贯女”正是最好的概括。

第三，从毛亨到郝懿行可能都受儒家传统观念的束缚，认为把硕鼠的食黍、食麦、食苗，说成人民对统治者的“服事”或“侍奉”，而不说是豢养，这是合乎“温柔敦厚”的诗教的。这样解释，不仅损害了风诗的现实主义精神，也不符合“贯”的真义。《尔雅》“贯，事也”的“事”原是指事实、做法的名词，却硬要说成是指服事、侍奉的动词。我们应该从字词的实际出发，还《硕鼠》的“贯”以借作“豢”的本来面目。

（1978 年）

# 《世说新语》称数法两文质疑

《中国语文》1980年第三期载庄正容同志《〈世说新语〉中的称数法》（以下简称《称数法》）一文，对《世说新语》（以下简称《世说》）中数量词的意义和用法作了较全面、系统的分析。第五期又发表了丁根生同志《对〈《世说新语》中的称数法〉一文的两点补充》（以下简称《补充》）。两文中似均有些可以商榷之处。现大体按有关句段在原文中的次序，提出个人的一些浅见，以就教于庄、丁两同志和其他语文工作者。

## （一）

《称数法》在“称数的基本方式”第二种“名+数+量”下面所举的第一个例句是：

嵇康身长七尺八寸，风姿特秀。（《容止》）

着重号为原文所加（以下凡引用庄、丁两文中引用的例句时均仿此，笔者自引的例句的着重号则为笔者所加）。按着重号所标示，似以此句中的“身长”作为名词。实则“身长”由词组凝固成词，是近现代的事，在中古还是一个自由词组。《世说》中称说身材，有时就只用“长”而不用“身长”。例如：

庾子嵩（《称数法》误引作“高”）长不满七尺。（《容止》）

士衡长七尺余。（《赏誉》）

可见“身长”在当时是一个由名词“身”和形容词“长”组成的主谓词组，在句中做谓语。《称数法》也曾引用“庾子嵩”

一例，并认为句中“不满”一词“处于名词之后”，这就是把句中的“长”也作为名词。其实这里的“长”仍是形容词。加在“身长”或“长”后面的数量词组都作为补语，表明“长”的程度，并不是运用了“名+数+量”的称数方法。

《称数法》曾指出：在“事物称数法”中，“用以称数的数词和量词，都和名词发生结构上的关系，而名词……表示称数的对象。”在“身长七尺”中，“七尺”所称数的对象是“身”，“长”是对“身”的属性之一的描写，“七尺”这一数量词组是对这种属性的修饰，在“长七尺”中称数对象被省略了，“七尺”仍是对“长”的修饰。这种可以受数量词组修饰的描写事物属性的词，除“长”外尚有“高”“宽”“广”等。所有这些词放在数量词组前面都不是作为称数对象的名词，而是受数量词组修饰的形容词。我们必须把这种“形+数+量”结构和“名+数+量”称数方式区别开来。

《世说》中数量词组加在其他形容词后面的用例如：

尝以一珊瑚树高二尺许赐恺。(《汰侈》)

有大牛重千斤。(《轻诋》)

这里的“高”和“重”，都是形容词，实则前面例句中的“长”和这里的“高”是一个意思。这里的“高”显然不是名词，那么前面例句中的“长”是形容词也就毋庸置疑了。

此外，数量词组还可加在动词或动宾词组后面作为补语。加在动词后的用例如：

蛟或浮或没，行数十里。(《自新》)

阮步兵啸闻数百步。(《栖逸》)

郭送之弥日，一举数百里。(《赏誉》)

岩岩清峙，壁立千仞。(《赏誉》)

第三例中的“举”和第一例中的“行”义近。这里的数量词组用来表明“行”“闻”“举”“立”等动作所达到的距离或高度，因此都是补语。

《称数法》曾提出称说里程时，“名词更是常常省略”的说法，并以“驽牛一日行百里”（《品藻》）为例。《世说》中称说里程均用“‘行’+数词+‘里’”的形式，除以上两例外尚有：

行数十里，淮乃命左右追夫人还。（《方正》）

行三十里，魏武乃曰：“吾已得。”（《捷悟》）

其母缘岸哀号，行百余里不去。（《黜免》）

《称数法》说这里“名词……常常省略”，可能指这些句子在表行程的数量词组前或后可以加一“路”字，但《世说》中未见用例。凡说语言中省略了什么，必须要有不省略的例子。这里并非如此，基本上是动补式，即在“行”字后面加表里程的数量词组作为补语，并不是采用“数+量+名”或“名+数+量”等称数方式而省略名词。

数量词组加在动宾词组后面的例了如：

君能屈志百里不？（《言语》）

人生贵得适意尔，何能羁宦数千里，以要名爵。（《识鉴》）

去郭数十里，立精舍。（《栖逸》）

今沙涨，去墓数十里皆为桑田。（《术解》）

这些句子中的数量词组，前面紧接一名词，但这些数量词组并非称数前面这一名词所指事物的数量，而是作为修饰前面动宾词组的补语。《称数法》对数量词组作补语全未论及，且因而对“身长七尺八寸”“行百里”等结构作了错误的分析，故上面对《世说》中数量补语的用法稍加考察，略作补充。

## （二）

《称数法》两次谈到称说年龄的方式。在“名+数”这种基本称数方式下说：“这种用法，有十余例，均用于称说钱币和年龄。”后面又说：“称说年龄……时，名词更是常常省略”，而只用数词和量词。这些说法似均值得商榷。

据粗略统计，《世说》中称说年龄的句子近四十例，共有四种方式，其中最基本的方式为“‘年’+数词+‘岁’”，用例最多，占三分之一以上，如：

徐孺子年九岁，尝月下戏。（《言语》）

忽于猎场见齐庄，时年七八岁。（《言语》）

简文崩，孝武年十余岁立。（《言语》）

张玄之、顾敷是［顾和］中外孙，年并七岁。（《夙惠》）

小人母年垂百岁，抱疾来久。（《术解》）

凭时年数岁。（《排调》）

王右军年减十岁时，大将军甚爱之。（《假谲》）

这些例句中，加在“年”与“岁”之间的数词，可以是确数，可以是约数，也可以在数词前加副词“并”（“皆”的意思）、“垂”（“将近”的意思）、“减”（“不足”的意思）等做状语，可见这是称说年龄表现力灵活多样的一种方式，因此也是使用率最高的基本方式。在这种方式中，“年”做谓语，是名词用作动词，等于说“行年”“年龄长（zhǎng）到”；后面的数量词组做补语。从形式上看这种结构好像是“名+数+量”的称数方式，但一般的“名+数+量”，如“宾客数百人”（《政事》）、“（饮）酒二斗”（《任诞》），可以改用“数+名”或“数+量+名”方式，说成“数百宾客”“（饮）二斗酒”；而“年九岁”既不能说成“九年”，也不能说成“九岁年”。可见这种称说年龄的基本方式并不是采用“名+数+量”的称数法，其省略形式当然也不属于“名+数”或者是什么“名词……常常省略”了。

《世说》中称说年龄的省略形式有三种，使用较多的是省去量词“岁”，只用“‘年’+数词”；其次是不用“年”字，只用“数词+‘岁’”；使用最少的是只用数词，“年”字和量词“岁”

均不用。省略形式之一的用例如：

［挚瞻］复出作内史，年始二十九。（《言语》）

卿年未三十，已为万石，亦太蚤。（《言语》）

陈元方年十一时，候袁公。（《政事》）

王济年二十八始宦。（《识鉴》）

时荀子年十三，倚床边听。（《品藻》）

这种省略形式，《称数法》认为是用“名+数”的称数法，其实仍是动补结构，只是补语不是数量词组而是数词。与上述表年龄的基本方式相比，数词前虽亦可加副词（如第一例的“始”，第二例的“未”），但数词必须是确数而不能用约数，可见其表现力不如上述基本方式丰富。

省略形式之二的例句如：

梁国杨氏子九岁，甚聪慧。（《言语》）

王戎七岁，尝与诸小儿游。（《雅量》）

亮有大儿数岁，雅重之质，便自如此。（《雅量》）

是时胤十余岁。（《识鉴》）

百岁老翁攀枯枝。（《排调》）

这种省略形式，只是一个数量词组，其语法作用和上述基本方式中的数量词组不同：前四例直接做谓语，后一例做定语。《称数法》认为这是使用“名+数+量”的方式而省略名词，其实这里的数量词组做谓语，是古代汉语中成分相取代的一种形式。古汉语状谓结构或谓补结构的句子，有时省去谓语动词，原来做状语或补语的词即取代谓语的职能。这里属于后一类，省略了谓语动词“年”字，原来做补语的数量词组成了谓语。至于表年龄的数量词组做定语，一般前面不加“年”字，更无所谓省略。

省略形式之三，只有二例：

习凿齿史才不常，宣武甚器之。未三十，便用为荆州治中。（《文学》）

王长史病笃，寝卧灯下，转尘尾视之，叹曰："如此人曾不得四十！"（《伤逝》）

这种省略形式，只是一个数词，依靠上下文才能表明称说年龄的意义，因此用例很少。

《称数法》在论述称说年龄的方式时连带提到"名+数"方式也用于"称说钱币"。《世说》中称说钱币确是多用"名+数"方式，但有时也用"数+名"方式，《称数法》未提及。其例句有：

阮宣子常步行，以百钱挂杖头。（《任诞》）

还要附带提一下《称数法》在论述名词"同数量词结合不紧"时，曾举以下两例：

庾子嵩（"嵩"《称数法》误作"高"）长不满七尺，腰带（《称数法》脱"带"字）十围，颓然自放。（《容止》）

卿年未三十，已为万石，亦太蚤。（《言语》）

并说这"二例嵌入的词语处于名词之后，充当谓语"。按上文对称说"身材"和"年龄"的方式分析，第一例中的"长"和第二例中的"年"都不是名词，两例中嵌入的词语"不满"和"未"我们认为也不是"谓语"。"不满七尺"和"未三十"都是偏正词组做补语，"不满"和"未"分别作为状语修饰后面的数量词组"七尺"或数词"三十"。

## （三）

《称数法》在"名+数+量"这种基本称数方式下还曾举一例：

乃自注《秋水》《至乐》二篇。（《文学》）

这一句中的"《秋水》《至乐》二篇"，是一个同位词组，前面的《秋水》《至乐》两个篇名和后面的"二篇"都是指《庄子》中的两篇文章，两者之间是同位关系，不是像一般的“名+数+量”称数方式那样，后面的数量词组表示前面名词所指事物的数量。如认为这也算“名+数+量”称数方式，那就是说郭象注了两篇《秋水》、两篇《至乐》，这是不合原文意思的。这种同位词组在《世说》中多见，大都和上例一样，分举的名词在前，表合计的“数+名”结构或数量词组在后，如：

公常携兄子迈及外甥周翼二小儿往食。（《德行》）

孙齐由、齐庄二人小时诣庾公。（《言语》）

今有向、郭二《庄》，其义一也。（《文学》）

王丞相过江左，止道声无哀乐、养生、言尽意三理而已。（《文学》）

支道林、许掾诸人共在会稽王斋头。（《文学》）

王、庾诸公欲用孔廷尉为丹阳。（《方正》）

昔尝与元、明二帝，王、庾二公周旋。（《方正》）

王、赵、邓三参军人伦之表，汝其师之。（《赏誉》）

从以上诸例可见：这种同位词组多用于称说人物，也可以称说其他事物；其中表示合计大都用“数+名”结构，有时用数量词组，但其意义已不仅是表数量而是兼表事物。如前例中的“二篇”，意犹“二文”。这些“数+名”结构中的数词，可以是确数，也可以是统括数：其中的名词，不仅可用通名，也可以是专名，如第三例中“二《庄》”的“《庄》”。但专名前加了数词，也就成了通名：这里的“《庄》”，已不是指《庄子》这部书，而是指《庄子》的注释本了。

此外尚有数例，其组成和一般的同位词组不同，如：

王黄门兄弟三人，俱诣谢公。（《品藻》）

王子猷、子敬兄弟共赏《高士传》人及赞。（《品藻》）

杨修从碑背上见题作“黄绢幼妇外孙齑臼”八字。（《捷悟》）

窃视唯作“咄咄怪事”四字而已。(《黜免》)

第一例，同位词组的前位不是分举诸名（王子猷、子重、子敬)，而是用一概括性的略称“王黄门兄弟”，后位仍是表合计的“数+名”结构。第二例，前位是分举诸名，后位却是不加数词而含有数词“二”意义的名词“兄弟”。第三、第四两例，后位是合计的“字”数，前位的词组群或词组可以作为四个或八个单字看，因此仍是同位词组。

《世说》中这类同位词组，组成形式也有与上述形式相反的，即前位是表合计的“数+名”结构，后位分举诸名。例如：

洛中雅雅有三嘏：刘粹字纯嘏、宏字终嘏、漠字冲嘏。(《赏誉》)

太傅府有三才：刘庆孙长才、潘阳仲大才、裴景升清才。(《赏誉》)

王家有三年少：右军、安期、长豫。(《赏誉》)

冀州刺史杨淮二子乔与髦，俱总角为成器。(《品藻》)

这种形式用例较少，其中表合计的“数+名”结构，除第四例的“二子”外，都有特定内容，带有专门名词的性质；前一种形式中表合计的“数+名”结构，如“二人”“三人”“诸人”“诸公”等，所指对象不固定，可以泛用，这是两者不同的。

从以上分析看来，《世说》中的这类同位词组，多次出现，是应加以重视的语言现象之一。其与称数法的关系，似应作为“数+名”这一称数方式的一种特殊用法，而不能纳入“名+数+量”这种称数方式之中。

## （四）

《称数法》在论述约数和统括数的表达方式时，对一些例句的理解和对一些语言现象的归纳有不够恰当之处。

一、《称数法》认为："'几'，也表示十以内的约数，仅见一例。"例句为：

殷渊源在墓所几十年。（《赏誉》）

殷渊源，即殷浩。其言行《世说》中多见。浩卒于东晋穆帝永和十二年（356）。浩与桓温同时，少时曾与温共骑竹马（见《世说·品藻》），其生年不会与桓温相差很多。桓温生于西晋怀帝永嘉六年（312），可以推想，浩活着的年龄不会超过五十岁。《晋书·殷浩传》云：浩"除侍中、安西军司，并称疾不起。遂屏居墓所，几将十年。于是拟之管、葛"。根据以上资料，例句中"几十年"的"几"应读［jī］，"将近"的意思，而不是"表示十以内的约数"。《世说》中"几"作"将近""几乎"解的例尚有：

［袁悦］说司马孝文王，大见亲待，几乱机轴，俄而见诛。（《谗险》）

《称数法》在论述疑数的表达方式时，指出《世说》"用'几'字表示"，这是对的。说得全面一些，应该是《世说》中"几"表不定数只用于表疑数，而不用于表约数。

《世说》中另有"多少"一词，既表约数，也表疑数。表约数的例如：

先时多少饮酒，因倚如醉。（《排调》）

"多少饮酒"，等于说"多少喝了些酒""喝了少量的酒"。

表疑数的例如：

［罗友］为人有记功。……道陌广狭，植种果竹多少，皆默记之。（《任诞》）

又问："马比死多少？"（《简傲》）

"多少"一词的这些用法，常见于现代汉语中，而《世说》中即已出现，这是值得重视的。

二、《称数法》在说"多""表示相当多……的约数"时，举例中有：

树在道边而多子，此必苦李。（《雅量》）

《世说》中另有一句：

前有大梅林，饶子甘酸，可以解渴。（《假谲》）

两句相比，可见前一句的“多”和后一句的“饶”同义，都是形容词用作动词，“有许多”的意思，并不是“表示相当多”的数词。“多”字这种用法的例句，《世说》中尚有一些，如：

吾本谓卿多，故求耳。（《德行》）

司马太傅府多名士。（《赏誉》）

三、《称数法》说：“‘众’，放在名词之前，表示多数，只用来称说具体事物。”实则不然。《世说》中有以下用例：

主簿请付狱考众奸。仲弓曰：“欺君不忠，病母不孝。不忠不孝，其罪莫大。考求众奸，岂复过此！”（《政事》）

仗民望以从众怀，尽冲退以奉主上。（《规箴》）

这两例中“奸”指不忠、不孝之类的恶德，“怀”指心情、想法，都是抽象概念。因此“众”和“诸”一样，都是既“可以称说具体事物，也可以称说抽象概念”的。

四、《称数法》说：“在《世说新语》里，‘每’只见于和动词结合，不和名词结合。”实则《世说》中“每”和名词结合也有一例：

王绥在都，既忧戚在貌，居处饮食，每事有降，时人谓为试守孝子。（《道德》）

因此，只能说“每”跟名词结合的用例较少而已。

## （五）

《称数法》曾有一节专门谈“数词活用”的现象，《补充》对此又有所补充。但两文所说都有些可以商榷的地方。

一、《称数法》在谈数词“二”和“两”都可以“连用相近的数词”时，举了一例。

**可三二京，四三都。**（《文学》）

《补充》指出：“这恐怕是把这个句子的意思理解错了。”“‘三《二京》’的‘三’和‘四《三都》’的‘四’，并不是‘连用相近的数词’”，而是“庾亮为自己族亲庾阐（庾仲初）的新作《扬都赋》捧场，……说它的成就可三倍于《二京赋》，四倍于《三都赋》。‘三’和‘四’用作动词。”

我们认为《补充》所说，也不完全对。《称数法》确是“把这个句子的意思理解错了”，句中的“三”和“四”确是“用作动词”，但其意义不是表示“三倍于”或“四倍于”，而是数词的使动用法。“三《二京》”“四《三都》”的意思是使《二京》成为《三京》，使《三都》成为《四都》，也就是说庾阐的《扬都赋》可以和张衡的《二京赋》、左思的《三都赋》相提并论，不相上下。

《补充》还引用《世说·文学》“张曰：‘此《二京》可三’”一例，作为它对“三”和“四”这样解释的“证明”。其实“此《二京》可三”的“三”，也是使动用法，就是说《二京》可以（使）成为《三京》，而不是说“它的成就可三倍于《二京赋》”。但须指出，由于庾亮和张华所评价的具体对象不同，“三《二京》”和“《二京》可三”的具体含义不完全一样。庾亮是说庾阐的一篇《扬都赋》加上原来张衡的《东京》《西京》二赋，使《二京》成了《三京》；而张华则是说左思写了《三都赋》，就像张衡写了《三京赋》一样，所以说《二京》可以成为《三京》（“京”和“都”同义）。

《补充》还提出：“章炳麟《秦政记》中有‘借令秦皇长世……虽四三皇、六五帝，曾不足比隆也。’一句可作对比。”这里“四三皇、六五帝”的意思也只能是“使‘三皇’成为‘四皇’，使‘五帝’成为‘六帝’”，而绝不能是“四倍于‘三皇’，六倍于‘五帝’”。章炳麟称颂秦始皇功业伟大，在三皇五帝之上。因此说，即使“三皇”之后有个（第）“四皇”，或者“五帝”之后有个（第）“六帝”，总是不可能和秦始皇比高低的。

二、《称数法》在论述“数词活用”时说：“‘半’，极言其长。仅有一例。”例句为：

王正色面壁不敢动，半日。（《忿狷》）

这里的“半”字，仍是“一半”或“二分之一”的意思，并非活用。在这句话中，“半日”可以说是个较长的时间，但其中的“半”字并无“极言其长”的意思。“半日”就是“半天”或“一天之半”，只有当它和“半刻”“半时”相比才显得较长，倘和“半月”“半年”相比，只见其短而毫不为长。我们不能把一个词原不包含的意思凭空加到这个词上。

《世说》中“半”字活用做名词的例句有：

僧弥得，便以己意改易所选者近半。（《政事》）

宣武云：“且为用半。”赵俄而悉，用之。（《赏誉》）

又进一豚，食半余半。（《任诞》）

敦论事造半，方意右军未起。（《假谲》）

《称数法》将第三例作为“名词省略，只用‘半’字”的用例之一，实则其中两“半”字，和上引其余三例中的“半”字一样，都是做名词用，无所谓省略。《称数法》可能认为这里两“半”字后面各省一“豚”字，实际上这种用作名词的“半”字后面，一般都不需要再加什么名词，其余三例，足资证明。

《世说》中“半”字活用做动词也有数例。其一是：

若使殷仲文读书半袁豹，才不减班固。（《文学》）

这里“半”是“抵到……一半”的意思。全句是说，倘若殷仲文读的书抵到袁豹的一半，（他的）文才将不亚于班固。另有两例，见于《称数法》的引文之中，但句意被误解了。这两例是：

始发讲，坐裁（《称数法》误作“减”）半。(《文学》)

著帽酣宴，半坐，乃觉未脱衰。(《任诞》)

《称数法》认为第一例是“名词省略，只用‘半’字”，第二例是“半”字“放在动词之前”。实则两例中的“坐”都是“座”的古字。《世说》中凡“座”字都作“坐”，如“一坐”“四坐”等词组曾多见。所不同者第一例的“坐”指座位，第二例的“坐”指筵席。“坐裁半”就是说“（坐了人的）座位才有一半”，“裁”借作“才”。《称数法》认为这里“名词省略”，不知指省略了什么。“半坐”，就是说“酒席（吃）到一半(时)”，这里的“半”字并不是加在动词之前。两例中的“半”字都是用作动词，前者的意思是“有了一半”，后者的意思是“到了一半”。尤其第一例的“半”字前面加了副词“裁”（才），更可见是个动词。

（1980 年）

# 大厦将立　先固基石

在编写释文过程中，先后遇到不少难题。诸如资料不足，词义难明；同一词目而有异文；怀疑原有辞书释义不当，但否定又无足够根据；有的资料出处不明，遍寻无着等等。这一个个难题，纷至沓来，不断引起我们的悬念和不安。但一想到编写《汉语大词典》重大而深远的意义，又看到兄弟组不断创出新成绩，取得新经验，我们在难题面前怎能望而却步！一年来我们在工作中注意勤翻文献，认真思索，力求析疑解惑，多解决一些问题，努力提高释文的质量。

如岁阴在酉名“长王”，见《史记·天官书》，《汉书·天文志》作“长壬”，原有辞书只收【长壬】，不收【长王】。我们应该怎样立目呢？按岁阴的这一组别名，据《汉书·天文志》云，出于《石氏星经》。《史记·天官书》所载，部分与《汉书·天文志》不同。如在午《史》曰“开明”，《汉》曰“启明”；在未《史》曰“长列”，《汉》曰“长烈”；在申《史》曰“大音”，《汉》曰“天晋”等。应以何者为准，前人迄未考定。参照《天官书》星名下面的描述，这些别名似乎都和“光”“火”“明亮”的意思有联系，如“监德，色苍苍有光”，“开明，炎炎有光”，“长列，昭昭有光”　“天泉，玄色甚明”等。又据近人研究，“王”字古文从“火”，是“旺”的初文。“长王”似较“长壬”更符合《天官书》下文“作作有芒”所描述的情况。因此我们将【长王】立为词目，暂与【长壬】并存。

【长人】一词，原指身材高的人，系词组义。但苏轼《题琴鹤图》诗有“聊将短曲调长人”之句。全诗多用琴与鹤的典故，从上下文看，“长人”可能指鹤。虽仅此一卡，应引起重视，不能轻易丢弃，只有进一步查阅材料，才能确定取舍。后检《渊鉴类函》，在鹤部得杜甫诗句“磊落如长人”，无题。再检《杜诗详注》，有《通泉县署壁后薛少保画鹤》诗：“薛公十一鹤，皆写青田真。……低昂各有意，磊落如长人。”此句仇兆鳌无注，根据现有资料，杜诗可能是较早的语源。由于缺少更多的资料，于是解释为“有时指鹤”，引苏轼诗句，并注明语本杜甫《薛少保画鹤》诗云云。

又如【长年】有“长工”义，《辞海》未定稿注明是方言，这次《辞海》合订本又改为浙江方言。恰巧我们的初稿用例一是张岱的《陶庵梦忆》，一是鲁迅的《故乡》。张岱，籍贯山阴，与鲁迅同乡。心想《辞海》合订本改得合理。但再仔细查阅其他资料，发现尚有摘白郭沫若、艾芜著作的两张卡片，也指长工，郭、艾均为四川人。这样看来，称“长工”为“长年”并不限于浙江。我们的释文仍从《辞海》未定稿，不用浙江方言之说。

为了防止词目的释文义项不全，我们在写释文之前，总是先弄清每张卡片的含义，然后归纳义项。

如【长往】条，《中文》《大汉和》释义均指死亡。但用例却是潘岳《西征赋》“悟山潜之逸士，卓长往而不返”，范晔《逸民传论》“风流弥繁，长往之轨未殊”，以及孔稚圭《北山移文》“或叹幽人长往，或怨王孙不游”。这些诗文中的“长往”均指离开尘世隐居山林，义例不相符合。我们分析排比已有卡片，发现《中文》《大汉和》不仅义例不投，而且义项不全。【长往】实际有三个义项。①一去不返。《云仙杂记·冰山》：“［张彖］曰：‘丈夫有凌云盖世之志，拘于下位，若立身于矮屋中，使人抬头不得。’遂拂衣长往。”《西湖二集·洒雪堂巧结良缘》：“有便再来，勿为长往。”②指避世隐居（例略）。③指死亡。颜延之《吊张茂度书》："岂谓中年，奄为长往!"《梦溪笔谈·神奇》："俄顷，又举头顾希文曰：'亦无鬼神，亦无恐怖。'言讫，遂长往。"《庸庵笔记》卷四："幼弟气尚未绝，灌救得生；其余六人，则已长往。"

在运用书证的过程中，同样要寻根究底，使举例更加充实、完备，与释义相符。

【长赓】星名。即《诗经》中"东有启明，西有长庚"的"长庚"。《中文》《大汉和》《辞通》引例均为《书·益稷》"日月星辰"疏："诗曰：'西有长庚。'"至于何人之疏，则未注明。翻阅"日月星辰"孔颖达疏，无此语。又查《书·尧典》"历象日月星辰"孔疏，亦无此句。又检孙星衍《尚书今古文注疏》有关部分，亦未获。至此，"长赓"即"长庚"变成了无根之木，我们几乎想删去这条词目，但心中总觉不安，决定再作一些努力。后仔细检查了《书·益稷》全篇的孔疏，终于在经文"乃赓载歌"下，发现了要找的引文。原来，首先是《辞通》误标了所注的经文，《大汉和》因袭了《辞通》，《中文》又因袭《大汉和》，陈陈相因的结果，使得一个确有来历的词目几乎被疑为无根而删去。通过这次查找，救出了【长赓】。我们感到，对词目或义项的取舍均不能轻率决定，必须做过细的工作，持审慎的态度。

【长江】条，原有辞书多按专科词处理，但它实际上亦有语词义，泛指长的江流，可惜缺乏理想的书证。因为北方的大河称江的较少，南方长的江流多数资料与实指的长江牵扯在一起，一时很难断定是语词还是专科词，最理想的是找一个纯语词的例句。在我们的记忆中，曾有人赞扬过某作家文章如长江大河云云，但作者、篇名均已遗忘。带着这一想法，我们在核对书证时，注意翻阅文集的序言。后在韩昌黎集序言中，果然看到了苏洵对韩愈文章的赞语："韩子之文，如长江大河，浑浩流转。"经核对《嘉佑集》后，取为“长江”语词义的例证。

【长度】一词，《大汉和》引《管子》及注，但未注明注家姓名。查阅了《管子》的若干注本，均未见所引的注文。后见【长假】与【长度】条例句相同，【长假】条的注文标明出自《纂诂》。有无《管子纂诂》这部书呢？查《四库全书总目提要》《丛书综录》等，均无此书。疑为日本人著作，但无佐证。后在新出版的《管子轻重篇新诠》一书中，看到《纂诂》关于“长度”的注，正和《大汉和》的引文相同。书前说明《管子纂诂》是日本人安井衡所著。疑问解决后，我们改用了其他古注，避免引用日本人的注释。

（《〈汉语大词典〉编写工作简报》第 83 期，1980 年。署名为“扬州地区编写组　黄跂予　诸祖煜”，其中“长王”“长人”“长赓”“长度”等条资料由黄提供；全文由诸执笔，黄修改定稿。）

# 致《汉语大词典》编纂处的一封信

汉语大词典编纂处：

读“长部”三校稿后，除对“长$^3$”不立目及处理“长$^3$”带头复词的方式有不同意见，已另函与尊处商讨外，还有一些疑点，分类胪列，请予审处。

## 一、关于词目的标音

1. **长卿**（p. 52 左栏）三校稿列“蟛蜞的异名”和“汉辞赋家司马相如的字”两义。司马相如字中的“长”原读 zhǎng，唐诗中用“长卿”指司马相如的例很多，其中有些律句里的“长”必须读仄声而不能读平声，如杜甫诗：“献纳开东阁，君王问长卿。”李商隐诗：“君到临邛问酒垆，近来还有长卿无？”都是。再则古人因名取字，有时袭用前人的字；名和字在意义上又常有联系。有些古人字为“长卿”的，其名中有“元”字，如金之杨伯元，元之董士元、边景元，明之黄体元、嵇元夫，他们的字皆叫“长卿”（见《中文大词典》“长卿”条）。“元”的意义只与“长 zhǎng”有关而与“长 cháng”无关。从以上两方面可见“长卿”的“长”应读 zhǎng 而不能读 cháng。至于蟛蜞的异名，传说其来源与司马相如有关（见《树萱梦》），相如的字既读 zhǎng-，蟛蜞的异名也应读 zhǎng-。因此“长卿”不必立目，两个义项都应并入“【长$_2$卿】指六卿之长”条下。

2. **长康**（p. 54 左栏）“晋顾恺之的字。”引例中有唐李嘉佑诗：“图画风流似长康。”原诗为七律，按音律其中的“长”必须仄读，可知顾恺之的字应读 zhǎng-，词目应作“$长_2$康”。释文“顾恺之”前可加“画家”二字。

3. 长御（p. 56 右栏）义①“汉宫内女官名。”例引《汉书·元后传》：“及太子朝，皇后乃见政君等五人，微令旁长御问知太子所欲。”及《资治通鉴·汉献帝建安二十二年》：“左右长御贺卞夫人曰：……”两例皆汉代事，其中的“长御”实与本部首所收“$长_2$使”同实异名。“$长_2$使”为汉女官名，在《汉书·外戚传序》中与“少使”并列，确应读 zhǎng-，“长御”与“长使”义近，似亦应读 zhǎng-。因此应将此义从“长御”条分出，另立词目“$长_2$御”。“长御”条只留“常法”一义，无须再标序数号。

## 二、关于释义

有些条目的解释似欠准确，如：

4. $长_2$厚（p. 49 右栏）释为“恭谨宽厚”，引《喻巴蜀檄》等四例。各例中的“长厚”或与“寡廉鲜耻”“谈人暧昧事”相对立，或指“加惠于民”“不能辨奸”之类，似均不包含“恭谨”的意思。如释为“宽厚有德”，似较准确。与此相关，“$长^2$”的义⑬亦作“恭谨宽厚”，例引袁宏《三国名臣序赞》：“子瑜都长，体性纯懿。”李善释“都长”为“体貌都闲而雅性长厚”，当否有待研究。李氏所谓“长厚”似亦只可释为“宽厚有德”。“长 zhǎng”与恭谨并无必然联系。因此“$长^2$”义⑬即使暂存，似亦须改为“宽厚有德”，并加注“参见‘$长_2$者③’‘$长_2$厚’。”

5. $长_2$德义①“犹盛德”例引扬雄《城门校尉箴》：“唐虞长德而四海永怀；秦恢长城而天下畔乖。”两句对偶，上句的“唐虞长德”和下句的“秦恢长城”为同一结构，其中的“长”是崇尚的意思，已见“$长^2$”义⑫，因此，“$长_2$德”的这一义项可删，或改为“崇尚道德”亦可。与此相关，“$长^2$”的义⑲

“盛”，例引《吕氏春秋·知度》，末注“参见‘长$_2$德①’”应删去。实则据《吕氏春秋》一例所立的这一义项亦不甚可靠。《吕氏春秋》这段文字，错落有韵，前数句中“事”与“喜”，“能”“成”与“平”，“符”与“周”等分别为韵，末两句“长”与“章”疑亦为韵，因此，其中的“长”似应读 cháng。此一义项似以删而不录为妥。

有些条目，义项的分合似可商榷，如：

6. **长$^2$**义⑥“居先，居首位”例引《易·乾》“元者，善之长也”，《国语·吴语》“吴晋争长未成……”和《洛阳伽蓝记》“鱼者乃水族之长”。下面又立义⑧“为首，做首领。”无引例，只注“见‘长$_2$雄。’”“长$_2$雄”的解释是“为首，称雄”。“为首”和“居首位”义极相近，几乎是一回事。审改者所以添出义⑧，可能是为了与“长$_2$雄”条的释文相照应。实则“长$_2$雄”之“长”的意思，已包含在义⑥中，不必另列。

义⑮的释文，包括两层，即“生长，成长”和“亦指长大、长成”。后一层引三例，其中《国语·周语上》“乃以其子代宣王，宣王长而立之”一例中的“长”，可以释为“长大”，亦即“年纪增大”的意思。其余两例，或“少”“长”对举（“惟公少而英明，长而弘润”），或“幼、长”并列（“幼而恭敬，长而敦睦”），皆就年纪大小比较而言，均宜释为“年纪增大”。这些“长”字，从词性看是形容词而非动词，和作“生长，成长”的“长”字不同。这一意义显然从义①“年纪较大”直接引申而出，因此这一层的义例，似可从义⑮抽出，作为义②或③紧接于义①之后释为“长大，年纪增大”，这样与“长$_2$大”“长$_2$少”“长$_2$幼”等条的释文亦可较好地相互照应。

7. **长材**（p. 44 左栏）义①的后段提出“亦喻指才能出众的人”，例引元稹文句“朕以浚郊重地，尤藉长材”。义②则为“指出众的才能”，例引《明史》“虽有长材，从何展布”。这两例中的“长材”实为“长才”一词的另一书写形式。(《辞源》“材”义⑥作“才能，才干，通‘才’”。)“长才”已收，释为“优异的才能”，因此这里的两例似不宜分列于两个义项之下，可否将义②的释文改为：“犹长才。”下引《明史》例，接写“也指才能优异的人”，引元稹文句为例。（后一层意思，“长才”无例，否则可并入“长才”，“长材”的义②只作“见‘长才’”即可。)

8. **长$_2$者**（p. 46 左栏）义④“指勇而有义气的人”，引《后汉书·马援传》例及李贤注“长者，谓豪侠者也”。这里的解释，似由李注而来，以“勇而有义气的人”代替李注的“豪侠者”。李贤的注释虽无可非，但即据之立词义，则似未必恰当。因为据此释文，则“长”似乎有“勇而有义气”的意思，实则“长”没有这样具体的含义。再看义②“指显贵的人”所引《水浒传》一例，称卢俊义为长者。卢俊义非一“豪侠者”而何？《后汉书·马援传》的“京师长者”亦即义②所说“显贵的人”。似不必另立义项。可采李注之意，将义②的释文改为“指显贵、有权势的人”，《后汉书》一例可引亦可不引。审改稿中似此据一旧注而立义，既无充分的语言资料，又无必要的训诂依据的，还有一些（如“长”的义⑬⑲和“长心”“长德”等）。这一偏向，似宜防止。

9. **长林丰草**（p. 46 左栏）引出语源后释为“后用以指隐逸者所居”，这是不错的。但下文又云“也指隐逸”，引《金史》“臣僻性野逸，志在长林丰草”和《儒林外史》“所以在风尘劳攘的时候，每怀长林丰草之思”二例。两例中的“长林丰草”仍指“隐逸者所居”，似不必分出“也指隐逸”这一层意思。

10. **长揖**（p. 55 左栏）条末云“引申为辞谢”，例引左思《咏史》诗：“功成不受爵，长揖归田庐。”此处只是从诗句的上文看出，长揖这个动作带有表示辞谢的意思，似不能据此认为

“长揖”这个词已有“辞谢”的意思。将上下文的意思纳入词义，这也是一个应予防止的偏向。

11. **长策**（p. 56左栏）义②“久安之策”，例引《汉书·匈奴传下》：“非所以永持至安，威制百蛮之长策也”，和曹冏《六代论》：“观五代之存亡而不用其长策；睹前车之倾覆，而不改其辙迹。”前一例“长策”的上文有“安”字，大概是作出“久安”这个解释的根据；后一例则与“安”无明显联系。此两例似均犹“良策”。审改稿将“亦指良策、高明的策略”作为义②的又一层，另引较晚的三例，其中《北齐书·王琳传》一例云：“吴兵甚锐，宜长策制之，慎勿轻斗。”这一“长策”似指长远的打算，可以移置义③顾炎武例之前。义②的释文似宜即作“犹良策、高明的策略”，下引《汉书》《六代论》、高适诗、林则徐诗四例。

还有些条目，例证与释义不相吻合，如：

12. **长久**（p. 39左栏）义②“指长寿”，前两例相合，《七修续稿·风水》例云：“余尝譬人之坐卧也，得其所则心安魄静，可以长久。”这系旧时堪舆家讲墓葬风水的话，意思是用生人的坐卧与死者的埋葬相比，如坐卧或埋葬的地方得宜，就身心安泰，可以持久。因此这一例应移置义①“时间很长，持久”下巴金例之前，或删去不用亦可。

13. **长世**（p. 40右栏）义①“历世久远，永存”。义②“很久的时间”。前者为动词或形容词，后者则为名词。但义①下的刘孝绰《司空安成康王碑铭》“立言贞石，贻厥长世”一例，其中“贻厥长世”，句式仿自《诗经》的“贻厥子孙”“贻厥孙谋”，“贻厥”后面皆接用名词。“贻厥长世”意思是“传之后世”“流传到那（未来的）长久时间”，“长世”为名词。此例似应移置义②颜延之例之后。

14. **长夏**（p. 51右栏）立两义：①“指夏历六月”，②“指夏日，因其白昼较长，故称”。但义①下刘大櫆《游百门泉记》一例，其中“长夏坐其内不知有暑也”，“长夏”并不能确指为六月，似应移置义②蔡珪诗例之后。

15. **长短**（p. 55 左栏）义⑫“犹言反正、横竖”。后两例相合。前一例隋崔仲方《夜作巫山》诗：“若为教月夜，长短听猿声。”这一联诗实为一疑问句，句末应用“？”（疑问号），意思是“怎么让（我）月夜里听到或长或短的猿声呢？”“若为”犹“如何”“怎么”。“长短”修饰猿声，倘作为修饰“听”的副词，放在这疑问句里，义似不顺。此例宜删。

## 三、关于典故

什么是典故，典故如何写释文，《体例》有原则规定，但无完整的范例。“长部”有些作为典故解释的条目，其立目、释文均有可商之处，如：

16. **长门**（p. 49 左栏）在释为“汉宫名”之后，引司马相如《长门赋序》，交代了语源。接着写“长门因此而被用为陈皇后失宠事的典故。后多借指后妃失宠所居寂寥凄清的宫院或失宠望幸的境况”。下引杜牧诗、辛弃疾词和《天雨花》为例。其中“长门因此而被用为陈皇后失宠事的典故”一句，是对故事的不全面的概括，并无解释这一典故的作用。“长门”一词作为典故使用时所表示的意义，已写在下面，前一句似属多余。

17. **长卿**（p. 52 左栏）义②“汉辞赋家司马相如的字”。下面引《史记·司马相如列传》：“文君夜亡奔相如，相如乃与驰归成都。家居徒四壁立。”接着写：“后将长卿此事用为家境贫寒的典故。”再引《抱朴子》“家有长卿壁立之贫”和高适诗“长卿无产业”两例。这里的词目是“长卿”，而释文却是关于成语“家徒四壁”的语源和形式不尽相同的用例，似乎失之拉杂。如要在某一人物的名号之下把与他有关的典故都写出来，即使人名大词典也不易做到。把“长卿”作为一个词来解释，似不能把这个词所不包含的意思牵扯进去。这里只释为“汉辞赋家司马相如的字”即可，“家徒四壁”的语源和释义等，可以留待“宀部”处理，不必越俎代庖。这里是否要另立“长卿壁立”一目，引《抱朴子》为例，作为“家徒四壁”或“家徒壁立”的参见条，请再斟酌。

18. **长笛邻家**（p. 53 右栏）在引向秀《思旧赋序》后写“后用‘长笛邻家’为感旧兴怀之典”。引杜甫诗“长笛邻家乱愁思，昭州词翰与招魂”为例。杜诗“长笛邻家”，一本作“长笛谁能”。在向秀的赋和序中都未提到“长笛”，“长”字是杜甫写诗时加上去的。这里虽用了山阳闻笛的典故，但并非比较稳固的成语，应否立目，似可商酌。如从宽收录，释义似宜作“后人有以‘长笛邻家’表现怀念故旧的心情”。顺带提一下，词典中给典故释义，似应以说明典故作为语词使用时所表示的意思为主，而不必说“用作……之典（或‘的典故’）”。如“长铗”的义②，可以说“后常用以喻指怀才不遇、生活穷困的境况”，而不必说“后人因将‘长铗’用为处境穷困、怀才不遇之典”。

19. **长发**（p. 56 右栏）义②“《诗・商汤》篇名。诗中歌颂商汤的祖先和建立商朝的成汤，谓自契以来已有受命的祯祥”。接着写“后用作歌颂帝王祖先有明德，享国长久的典故”。引例为苏轼《兴龙节集英殿宴教坊词・教坊致语》：“属诞弥之令旦，履长发之嘉祥。”按“兴龙节”为宋哲宗的生日。上句的“诞弥”，语出《诗・大雅・生民》：“诞弥厥月”，意思是妊娠足月而诞生，指姜嫄生了周代的始祖后稷。《长发》诗的首章云：“濬哲维商，长发其祥。洪水芒芒，禹敷下土方，外大国是疆。幅陨既长，有娀方将，帝立子生商。”末两句是指契的母亲所自出的有娀，在夏禹时就较强大了。有娀氏生契，尧封之于商。后成汤以商为国号，奉契为商的始祖。可见这里的“长发”和“诞弥”

都用以祝颂帝王的诞辰。仅就此例而言，不能说“长发”“用作歌颂帝王祖先有明德，享国长久的典故”，而只能说“后人有时用以祝颂帝王的诞辰”。“长发”作为一个语典，使用时不一定限于这个意义，但别无书证，只能这样说得有分寸一些。

## 四、关于书证举例

20. **长$_2$子**（p. 39 右栏）义③“谓孩子长大，养育孩子使之长大。”引《荀子》《庄子》两例。这里不仅是书证时间先后倒置的问题，更重要的是释义完全为旧注所拘，只是为旧注作翻译而不一定符合词语原来的意义。《荀子》原文为“老身长子”，杨注释为“身老子长”，释文就译成“孩子长大”；《庄子》成玄英疏释“长子”为“长养子孙”，释文就译成“养育孩子使之长大”。这似非从语言资料中概括词义应取的办法。实则两例中的“长子”都是“使孩子长大”的意思，释文即可这样写，两例的时间也不必先后倒置。

21. **长夜饮**（p. 48 左栏）条末云：“一说举烛饮于密室，不辨日夜。参见宋陆游《老学庵笔记》卷四。”关于“长夜饮”的这一解释，最先是由汉代王充提出的。《论衡·语增》云：“坐在深室之中，闭窗举烛，故曰长夜。”因此似宜作“参见汉王充《论衡·语增》”，而不提较晚的《老学庵笔记》。

22. **长蛇**（p. 53 右栏）“亦作‘长虵’。”义②“比喻贪残凶暴者”。下引两例，齐谢朓诗置于唐独孤及诗之后。可能因为谢朓诗作“虵”，独孤及诗作“蛇”，所以置谢于独孤之后。这种书写形式不同混合举例，似仍应以时代先后为准，而不按字形如何排列。

23. **长语**（p. 59 左栏）义②“（长旧读 zhàng）多余的话”引《苕溪渔隐丛话》所引《诗眼》为例。此义项应另列“长$_3$语”一目，已详前函。“长$_3$语”尚有更早的用例：南朝梁钟嵘

《诗品》："宋征士陶潜，文体省净，殆无长语。"似应补入。

24. **长灵**（p. 64 右栏）阮籍例原置鲍照例之后，应改置鲍例之前。

**五、相关条目的问题**

25. 长[1]义①之(3)"远，不近"。引《诗经·鲁颂·泮水》："顺彼长道，屈此群丑。"并引郑玄笺："长，远。"而在"长道"条下亦引此诗，但却接引朱熹注："长道，犹大道也。"并据此把"长道"释为"大道；远路"。这里有两个问题。一是对《诗经》的同一句话，古代注家可以有异说，但写入词典，却不宜在两处分别作不同的解释。二是朱注的"大道"，不是指"广阔的道路"，而是指"正大的道理"，朱郑之间不仅对"长"的理解不同，对"道"的理解也不同。"长道"条把"大道"与"远路"并列，似对朱注有所误解。如从朱注，则"长[1]"的①之(3)不能用《诗经》例，同时"长道"需立"正大的道理"和"远路"两个义项；如从郑笺，则"长道"条下，朱注应删。我们以为宜取后一种办法。

26. "**长念却虑**"（p. 47 右栏）释为"谋虑未来，想得深远"，引《史记》例；"**长虑却顾**"（p. 60 左栏）释为"顾及未来而作长远打算"，引李纲、章炳麟两例；"**长虑顾后**"（p. 60 左栏）释云："亦作'长虑后顾'，顾及今后而作长远打算"，引《荀子》及王安石两例；"**长虑后顾**"（p. 60 左栏）释云"见'长虑顾后'"。这里只将后两条作相关处理，实则此四条都是形异而义同。可能"长虑却顾"是比较原始的形式而漏收了上古的用例。根据现有资料，似可采取单向相关的方式，在"长虑却顾"下释为"考虑长远，顾及未来"，不交代"亦作"云云；在另三条下只注"义同'长虑却顾'"，分别举例。

27. "**长铤**"释为"长刃兵器"，例证中引《汉书》颜师古

注："长鋌，长刃兵也，为刀而剑形。《史记》作'长铍'，铍亦刀。""**长铍**"释为"长的两刃兵器"，例证中引《史记》司马贞索隐："兵器也。刘逵《吴都赋》注：'铍，两刃小刀。'"细玩颜刘两注，可见"长鋌"与"长铍"实为一词的异体。颜说的"为刀而剑形"和刘说的"两刃小刀"是对同一物体作了不同的描写。"剑形"就是"两刃"（见段玉裁《说文解字注》"铍"下）。因此这两条应作相关处理，暂以"长铍"（"铍"见于《说文》，"鋌"不见）为主条，释为"亦作'长鋌'。两刃的长刀"，引《史记》《汉书》两例及有关的旧注，"长鋌"条下只注"见'长铍'"即可。

**六、其他**

28. "**长$_2$眼**""**长$_2$惑**"两词目"长"字右下角的"2"均漏加，误为"长眼""长惑"。又"**长府**"释文初校稿立两义，现已改成只立一义："古代官府名。储藏财货兵器的库房。"这是正确的。但开头的①和《论语》例前的②，两个序数标号漏删，应予删去。

29. "**长城**""**长笛**""**长号**"三条的附图，安排的位置与释文有些不相配合，似应加以调整。

汉语大词典扬州地区编写组<br>1982 年 4 月 10 日

# “长”字释文原稿

## 长［cháng］《广韵》直良切

（一）两端之间距离大，和短相对，如“长途”“长夏”“长啸”。

《诗·大雅·公刘》：既溥既长，既景乃冈。

《孟子·梁惠王》：权，然后知轻重；度，然后知长短。

屈原《离骚》：长太息以掩涕兮，哀民生之多艰。

《盐铁论·非鞅》：利于彼者必耗于此，犹阴阳之不并曜，昼夜之有长短也。

皎然《赋得夜磬送吕评事》：在夜吟更长，停空韵难绝。

（二）长度。

《论语·乡党》：必有寝衣，长一身有半。

《周礼·考工记·凫氏》：以其钲之长为之甬长。

（三）高。

《诗·风·猗嗟》：颀而长兮，抑若扬兮，美目扬兮。

《史记·孔子世家》：孔子长九尺有六寸，人皆谓之长人而异之。

高启《入郭过南湖望报恩浮屠》诗：渔人为指江城近，一塔船头看渐长。

《东观汉记·明德马皇后传》：后长七尺二寸。

《孔丛子·嘉言》：［孔子］长九尺有六寸。

（四）遥远。

《诗·秦风·兼葭》：溯洄从之，道阻且长。

《老子·五十四章》：修之于乡，其德乃长。

颜真卿《登平望桥下作》诗：登桥试长望，望极与天平。

《二刻拍案惊奇》：以后在任年余，渐渐放手长了。

（五）永久。

《书·盘庚中》：汝不谋长，以思乃灾。

《易·大壮》：艰则吉，咎不长也。

《九歌·礼魂》：长无绝兮终古。

《盐铁论·徭役》：夫文犹可长用，而武难久行也。

温庭筠《惜春词》：愿君留得长妖娆，莫逐东风还荡摇。

郭沫若《新华颂》：工农长作主人翁。

（六）广大、盛。

《诗·商颂·长发》：禹敷下土方，外大国是疆，幅陨既长。

《吕氏春秋·本味》：长泽之卵。

《吕氏春秋·知度》：此神农之所以长，而尧舜之所以章也。

张衡《西京赋》：赴长莽。

（七）好的，对的。

《老子》：不自伐故有功，不自矜故长。

《新唐书·宇文融传》：当时长其知人。

宋周紫芝《竹坡诗话》：君有长才不贫贱，莫令斩断青云梯。（见《说郛》88卷1页）

金王若虚《论语辨惑》：以语法律之，旧说为长。

《西游记·第四十五回》：贤妹所见甚长，再不出去，看他怎么。

沙汀《过渡》：我道理长得很，就是犟不过你们。

（八）擅长，长处。

《荀子·儒效》：言必当理，事必当务，是然后君子之所长也。

《晏子春秋·问上》：任人之长，不强其短。

《汉书·匡张孔马传》：傅太后为人刚暴，长于权谋。

《资治通鉴·汉纪》：［栾大］为人长美言，多方略。

（九）通“常”。

《诗·大雅·皇矣》：不长夏以革。［俞樾《群经平议》：“长之言常也。”《广雅·释诂》：“长，常也。”］

屈原《离骚》：苟余情其信姱以练要兮，长顑颔亦何伤。

张谓《湖上对酒行》诗：眼前一尊又长满，心中万事如等闲。

王安石《河北民》诗：河北民，生近二边长苦辛。

《初刻拍案惊奇》：父亲在日，做江湖大商，七郎长随着船上去的。

《老残游记·第七回》：柳三爷是个秀才，长到我们这里来坐坐。

（十）姓。

《左传·僖二十八年》：宁子先长牂守门。［注：长牂，卫大夫。］

## 长［zhǎng］《广韵》知丈切

（一）生长，兼指生物和人。

《孟子·公孙丑》：宋人有闵其苗之不长而揠之者。

《吕氏春秋·去私》：行其德而万物得遂长焉。

《盐铁论·和亲》：范蠡出于越，由余长于胡，皆为霸王贤佐。

《红楼梦·第三十一回》：花草也是和人一样，气脉充足，长得就好。

（二）增长、加强。

《诗·小雅·巧言》：君子屡盟，乱是用长。

《春秋左氏传·隐公六年》：善不可失，恶不可长。

《易》：君子道长，小人道消。

《周礼·考工记·总叙》：饬力以长地财。

《汉书·刑法志》：功赏相长。

王安石《谢安》诗：谢公才业自超群，误长清谈助世纷。

毛泽东《湖南农民运动考察报告》：把地主权力打下去，把农民权力长上来。

（三）年岁大。

《论语·先进》：以吾一日长乎尔，毋吾以也。

《春秋公羊传·隐公元年》：桓幼而贵，隐长而卑。

《吕氏春秋·贵公》：人之少也愚，其长也智。

《二刻拍案惊奇》：见女儿年长无婚，眼中看不过意。

（四）年岁大的人。

《书》：立爱唯亲，立敬唯长，始于家邦，终于四海。

《孟子·滕文公》：在于王所者，长幼卑尊，皆薛居州也，王谁与为不善。

《后汉书·孔融传》：家事任长，妾当其辜。

（五）老。

《国语·晋语》：齐侯长矣，而欲亲晋。［韦注：“长，老也。”］

《史记·荆燕世家》：太后春秋长，诸吕弱。

（六）排行第一。

《诗·大雅·文王》：长子维行，笃生武王。

《易·说卦》：震一索而得男，故谓之长男。巽一索而得女，故谓之长女。

《孟子·梁惠王》：东败于齐，长子死焉。

（七）居首位的，在先的。

《易·乾文言》：元者，善之长也。

《吕氏春秋·贵公》：桓公行公去私恶，用管子而为五伯长。

《史记·吴太伯世家》：赵鞅怒，将伐吴，乃长晋定公。

《吴越春秋·夫差内传》：吴败齐师于艾陵之上，还师临晋，与定公争长。

（八）抚育。

《诗·小雅·蓼莪》：父兮生我，母兮鞠我，拊我畜我，长我育我。

《春秋左氏传·昭公十四年》：长孤幼，养老疾。

《列女传·辩通》：妾能为君长子。

杜甫《少年行》诗：莫笑田家老瓦盆，自从盛酒长儿孙。

（九）崇尚。

《书·牧誓》：乃惟四方之多罪逋逃，是崇是长，是信是使。

《盐铁论·非鞅》：商鞅峭法长利。

《汉书·杜周传》：今汉家承周秦之敝，宜抑文尚质，废奢长俭。

《续资治通鉴·宋孝宗淳熙元年》：故廉士失职，贪夫长利，将何以助朕兴化致理，无愧于古乎。

（十）尊敬。

《国语·周语》：郑伯捷之齿长矣，王而弱之，是不长老也。

《国语·周语》：尊贵，明贤，庸勋，长老，爱亲，礼新，亲旧，然则民莫不审固其心力，以役上令。

《礼记·大学》：上长长而民兴弟。

（十一）首长，领导者。

《书》：万夫之长，可以观政。

《吕氏春秋·荡兵》：未有蚩尤之时，民固剥林木以战矣，胜者为长。长者犹不足以治之，故立君。

《前汉纪·文帝》：五家为伍，伍有长。

王安石《上仁宗皇帝书》：其德厚而才高者以为之长，德薄而才下者以为之佐属。

（十二）统治、主宰、率领。

《书》：式敬尔由狱，以长我王国。

《国语·周语》：古之长民者，不堕山，不崇薮。

《淮南子·说山训》：鸜鹆能言，而不可使长言。

《盐铁论·非鞅》：吴起长兵攻取，楚人搔［同“骚”］动。

嵇康《太师箴》：许由鞠躬，辞长九州。

陈毅《在志愿军司令部度春节》：忆我曾长梭标师。

（十三）同“涨”（zhǎng）。

《前汉纪·成帝》：阴气盛溢则水为之长，故一日之内昼减夜增。

《洛阳伽蓝记·城西永明寺》：谷水浚急，注于城下，多坏民家，立石桥以限之，长则分流入洛。

《北齐书·神武纪》：今汉水暴长，桥坏。

李翱《故东川节度使卢公传》：江淮大旱，米价日长。

郑观应《盛世危言·铸银》：时价虽有长落，成色毫无添补。

## 长［zhàng］《广韵》直亮切

多余。

《孟子·告子下》：交闻文王十尺汤九尺，今交九尺四寸以长，食粟而已。[注："以长"，犹今语"有余"。]

《吕氏春秋·观世》：乱世之所以长也。［高注："长，多也。"］

《汉书·高帝纪》[注引晋灼云："明此长'夏五月太上皇后崩'八字。"]

陆机《文赋》：要词达而理举，故无取乎冗长。

《世说新语》：生平无长物。

白居易《得微之到官后书……》诗：司马人间冗长官。

（作年待考）

# 课文疑义举例

《登泰山记》是一篇人所熟悉的文章，其中字、词、句读，却均有值得商讨的问题。文章第二节（分节根据现行课本，下同）中有云："今所经中岭及山巅，崖限当道者，世皆谓之天门云。"[(1)]课本中是这样断句的。按这样断句，"中岭"和"山巅"都成为"经"的补语。上文明言，"越中岭，复循西谷，遂至其巅。"通常"巅"只与"至""达"之类的词相配而不与"经"相配，全文只言如何登山，未言下山，"经……山巅"殆不可解。黎选《续古文辞类纂》选录此文，此处的句读是"今所经中岭，及山巅崖限当道者，世皆谓之天门云"[(2)]按这样断句，"所经中岭"与"山巅崖限当道者"并列，两者之间用"及"字接连，这就文从字顺了。

接着的一句是"道中迷雾冰滑，磴几不可登"。[(3)]课本中这样断句和黎选的断法相同，但未必恰当。按这样断句，"迷雾"与"冰滑"并列，前者为动宾结构，后者为主谓结构，在古文中这样并列的例子极少。一般或皆是动宾并列，如"餐风饮露""披星戴月"……或皆是主谓并列，如"山高月小，水落石出"……这样断句，还有一个缺点，在于"磴几不可登"的说法，不一定符合事实，而且减弱了对冒雪登山的艰难的描绘作用。山路上磴与磴之间往往有一段坡道，而不是一磴紧挨着一磴。踏雪登山，在陡峭处，跨上一磴固难，而沿着磴与磴之间的坡道向上，则尤难，这是稍有登山经验的人都会同意的。我曾见到一个选本（解放前商务印书馆函授学校编印的《高级国文读本》第四册），这一句是这样点断的："道中迷雾，冰滑磴，几不可登。"既不使"迷雾"与"冰滑"并列，"冰滑磴"三字又生动地写出了冰封磴面，坚滑难行的情景，妙在给了"冰"以"滑磴"的动的意境；而"几不可登"的主语不再是限于"磴"而是省略未说的整个的"山"，意义更深广得多了。这样点断，句式错落挺峭，也是完全符合姚鼐的文风的。

文章第三节中有句云："稍见云中白若摴蒱数十立者，山也。"课本中未就全句作注，只注"摴蒱"一词云："摴蒱——念shūpú，古赌具，就是后来的骰子。"(4)在各种参考资料中对全句的理解不一，但有共同的一点，都认为摴蒱"就是"骰子。实则摴蒱并不"就是"骰子。据《摴蒱经》："古斫木为子，一具凡五子，故名五木；后世转而用石、用玉、用象、用骨。"又据《演繁露》："五木之形，两头尖锐，故可转跃；……"（皆转引自《辞海·子集》"五木"条下）合而观之，摴蒱乃系用木、石、玉、骨之类做成的色白而两端尖锐的东西，和今之骰子不同。文中云："白若摴蒱"，作者用此譬喻，在于以摴蒱之色，喻雪之洁白；而摴蒱又有尖端，用来比喻负雪之山，更觉贴切。有的参考资料由于相信摴蒱就是骰子，没有注意其形态和雪山之间的关系，却从骰子是很微小的东西着眼，竟认为"白若摴蒱"的是"……数十个山峰……可是小得像摴蒱一样"(5)，这就似乎未能理解原作者用喻的妙处了。

文章第四节的后部有这样几句："是日，观道中石刻，自唐显庆以来；其远古刻尽漫失。僻不当道者，皆不及往。"(6)标点照现行课本所用。这里在"自唐显庆以来"后面用分号，和过去课本的用逗号不同。用一分号，使"自唐显庆以来"作为上文所"观道中石刻"的补注，句意是可以解释了，可是"自唐显庆以来"是一不能独立存在地表示时间的介词结构，附于上文虽可通，但这种"欧化"句式，在古汉语中极为少见，使其属下，则又似有脱漏而不连贯。我怀疑，这里的“自”字是一传抄中的误字，“自”字草书和“多”字相近，疑原文是一“多”字。我这一看法，不仅文意可通，还有一旁证，便是作者在写此文后不久所写的《游灵岩记》中有句云：“余回视左右立石，多宋以来人刻字。”(7)两处表达的意义极相似，用相似的词句是有极大可能的。

再谈辛弃疾的《永遇乐——京口北固亭怀古》。这是一首早经选为教材的词，可是词中有些句子的解释却是值得商榷的。

上阕末句“想当年，金戈铁马，气吞万里如虎”。现行课本“想当年”的注释是“想当年刘裕为了恢复中原大举北伐的时候”(8)，这是正确的。但有的参考资料认为这一句包括上文的“孙仲谋”(9)，这就未必符合原意了。上阕四句，每两句咏一古人，皆以昔日之繁华、兴盛与今时之萧条衰歇相比。前两句，每句之内有对比，首句以“江山”与“英雄”对比，江山千古而已英雄无处可觅了；次句以“舞榭歌台”与“雨打风吹”相映，表现出繁华的消逝。意已完足，不容再着一词。后两句，分写今昔，相互对比，今之“斜阳草树，寻常巷陌”，原来是当年“金戈铁马，气吞万里”的英雄的故居。这两句的关系极为紧密，把后一句拆开作为另一层，则前一句的意义不完足，而且“金戈铁马，气吞万里如虎”用来写刘裕则可，用来兼写一直局处江东的孙权并不恰切。

下阕第二句“四十三年，望中犹记，烽火扬州路”。四十三年何指？现在各种参考资料大都根据邓广铭《稼轩词编年笺注》中的注释：“稼轩于绍兴三十二年（1162）率众南归，至开禧元年（1205）之出守京口，恰为四十三年。”(10)但就上下文观之，并按诸史实，这一解释，似有未妥。我认为这“四十三年”系指孝宗隆兴元年（1163）“符离之溃”下距稼轩守京口作此词的时间为四十三年。由1163年至1205年，连头搭尾恰为四十三年，这正符合我国以往计算年数的习惯。几种参考资料在解释下阕第一句“元嘉草草，封狼居胥，赢得仓皇北顾”时都谈到“符离之溃”(11)，但却未指出下句的“四十三年”正指此事。稼轩是主张北伐而不赞成轻举妄动的，因此要人记取“符离之溃”的教训，但不敢直言，只能用元嘉之败以影射之。第一句只是咏古，意未完足，接上第二句点明时间、地点，就可以引起人更深刻的回忆。据史载符离大溃之后，“时张浚（按张为符离之役的主帅）在盱眙……乃度淮，入泗州，抚将士，遂还扬州，上疏自劾。”(12)由此可见，稼轩所云“四十三年……烽火扬州路”时间与地点均与“符离之溃”相合，而第三句中所用的“佛狸祠”在史实上与第一句的“元嘉草草”有关，其地点又与第二句的“扬州”相近。宋人周必大有诗云：“夕登瓜步佛狸祠”，瓜步在扬州以南数十里。这样下阕的前三句，词义蝉联，情怀激切，正合辛词风格。若以为“四十三年”指稼轩之南下，则前三句被截为三段，一句一转，特别是第一、第二两句，一写对国是的主张，一写个人的身世，转折颇觉生硬；而且“符离之溃”是作者南下以后的事，今先后倒置，却找不出颠倒的理由，未免有失稼轩之词的原意了。

(1)《高等中学语文课本》第四册（1960年第一版）97页。

(2)黎庶昌《续古文辞类纂》（中华书局四部备要本）第十三册10页。

(3)(4)同(1)。

(5)江苏人民出版社出版《高级中学文学课本第三册教学参考资料（初稿）》159页。

(6)同(1)。

(7)同(2)书10页。

(8)同(1)书100页。

（9）《高级中学课本文学第二册教学参考书》1956 年 11 月第一版 167 页云："虽则孙权时的舞榭歌台，已经被'雨打风吹'而去，而刘裕的住处也成为'寻常巷陌'，但当年他们那种驰骋疆场，气吞万里的气概至今还是那样令人向往。"《高级中学课本语文第三册教学参考书》（1961 年江苏人民出版社）87 页有类似的说法。

（10）邓广铭《稼轩词编年笺注》489 页。

（11）参阅《高级中学课本文学第三册教学参考书》168 页和《高级中学课本语文第三册教学参考书》88 页。

（12）引文见《宋史纪事本末》卷七十七《隆兴和议》中。《宋史》卷三十三《孝宗本纪》云："隆兴元年……五月……甲寅李显忠邵宏渊军大溃于符离……六月……庚午，张浚自盱眙还扬州。"

（刊于《江苏教育·中学版》1961 年第 12 期）

# 《古代汉语读本》琐议

南开大学中文系古代汉语教研室编的《古代汉语读本》（以下简称《读本》），体例较活，例句和课文的选材较精，词汇语法知识、课文和练习三部分相互配合，有利于巩固知识和培养分析问题、解决问题的能力。但在古汉语知识的论述和例句、课文的解析、训释方面，似乎有些可商之处。兹择举其较主要者若干端，以求教于《读本》的编者暨专家、学者们。

**甲、关于古汉语语法知识**

一、《读本》在讲“表示陈述的语气词”时，似乎把“也”“矣”“焉”“耳”分为两组：一组以“‘也’表示论断语气”和“‘矣’表示报道语气”相对称；一组以“‘焉’常常表示夸张的语气”和“‘耳’常常表示限止的语气”相对称。核之语言实际，似乎这样分析和其中有些称说，并不完全确切。如“矣”，《读本》所用三例，一表已然（“则已斩之矣”），一表将然（“楚国君臣且苦兵矣”），一表必然（“诚如是，则霸业可成，汉室可兴矣”）。概括起来，似乎陈述事物、行动的发展或完成，是否可称为叙说动态的语气？若称为“报道语气”，报道一般包括静态和动态两方面，这将不仅限于句末用“矣”的陈述；用“也”、用“焉”的陈述，何尝不是把“情况告诉别人”。

《读本》说“‘焉’常常表示夸张语气”，似更可商。“焉”作为陈述语气词的特点，一般常常认为是兼有指代作用：有时相当于用在句末的“之”，有时相当于“于此”或“于之”（有人称这样用的“焉”为兼词，笔者认为可以看作仍是他称或近指代词，只是前面省略了介词“于”。《诗·小雅·白驹》等有“于焉”连用例)。试以《读本》“焉”字下面两个例句的出处——《汤问》和《捕蛇者说》两篇中所用“焉”字作为抽样分析的语料，即可窥豹于一斑。

《汤问》篇共用22个“焉”字，除去两个做疑问代词、两个做疑问语气词（也兼有指代性）、三个做停顿语气词、一个为形容词词尾外，其余十四个均为陈述语气词。在这十四例中，十一例兼有指代作用：和“之”相当，又是语气词的四例（“一日一夕飞相往来者不可数焉”“灼其骨以数焉”“其广数千里，其长称焉”“翼若垂天之云，其体称焉”）；和“于此”相当又是语气词的七例（“山之中间相去七万里，以为邻居焉”“五山……常随潮波上下往还，不得暂峙焉”“渡淮而北，而化为枳焉”“寒暑易节，始一返焉”“虽我之死，有子存焉”“冀之南汉之阴，无垄断焉”“触其物也，……觉疾而不血刃焉”）。单纯做陈述语气用的，除《读本》所引“邓林弥广，数千里焉”一例外，其余二例为：

“使巨鳌十五举首而戴之，迭为三番，六万岁一交焉。”

“纪昌遗一矢，既发，飞卫以棘刺之矢扞之，而无差焉。”

《捕蛇者说》共用八个“焉”字，均为陈述语气词。其中七例兼有指代作用：和“之”相当的二例（“谨食之，时而献焉”“以俟夫观人风者得焉”）；和“于此”相当的五例（“永之人争奔走焉”“今其室十无一焉”“今其室十无二三焉”“今其室十无四五焉”“虽鸡狗不得宁焉”）。单纯做陈述语气的只有以下一例：

“盖一岁之犯死者二焉。”

综观对上述两篇中“焉”字的分析，做陈述语气词用例最多，分别占该篇所有“焉”字的百分之六十四或百分之百；而这些陈述语气词中兼有指代性的又分别占百分之七十八点五或百分之八十五点五。因此，在讲述“焉”作为陈述语气词时，似不能忽略其常兼有指代作用的这一特点。在这两篇里表示陈述语气的“焉”字句中，似乎还有一个特点，即紧接在“焉”字前面的常常是数词、数量词或与数量有关的其他谓语。这样的句子在两篇二十二句中共有十二例，占到百分之五十以上。因此，笔者认为说陈述语气词中，“焉”字常常表示确凿语气，似乎比表示夸张语气更恰当一些。

二、《读本》关于判断句的论述，有几点似可商榷。

首先，《读本》中给判断句下的定义是：

“表示判断的句子叫判断句。”

这一定义，似犯了逻辑上“同义反复”的毛病。正确的定义或者从表达内容上揭示其本质特征，或者从组成判断句的语词特点上加以规定，这在许多古代或现代汉语语法论著中都可以看到，不待繁引。

其次，由于《读本》缺乏判断句的准确界说，在引例中把“注释性的”和“解释原因的”句子都作为判断句列入。如：

“庠者，养也；校者，教也；序者，射也。”

“芸，除草也。”

“竟不易太子者，良本招此四人之力也。”

“四世有胜，非幸也，数也。”

这些例句只在句末用了语气词“也”，或在主语后还用了个语气词“者”，但这些虚词不能从本质上规定这些句子是判断句，充其量也只能说这些句子是判断句形式的活用。

最后，《读本》对判断句的分类，提出一个概念——“压缩的判断句”与“肯定的判断句”“否定的判断句”并列。这似不符合逻辑上一次分类必须按照同一标准的原则。更值得研究的是这个概念的含义似乎与所引例句的特点不合。《读本》在这里引用了以下三句：

“犨、庞、长沙，楚之粟也；竟陵泽，楚之材也。”

“夫战，勇气也。”

“夫刑，百姓之命也。”

《读本》认为这类判断句的特点，只是“如果从字面上看，它们的主语和谓语似乎不能构成判断”。这样描述，看不出和“压缩”有何联系。而且这是个否定句，作为“压缩的判断句”的定义，也是不合逻辑要求的。笔者以为，这三个例句都是在判断中运用了借代这一修辞手法。第一句里“楚之粟”“楚之材”都是借物产代其产地；第二句、第三句都是借构成事物的主要因素代替事物本身。有时判断中运用比喻，“从字面上看”，也是“似乎不能构成判断”的，如：

“韩，天下之咽喉。”

《读本》把它作为一般判断句，引在“肯定的判断句”下面，实则应与“夫战，勇气也”等句一样看待。笔者以为运用了修辞手法的判断句，可以和“注释性的”“解释原因的”句子一并作为判断句式的活用。

三、《读本》关于“否定句中代词宾语的位置”的讲述，也似有不够恰当的地方。

《读本》说：“表示否定的句子叫否定句。”这就是说，否定句首先要是一个句子。一个含有否定副词的动宾词组或主谓词组，似乎不能把它也叫作“否定句”。但《读本》在分析“不患人之不己知，患不知人也”这一例句时却说“‘人之不己知’是否定句”，又说“‘不知人也’也是否定句”。实则在引例中，“人之不己知”是一个主谓词组做“不患”的宾语，“不知人”则是一个动宾词组做“患”的宾语，都不能称之为“否定句”。

与此相似的说法也见于课文的注释中。如课文《管仲有病》中有句云：

“鲍叔牙之为人也，清廉洁直，视不己若者不比于人。”

注释却说：“‘不己若’，意思是比不上自己，这是一个否定句，……”实则“不己若”只是一个动宾词组做指示代词“者”的定语，在这里，“视不己若者”才是一个省略了主语的句子。这个句子里，“不己若者”这个“者”字词组只是谓语动词“视”的宾语，就句子说，并不是否定句。

根据以上的分析，《读本》中提出的“在古代汉语中，否定句动词的宾语如果是代词，……一般要放在动词的前面”这一说法，似须修正。可否将以上说法中“否定句”改为“否定句或含有否定副词的动宾词组”。下面除分述两种否定句（动词前面有否定副词的和以否定性无定代词做主语的）的情况外，另对含否定副词的动宾词组举例分析。

更欲赘述一问题：《读本》虽已说及，“在古代汉语的否定句中，代词宾语也有放在动词后面的”，并举了三例；但未指出，古汉语的肯定句中，代词宾语也有放在动词前面的。如：

“维叶莫莫，是刈是濩。”（《诗·周南·葛覃》）

“赫赫师尹，民具尔瞻。”（《诗·小雅·节南山》）

“昭王南征而不复，寡人是问。”（《左传·僖公四年》）

因此，“否定句中代词宾语的位置”这一论题，是否可以改为“陈述句中代词宾语的位置”。在阐述时指出：“代词做宾语，在肯定句中常置于动词后面，在否定句（包括否定性动宾词组）中常置于动词前面，但在先秦即均有例外。”

四、关于指代性副词“相”“见”的用法，《读本》作了较全面的阐述，在当前古汉语教材中是有特色的。用“指代性副词”这一概念来称加在动词之前，译成现代汉语时可以改为人称代词的“相”和“见”，较之有的古汉语教材径称它们为“代词”，这是一种有意义的改进。但这一概念，似仍没有摆脱“用翻译代替解释”这一存在于古汉语研究中的不良倾向的影响。

《读本》在讲明介词时注意了把介词的语法作用和译成现代汉语时用什么相当的现代汉语介词，分为两层叙述，这就使释义和翻译不相混淆，这也是在现行古汉语教材中值得赞赏的写法（《读本》也有个别地方没有这样做，如“绪论”中解析“季氏富于周公”这一句时说“例句中的‘于’当‘比’讲”，仍然是用翻译代替释义。后面课文注释中也偶有类似说法）。可是《读本》在分析说明“相”和“见”的用法时，没有能像讲述介词那样，把释义和翻译区别开来。

笔者认为把“相”和“见”说成指代性副词，除了把释义和翻译相混淆以外，还有两个缺点：其一，《读本》说：“相”字指代动作行为受事者时“可以是第一人称，也可以是第二人称或第三人称”；又说：“见”字指代动作行为的受事者“一般限于第一人称”，“有时候，……是第三人称。”同一人称代词，可以任意指代几种人称，这似乎是作为人称代词所不应有的情况（《读本》中提到的“之”“其”活用为第一人称、第二人称的现象，所有语言资料几乎都是记录对话的直接引语，《读本》没有指明这一点，这不能作为一个人称代词可以任意使用于几种人称的例证）。其二，同一加在及物动词前面的“相”字，在“形影相吊”“父子相传”中就是“副词”，而在“不肯相救”“意在相荐”中就是“代词”（“指代动作行为的受事者”）；同一加在及物动词前面的“见”字，在“薄者见疑”“信而见疑”中“它们的作用是用来表明谓语动词的被动性质”（见《读本》第七课“被动表示法”），而在“慈父见背”“众不见信”中，它们的作用就是“指代动作行为的受事者”。倘果然这算是规律，那么汉语虚词的用法和意义，未免过于具有随意性了。

我们感到，古汉语词类中有人提出过的“助动词”这一概念是有客观依据的。“相”和“见”似乎都是指明动作行为施受方向的助动词。这样，所有加在及物动词前面的“相”和“见”，都可以得到适当的说明。譬如，在“形影相吊”中，“相”表明“吊”这一行为的施受方向是可逆的；在“父子相传”中，“相”表明“传”这一行为的施受方向是层递变化的；而在“不肯相救”“意在相荐”中，“相”表明后面动词所表示的动作，就主语来说都是施出的方向。又如，在“信而见疑”中，“见”表明“疑”这一行动，就主语来说，是接受的方向；而在“慈父见背”“众不见信”中，“见”表明“背”或“信”这些行动，就主语来说都是施出的方向。上述几种用法的“相”和“见”，可以省称为“表施受可逆的助动词”“表施受层递变化的助动词”“表受事的助动词”　“表施事的助动词”等。我们认为这样说明“相”和“见”的语法作用的意义，可以以简驭繁，无所挂碍。至于如何译成现代汉语，则应视具体的语境而定，无须赘述。

**乙、关于例句**

《读本》引用的例句凡 685 条，解析大都是正确的。下面举出的一些可以商榷的问题，在全书中只占极小比例。后面“关于课文”中提出的问题亦类此。

1. “吾闻上世之士，人纲人纪，不生则已，生必上尊人君，下荣父母。”（《读本》页 31）

《读本》说明中说：句中的“纲”指“秩序”“法纪”。这说明较含糊，更未说清“人纲人纪”究竟何意。本省各教育学院协作编写的《〈古代汉语读本〉答疑》中对此句作了两种解释，似亦未能尽当。实则“上世之士人纲人纪”的意思就是“上古的士人是众人的规范”；句中的“生”即谓“出生”“生存”。《文选五臣注》吕向云：“生犹为也”，求深而反曲，不可从。

2. “其国人不从，处罗谢使者，辞以他故。”（《读本》页 58）

此句见《北史・突厥列传》，补出上下文则为“（隋炀）帝将西狩，……遣侍御韦节召处罗，与车驾会于大斗拔谷。其国人不从，处罗谢使者，辞以他故。帝大怒，无如之何。”处罗为西突厥可汗，其母本中国人，炀帝欲其迎车驾，而其国人不从。可见“处罗谢使者”的句意是：处罗向使者赔罪。“谢”谓“引以为过”也，即今语认错、道歉之意。《礼记·檀弓》“从而谢焉”，《战国策·秦一》“自跪而谢”两句中“谢”字皆此义。《读本》注云：“‘谢’，辞去。”显与文意不合。

3.“*我无尔诈，尔无我虞*。”（《读本》页130）

此句出《左传·宣公十五年》乃楚宋结盟时的誓词。《读本》注：“‘虞’，防备。”此据杜预注。杜云：“楚不诈宋，宋不备楚。”盖解“虞”为“备”。可是今人用成语“尔虞我诈”，以为“虞”也是“诈”的意思，这亦于古有据。《广雅·释诂》：“虞，欺也。”王念孙疏证云：“高诱、陈琳皆以‘无虞’为‘无欺’，盖汉时师说如此。宣十五年《左传》：‘我无尔诈，尔无我虞’，谓两不相欺也。‘虞’与‘诖误’之‘误’，古声义并同。”疏证又云：“《说文》：‘诖，误也。’误亦欺也。《韩策》云：‘诖误人主’。《汉书·息夫躬传》云：‘虚造诈谖之策，欲以诖误朝廷。’”据王念孙说，今人对成语“尔虞我诈”的解释不误，而杜注则不可尽信。

4.“*君谁与守*？”（《读本》页133）

此句出《孟子·离娄下》。补出上文为：“或曰：‘寇至，盍去诸？’子思曰：‘如伋去，君谁与守？’”《读本》说：句中的“‘谁与’意思是‘跟谁’，疑问代词‘谁’充当介词‘与’的宾语，放在介词‘与’的前面。”这一分析似与句意不合。子思（孔伋）这句话的意思是：假如我离开了，那么卫君由谁来给他守护呢？孙奭《孟子注疏》云：“‘君谁与守’者，……如使伋见其寇贼至则去之，卫君则谁与为守护？”其意甚明。据此，“君谁与守”句中，不是“谁”作为介词“与”的前置宾语，而是

“与”后面的代词宾语“之”被省略了。句中“君”是主语，“谁与（之）守”这个主谓词组是全句的谓语。此句赵歧注云：“子思欲助卫君赴难。”子思关心的是谁来守护卫君，而不是卫君跟谁来守护国家。原句“守”之宾语“君”已作为受事主语置于句首。据《读本》的分析，将要另增宾语“国家”，原文并无此义。

5.“尔欲吴王我乎？”（《读本》页189）

此句见《左传·定公十年》。鲁国大夫武叔，谋杀另一大夫公若，使公若的圉人持剑过朝，乘公若想看剑的时候，刺杀公若。这句话是公若被刺时对圉人说的。杜预注指出：“专诸杀吴王，亦用剑刺之。”可见公若这话的意思是“你要让我像吴王一样被刺死吗？”句中的“吴王”作比喻用，和一般的名词用如使动不同。《读本》的说明却是“‘吴王我’就是‘使我为吴王’（让我做吴王），‘吴王’用如使动。”似易引起对原句的误解。

6.《读本》认为“有”和“或”都是肯定性无指代词。王引之云：“‘有’与‘或’古同声而意亦相同。”但他所举例句，其中的“有”有些相当于无定代词“或”，如“日有食之”（《春秋》），“有渝此盟，明神亟之”（《左传·诚公十一年》）；有些则相当于表疑似语气的副词“或”，如“不敢有后”（《书·多士》），“大夫君子，无我有尤”（《诗·鄘风·载驰》）。可见古汉语中与“或”音近义通的“有”，并非都是肯定性的无指代词。不仅如此，古汉语中还有些“有”字，别有其义，与“或”无关。《读本》所举关于“有”做无定代词用的例句似有不尽相合者。如：

“慎尔言，将有和之；慎尔行，将有随之。”（《读本》页276，引自《列子·说符》）

句中时态副词“将”置于“有”之前，此“有”字只可能是谓语动词，即“有无”之有。如“有”字是无定代词做主语，则“将”字必须置于“有”字之后，“和之”之前。又如：

“……石良、刘音相与同居。有如人状在其室中，击之，为狗，走出。”（《读本》页276，引自《汉书·五行志中》）

句中“有如人状在其室中”云云，为古汉语中常见的兼语式结构。其中“如人状（之物）”为兼语，是动词“有”的宾语，动词“在”的主语。不能因“如人状”这一动宾词组好像不是名词性词组，就认为它前面的“有”不是动词而是无定代词。实则古汉语中定语代替以名词为中心词的偏正词组（见《读本》第十课第一节）屡见不鲜，这里“如人状”意即为“如人状之物”。倘认为这里的“有”是无定代词做主语，后面“如人状在其室中”是连动式，那是不符合古汉语的表达习惯的。

7.“今岁垂尽，当选御史，意在相荐，子其宿留乎？”（《读本》页286，引自《后汉书·伏侯宋蔡冯赵牟韦列传》）

“（天子）遂至东莱，宿，留之数日，毋所见，见大人迹云。”（《读本》页322，引自《汉书·郊祀志上》）

上两句中后一句在“宿”“留”之间加了逗号，这是沿用了中华标点本的断句，实误。《汉书·郊祀志上》在《读本》所引一小段之前另有以下的叙述：

“上既见大迹，未信，及群臣又言老父，则大以为仙人也。宿留海上。与方士传车及间使求神仙人以千数。”

这里“宿”“留”之间中华标点本未加逗号。大概因为这段话后面有颜师古注：“宿留，谓有所须待也。宿音先欲反，留音力就反，它皆类此。”颜注明言“它皆类此”，意思是说以后其他地方的“宿留”二字，也应这样理解、这样读音，自然包括《读本》所引句中的“宿留”在内。中华标点本在后一“宿留”之间误加逗号，可能由于未注意在这前面出现的颜注，特别是忽略了“它皆类此”这一句，就把“宿留之数日”断成“宿，留之数日”两句。多此逗，意义全非。在《读本》所引一节之前，紧接着的是以下几句：

“其春，公孙卿言见神人东莱山，若云‘欲见天子’。天子于是幸缑氏城，拜卿为中大夫。”

看了这几句上文，很明显，汉武帝到东莱去，是想等待那个“欲见天子”的“神人”的。按《读本》承用的中华标点本的断句，那只是说汉武帝在东莱住下来，停留几天，把他等待神仙的这个意思全取消了。

《读本》前面所引《后汉书》一例中的“宿留”也是等待的意思。这段话下面，李贤注云：“宿留，待也。宿音秀，留音力救反。”李贤的读音与颜师古的读音，上字不同，下字相同。按李贤的读音，“宿留”似为一叠韵连绵词。《广雅·释言》“宿，留也。”则为同义复合词。根据这些，“宿留”都是不能拆开解释的。

**丙、关于课文**

1.《（赵）武灵王平昼闲居》：“夫有高世之功者，必负遗俗之累。”《读本》注：“遗俗，指前代遗留下来的习俗。遗，本义是失掉，引申有忘掉、遗留等义。”此盖袭用《史记正义·赵世家》关于“遗俗”的解释。《正义》云：“言古周公、孔子留衣冠礼义之俗。”“遗”有“留”义，但此处非是。《史记·鲁仲连传》：“（管仲）遗公子纠不能死，怯也。”《索引》云：“遗，弃也。”此亦常训。《抱朴子·博喻》：“箕叟以遗世得意。”张协《咏史诗》：“达人知止足，遗荣忽如无。”“遗世”“遗荣”之“遗”均轻弃、背弃之意。据此，“负遗俗之累”即承受违弃世俗的谴责之意。

下文又云：“今王即（按：《史记·赵世家》‘即’作‘既’）定负遗俗之累，殆无顾天下之议矣。”《读本》注：“这句话文字疑有衍误。”按：“负遗俗之累”句，《史记·赵世家》

亦如此，盖无衍误。意谓“王既定下愿意承担违弃旧俗之名的谋虑，大概就不要再顾及天下人的议论了”。文从字顺，似无扞格。句中之“殆”，《读本》注为“一定”，概取《古书虚字集释》之说，高亨则谓“殆”读为“当”，似皆不惬。此处“殆”为表测度兼祈使语气的副词，可释为“大概”，亦常用义也。

2.《人有亡铁者》：“**变也者无他，有所尤也。**”此句引自《吕氏春秋·去尤》。《吕览》别有《去宥》篇。《去尤》中论述的“齐人欲得金”“秦墨者相妒”两事，《去宥》也曾论及。《去宥》“此有所宥也”句下，高诱注：“宥，利也；又云为也。”毕沅校正云：“注颇难通。疑‘宥’与‘囿’同，谓有拘碍而识不广也。以下文观之，犹言‘蔽’耳。”下文云：“夫人有所宥者，固以昼为昏，以白为黑，以尧为桀。”“人有亡铁者，意其邻之子”，正所谓“以白为黑，以尧为桀”。课文末尾，“有所尤也”，盖即“有所囿也”。“尤”“宥”音近，疑皆通“囿”（三字古音皆为之母匣纽）。《读本》注：“尤，过失，这里指犯了错误。”似为借字所囿而未读其本字。

3.《长沮、桀溺耦而耕》：桀溺曰：“**滔滔者天下皆是也，而谁以易之。**”下文孔子谓子路曰：“**天下有道，丘不与易也。**”推寻上下文意，孔子的话是针对桀溺的话说的。王引之《经传释词》卷一：“《广雅》曰：‘“以”，与也。’……《笺》（《毛诗郑笺》）《注》（《仪礼郑注》）并曰：‘“以”，犹“与”也。’……《论语·微子篇》曰：‘而谁以易之’，言谁与易之也。”两句语法上还有一共同点，即介词“以”或“与”后面都省略了代词宾语“之”。桀溺之意，以为“天下滔滔，谁对它加以改易呢？”孔子则谓：“如果天下能推行大道，我就不去给它改变了。”《读本》解“而谁以易之”为“你们跟谁去改变它呢？”解“丘不与易也”为“我也就不跟你们在一起从事改革了”，似皆与原意不合。

4.《无或乎王之不智也》：“惟奕秋之为听。”目前对此句的解析，异说纷纭。有谓“为”为句中助词，宾语前置时用之（《词诠》）；有谓“之为”做结构助词，把宾语置于动词上有时用它（《古汉语虚词》）。《读本》注释则说：“‘听’是动词‘为’的宾语，……‘听’的宾语被提到‘为’的前面，加‘之’复指。”以上三说的歧异，在对这类句子中“为”字的解释各异。笔者以为三说皆未惬当。马汉麟曾指出：“古代汉语里放在动词前面的‘为’很可能是用来加强后面主要动词语义的，是一种‘强意词’，从词类上说是助动词。”我们认为此句中的“为”宜从马说，作为助动词，“为听”作为动词性词组。全句的结构仍属“（‘惟’）+宾语+‘之’+动词”这一类型，不必为之另辟门户。《荀子·礼论》：“故人苟生之为见，若者必死；苟利之为见，若者必害。”等句中的“为”字，亦助动词。

5.《昔者晋献公使荀息假道于虞以灭虢》：“虞之于虢也，若车之有辅也。车依辅，辅亦依车。”今有成语“辅车相依”，见《左传·僖公五年》，与此文同说一事。《读本》此句注云：“车，牙床骨；辅，面颊。”盖从《左传》杜注。许慎《说文解字》卷十四：“辅，春秋传曰：‘辅车相依’，从车，甫声。”段玉裁注：“凡许书有不言其义径举经传者，……义已具于传文矣。……《小雅·正月》曰：‘其车既载，乃弃尔辅。’……合《诗》与《左传》，则车之有辅信矣。……春秋传‘辅车相依’，许厕之于此者，所以说‘辅’之本义也。……他家说左者以颊与牙车释之，乃因下文之唇齿而附会耳，固不若许说之善也。”段氏辩之甚是。释“辅”为牙车者，盖以“辅”为“酺”之借字。此则不必求本字而好言通假所致。

6.《孟尝君在薛》：“孟尝君舍业厚遇之，以故倾天下之士。”按：《史记·魏公子列传》有“倾……客”的说法：“天下士复往归公子，公子倾平原君客。”两传中“倾”盖同义，都是尽的意思。孟尝传说他使天下之士尽归于他，语涉浮夸，但词义实如此。《读本》注“倾”为“钦佩、钦慕”，并说为使动用法，似稍失之曲矣。

又下文云：“**孟尝君使人抵昭王幸姬求解。**”《读本》注“抵”为“到”，似未尽合。《广雅·释诂》“低，舍也”王念孙疏证引《汉书·尹翁归传》：“盗贼所过抵。”颜师古注：“抵，归也。所经过及所归投也。”课文“使人抵昭王幸姬”，即派人投靠受昭王宠爱的一姬。“抵”与泛言“到”有别，应从颜氏释为“归投”。

7.《客有过主人者》：“**燔发灼烂者在上行，余各用功次坐，而反不录言曲突者。**”《读本》注：“录，次第，这里指排坐次。”此盖因上文言及“次坐”，“录”又有次第义，遂如此说。实则言曲突者已被遗忘，有何排坐次可言。《广雅·释诂》“诠、录、赘……具也。”王念孙疏证云：“录者，记之具也。隐十年《公羊传》云：‘春秋录内而略外。’”课文“录”字，似应解为“记”。“不录言曲突者”谓已不记得失火前建议主人曲突徙薪的客人了。

8.《景公置酒于泰山之上》：“**君之行义回邪，无德于国，穿池沼，则欲其深以广也；为台榭则欲其高且大也；赋敛如挥夺，诛戮如仇雠。**”此文选自《晏子春秋》。其中“行义”先秦著作中多见，如《荀子·礼论》：“礼者，……达爱敬之文而滋成行义之美也。”《韩非子·五蠹》：“为匹夫计者，莫如修行义而习文学。”《战国策·秦策》：“苏秦说赵王曰：‘天下之卿相人臣，乃至布衣之士，莫不高大王之行义。’”各篇中“行义”一词，皆为品行道义，即今语“品德”之义，两汉文章中亦常见之，不具引。解之者似鲜歧异。《读本》注却云：“‘行’，行为。‘义’，同‘仪’，举止。”课文对“君之行义回邪”下文举之甚详，皆为品德道义问题而与举止仪容无涉。《汉书·高帝纪》别有“行义年”一词，乃指行状年纪。刘攽以为“义读曰仪，仪谓仪容”，但此与课文内容相去甚远。此似乎又是由于好用通假而竟为常用词求别义，所谓舍近而求远也。

（江苏省语言学会第六次年会论文，1987 年）

# 略谈“以今译古”

## ——古汉语词汇释义的一种“常见病”

最近翻阅一些中学语文和师范学院编的古汉语函授教材，发现其中有些古汉语词汇的释义，由于应用所谓“以今译古”的方法以致不够准确，甚至解释错了。这些注释，常常不是对一句古汉语中的某些词认真地、准确地弄清它在此时此处的意义，而是先用现代汉语把这句话的大意“翻译”出来，然后看其中某个词相当于现代汉语译文的某个词，就说这个词的含义是什么。有时这种“翻译”，今天看起来好像是说得通的，但恰恰并非古人的原意。即使“翻译”的大意不错，由此得出的词义也可能不够准确；倘使连大意也与古人的原文不合，那样得出的词义就必然是错误的。现就看到的材料，分几种类型，各举一二例，略加评述。

甲·1“城中粮尽，守者皆饥疲无人色，援军壁城外者，复目动而神离，腰缠累累，为逃计矣。”（《陈玉成》）

师院教材注：“目动，这里指敌人惊慌失措地观察动向。……目动而神离，指敌人援军士无斗志，一心想着逃跑。”

中学课本注：“复目动而神离：又观察动向，精神涣散。”

两注都把“目动”解释为“观察动向”。名词“目”是可以用作动词，但这里不是。严重的是这里把现代词“动向”硬放进古人语言中去。在古汉语中找不到“动”可以解释为“动向”的根据。实则“目动”和“神离”一样，是主谓结构词组，意思就是眼珠在转动，东张西望。原意很浅显，可是这样一注，真是不说倒还明白，越说反而越糊涂了。至于把“目动神离”说成“士无斗志，一心想着逃跑”，更是离开词句，把下文的意思也拉扯进来了。

甲·2“荆州北据汉沔，利尽南海，东连吴、会，西通巴、蜀，此用武之国，而其主不能守。”（《隆中对》）

师院教材注：“南海，指南海郡，郡治在今广州。利尽南海，可以尽量利用南海郡的物质资源。”

此注粗看大意，似乎并无不可。但仔细一推敲，与原意有很大出入。原文起首四句，是从北、南、东、西四方面说明荆州的位置和交通情况，只是第二句因为用到“南海”这个专名，句式不得不和前后的句子有所不同；但其内容，应该还是讲地理位置，不大可能讲到其他方面去。根据这一前提，“利尽南海”的“利”，可能指交通的便利，和《易经》里“利涉大川”“利有攸往”的“利”意义相近；“尽”是终极，也就是“到……为止”；“南海”，即南中国海，是海名不是郡名。上一句“汉沔”是水名，下一句“南海”是海名，这是很自然的对称连用。全句的意思是交通便利可以直达南海，或者说（向南）到南海很便利。有一旧的选本《古代散文选》（人民教育出版社 1963 年版），这一句的释文是“一直到南海的物资，都能得到”。这是把“利”作为“资源财富”，“尽”作为“尽得”或“尽有”的省略（这种省略在古汉语中常见）。这一解释于古汉语的词义并无不合，只是和前后句有些不连贯、不一致而已。师院教材的注释，似乎是把“利尽”说成“尽量利用”，也是把现代词汇硬加到古人语言里去，而且把形容词（“利”）说成动词，动词（“尽”）说成副词，这就未免离开古汉语原来的词义稍远了。

乙·1“**小信未孚，神弗福也。**”（《曹刿论战》）

师院教材注：“孚，取信，信任。……这二句是说，这点诚实的态度，还不能取得鬼神的信任，鬼神是不会保佑你的。”另一师院教材注：“（对神诚实）这点小信用还不能得到神的充分信任。孚，大信。”

两注大意相近，不同的是一个说“孚”是“取信”，一个说“孚”是“大信”，都是从“孚”有“信”这一意思推衍出来，希望把这句话作个说得通的“翻译”。实则这里的“孚”和“信”的意义无关。“孚”字本义是鸟孵卵（见“说文”），因此“孚”有“覆”和“敷”的意思（见《国语》韦昭注和朱骏声《说文通训定声》）。“孚”“覆”“敷”音近义同。这里的“孚”，就是推广、普及的意思。曹刿这句话和他前面说的“小惠未遍，民弗从也”措辞很相似。这句话里的“孚”和上句话里的“遍”可说是一个意思。全句就是说“只是对神不虚报祭品这点小信，而没有把它扩大推广，神是不会降福于你的。”掌握了“孚”的本义，这句话是容易理解的。“孚”作“信”解，是引申义，由于这句话里恰巧又有个“信”字，于是释文就被这个引申义束缚住了。不仅把“孚”随意引申为“大信”或“取信”，而且还加上“得到鬼神的（信任）”之类的字样，才能自圆其说。这就重蹈了宋人“增字解经”的覆辙。

乙·2“**夷船由泥城直进罾步登岸，一路逐队而行。**”（《三元里抗英》）

师院教材注：“逐队而行——一队接着一队地行进。”

“逐”，本义是追赶，引申而为跟随。成语“随波逐流”“逐臭之夫”中的“逐”，都是随的意思。这里逐队而行的“逐”，也是这个意思。就是说登岸的英军，一路上都跟着队伍前进。“逐”引申为“逐一”的意思，常加在名词前面形成偏正词组。

但这种词组加在动词前面作为状语时，其中的名词如不是表时间或处所的（如“逐日”“逐户”），常常是接受后面这个动词所表示的动作的对象，如“逐事询问”“逐字看完”等，其中的“事”和“字”是“询问”和“看”的对象。在“逐队而行”中，“队”不是“行”的对象，而是“行”的施动者。因此，把它“翻译”成“一队接着一队地行进”好像讲得通，实则不合古汉语的规律，也不合原句的含义。

丙·1“蔺相如固止之，曰：‘公之视廉将军孰与秦王？’曰：‘不若也。’”（《廉颇蔺相如列传》）

中学课本注：“公之视廉将军孰与秦王——你们看廉将军比秦王哪个（厉害）？孰与，‘哪个’。是比较的连词，表示疑问。”

这个注释，明显的是先来个“以今译古”，然后解释词义，但这一来出了几个毛病。首先翻译本身就有问题。问句是“哪一个厉害”，答句是“比不上啊”，明显的答非所问。其次，“孰”在古汉语里有时当“哪个”讲，可是加了“与”字，怎么还是“哪个”的意思？再则，既说“孰与”是“哪个”的意思，又说它是“连词”。“哪个”显然是个疑问代词，怎么会成了“连词”呢？造成这些混乱的根源，在于没有弄清“孰与”的意义。“孰与”在周秦之际已是一个比较凝固的词组，可以看作一个双音词，它的意思就是“何如”，是个表示有所比较的疑问副词，有时可以写作“何与”。它可以用在设问句中，如“百姓足，君孰与不足？”（《论语》）“大天而思之，孰与物畜而制之？”（《荀子·天论》）；也可以用在疑问句中。从许多例句中可以看到一个共同点：凡是用了“孰与”或“何与”的疑问句，它的答句总是“弗如也”“不若也”“不如也”之类。如《国策·秦策》：“秦昭王谓左右曰：‘今日韩魏孰与始强？’对曰：‘弗如也。’”

《史记·淮阴侯列传》:“（韩信曰:）‘大王自料勇悍仁强孰与项王?’汉王……曰:‘不如也。’”这可以较有力地证明“孰与”是“何如”的意思。问话是“某（比）某何如?”答话是“不如啊”“比不上啊”。这样的问答完全相应。有些注释之所以误解“孰与”的意思，可能因为习惯于把“孰”做指人的疑问代词。其实在古汉语里不仅“孰”可以作“何”解，“谁”也可以相当于“何”。我们对古汉语虚词的意义和用法，不可采取简单化的态度。

丙·2“相如曰:‘王必无人，臣愿奉璧往。’”（同上）

中学课本注:“王必无人——大王果真没有人的话。必，假设连词，语气较‘若’‘如’为重。”

这也是以“翻译”代替注释。实则“必”在此处仍然是“实在”“一定”的意思，仍然是程度副词。只是这整个的句子是假设语气，并不是“必”在这里变成了表示“假如”“倘若”“果真”等意思的连词（古汉语里有些“诚”字和“果真”相当），也说不上什么“语气较‘若’‘如’为重”。在现代汉语里“实在”“一定”等词也可以用在假设语气的句子里，例如，“你实在有事，我也不再留你。”“你一定不相信，我只好听便。”这些句子的前面可以加“如果”“假使”之类的假设连词，也可不加。这些句子里的“实在”或“一定”，也仍然是副词而不是连词。

丙·3“失期，当斩。借第令毋斩，而戍死者固十六七。”（《陈涉世家》）

师院函授教材注:“借第令毋斩——借、第、令三字都是连词，在这里都是‘假使’‘即使’的意思。三字连用，加强语气。这句是说，即使不被杀头。”中学课本注:“‘借第令’三字一义，作‘即使’讲。”全句的意思是“即使万一不被杀头”。

两注都认为“借第令”只表示一个意思——“即使”，所不同的是前者认为“三字连用，加强语气”，后者更简单地说成“三字一义”。实质上两注都把“借第令”看作一个多音的虚词了。这里不仅是对虚词含义的任意解释，而且包含着把几个单音词看作一个多音词和把实词当作虚词的问题。“借”“第”“令”是三个单音词。“借”同“藉”，等于“即”，这里是“假如”“即使”的意思，是个表示假设语气的副词。“第”，等于“但”，这里是“仅仅”“只是”的意思，是个程度副词。“令”，等于“使”，这里是“让”“叫”的意思，动词，常和后面的宾语和动词组成递系式（宾语有时可省）。“借第令毋斩”，就是说“假如仅仅叫不杀（我们）”。简单地把这句话翻成“即使不被杀头”，好像无伤大意，实际上把两个确有含义的词（“第”“令”）平白地丢掉了。

丁·1“又间令吴广之次所旁丛祠中，夜篝火，狐鸣呼曰：‘大楚兴，陈胜王。’”（《陈涉世家》）

师院教材注：“夜篝火，狐鸣呼曰——……狐鸣呼，狐狸叫。这句的意思是夜间装着鬼火和狐狸叫，示威信于戍卒。”此注把“鸣呼”作为一个合成词，意思就是“叫”。

这样“翻译”好像很简洁，实则由于误把两个单音词“鸣”和“呼”当作一个双音词，就把两句话变成一句话，把原来合情合理的事：一边装作狐狸叫，一边喊出“大楚兴，陈胜王”的口号，变成了不合情理的事：狐狸叫的声音居然和人讲话一样。这真是失之毫厘，谬以千里。这段话的标点应该是：“又间令吴广之次所旁丛祠中，夜篝火，狐鸣，呼曰：‘大楚兴，陈胜王。’”

丁·2“天子春秋鼎盛，行义未过，德泽有加焉，犹尚如是，……”（贾谊《治安策》）

某师院教材译文：行义未过——“施行正确的政治措施没有什么过失。”《历代法家著作选注》（北京人民出版社）注为：“行义未过：行动合宜，没有什么过失。”这句的意思是“行动上没有什么过错”。

这一译一注都把“行义”作为一个词组，不同的是前者把“义”作为名词，后者作为形容词。实则“行义”跟前后句的“春秋”和“德泽”一样也是合成词，有时写作“行谊”，在先秦两汉作品中常见。贾谊《治安策》的下文尚有一例，为“矫伪者出几十万石粟，赋六百余万钱，乘传而行郡国：此其亡（同‘无’）行义之尤至者也。”此外如《庄子·天地》：“跖与曾史，行义有间矣，然其失性均也。”《汉书·食货志》：“人人自爱而重犯法，先行谊而黜愧辱焉。”“行义”就是品行、道德，“行义未过”就是道德上没有过当（不正当）之处，把“行义”作为词组解释，今天好像说得通，可是不符合西汉的语言实际。

从以上各例，可见用“以今译古”的方法来研究古汉语的词义，诚如有的语言学家所说，这“是很危险的”。由于不是从词到句弄清词义，而是从句子的大意来推测词义，结果就会或者把现代的词汇硬加进古人的语言，或者用后起的词义代替较原始的词义，或者用现代汉语的虚词随便代替古汉语的虚词，或者误把一个词组当作几个词，把几个词当作一个词组。此外也还会有其他的错误情况。这样以译代注，不求甚解，也就是望文生训，“强古人以就我”，古人也有这类毛病，只是“于今为烈”而已。这种解释古汉语词义的常见病如不克服，其贻害是很深的。最近听说有的小学教师把“一见如故”解释为“一见面就像死了一样”，有的学生在高考试卷中把“万马齐喑”解释为“万马奔腾”。这些海内奇谈，并非危言耸听。作者听到这些，不能无动于衷，所以写下这篇短文。

（作年待考）

# 读《三言两语》想到的问题

（一）“化”有没有烧的意义？

“化”似有烧的意义。如“烧钱化纸”（成语）、“化家当”(一种迷信风俗，用纸扎成房屋、家具、车船等物，点火烧掉，说是给死人享用)。这里的“化”都是词，确与“烧”同义。

另有“焚化”一词，这里“化”是词素，但还保留着“化”做单词使用时就有的“烧”的意思。《现代汉语词典》已收此词注为“烧掉（尸骨、神像、纸钱）”。

“化”在“火化”这个复合词里也是词素，但是否“并无‘烧’的意义”还值得研究。如以为“火化”与“坐化”“羽化”为同族词，则“化”确没有“烧”的意思。但“火化”通常用于指把尸体烧掉，如说“某甲的遗体已经火化了”“某甲死后几天，才火化了遗体”。而“坐化”“羽化”，都是“死”的意思，后面不能带宾语。可见“火化”与“坐化”“羽化”不能相提并论。也许“火化”由“焚化”衍生而出，那么说“化”含有“烧”的意思，似无不可。但这里“化”是词素，《辞海·未定稿》用为“化”这个词下面“烧”这一义项的例证是不恰当的。

（二）“分批”和“批发”里的“批”是否都是词素？

“分批”是个动名结构的词组或短语，不是复合词。两词之间可以插入其他成分，如“分几批”“分作几批”“分不分批”“分一下批”等。因此，“分批”和“一批新产品”里的“批”一样，都是量词，不是词素。

“批发”确是复合词，但其中的“批”这一词素，也还带有

“批”作为量词的意义。“批发”是由“成批发售”凝缩而成。《现代汉语词典》就把“批发”解释为“成批地出售商品”（“商品”一词是多余的）。当然，复合词中某一词素的含义作为单音词词义的例证是不适宜的。

《辞海·未定稿》这里的缺点主要是用“多数事物相比次”这个句子来表达“批”作为量词的意义不妥。《辞海》“批”字下这一义项的释文原是：“凡数多而相次比者曰批。”下面引了章太炎《新方言·释言》：“今人谓物相次比，或事有先后第次曰一批一批，本坒字也。”在《说文解字》里许慎对“坒”的解释是“地相次比也”。这里可以看出辗转因袭的过程是：《说文解字》→《新方言》→《辞海》→《辞海·未定稿》。《现代汉语词典》里这一义项的释文是“量词，用于大宗的货物或多数的人”，似乎也没有把意思完全说清楚。比较一下，许、章和《辞海》的解释，原则上还是可以的，《辞海·未定稿》的毛病出在沿用《辞海》的文字而丢掉“凡……者”这层意思。这里的“者”，似乎近于“（的）事物”的意思。《现代汉语词典》的释文，完全忽略了“相比次”的意思，那么“批”这个量词就和“堆”“队”等没有什么区别了。

严格地说来，“批”作为量词，现代有两种含义或用法。如：“今天到毛主席纪念堂瞻仰遗容的有好多批人，他是最后一批进去的。”“《陈毅诗词选集》第二批又印了十万册。”“批”的前后可以加上序数词或表示先后次序的词。这里“批”指的是大量的人或事物按先后次序分别施动或受动的每个集合体。又如：“仓库里查出了一小批次品。”“昨天他又借了一（大）批书。”这里的“批”仅指“较多”或“许多”这样的数量，不包含先后比次的意思。第二种用法也许是从第一种用法派生出来的，去掉了“先后比次”的限制，仅剩下“集合体”的意思，词义被扩大了。这样解释量词的含义是否失之烦琐？怎样解释才算简明扼要？这是有待认真的学习和讨论的。

（三）“舞蹈”是名词，“跳舞”是动词？

“舞蹈”，现代常用为名词，但有时也做动词。如：“他讲得高兴起来的时候，挥手蹬脚，简直像在舞蹈。”“昆剧演员善于一边唱歌，一边舞蹈。”有时还可做形容词，如：“有一种病叫舞蹈病或小儿舞蹈症。”（也许有人认为这里“舞蹈”不是词而是词素或语素。）这是就现代汉语而言。倘若要讲“古今兼收，源流并重”，“舞蹈”本来恰恰是动词而不是名词。这个词的来源一般认为是《礼记》中的“不知手之舞之，足之蹈之”。显然是两个动词黏合起来，由词组形成复合词的。后来臣子朝见皇帝时要“舞蹈”，“舞蹈”也还是动词（例见《辞源》《辞海》等）。据《辞源》注，舞蹈作为名词，指跳舞这种艺术形式，是从日本人开始的。以“源”来说本是动词，以“流”来说是名词为主，这类矛盾恐不只“舞蹈”一词。看来《汉语大词典》词义的分项和排列，按源流呢，还是按词性呢，或两者怎样恰当地结合起来，是个需要认真研究的问题。

“跳舞”一词，起源在什么时候，手头没有资料。在现代汉语里，“跳舞”也不是个单纯的动词。《现代汉语词典》给它立了两个义项：“（1）舞蹈”，未举例，看来是把它作为“舞蹈”的同义词，也就是名词为主；“（2）跳交际舞：他不会～（，）跳了一场舞。”（逗号原缺，但有一格空白，疑系漏排。）这里“跳舞”是动词。在语言实际中也确是这样，人们固然会说“孩子跳舞去了”，也常说“这孩子就是喜欢（看）跳舞”，“她最大的爱好是跳舞”等。因此“跳舞”和汉语里其他许多动词一样，也能转成名词，或者叫兼具名词性。

“舞蹈”的兼具名词、动词两性，主要在于源和流的分歧；“跳舞”的兼具动词、名词两性，却在于现代汉语词汇基本上继承了古汉语词汇兼性而并无形态差异这一特点。《汉语大词典》

编写时怎样既反映词性区别这个语词词典应有的时代精神，又不背离汉语词汇本身的发展规律，这更是需要认真研究的问题，否则是难于解决像《辞海·未定稿》那样把名词、动词“混为一谈”的问题的。

（四）“干”是不是“干制食品的名称”？

“干”，后面有时可以加“子”或“儿”。“干”“干儿”“干子”，是“干制食品的名称”，如葡萄干、虾干、蛏干、地瓜干子、萝卜干（儿）等；有些方言里用不加限制词的“干儿”“干子”来专门指称“豆腐干”。也许有人只承认作为“豆腐干”同义词的“干儿”“干子”是词，前面加了限制成分时就只能算词素。在语言实际中却不是这样，如“把山芋晒成干子”“扁豆要煮得半熟才好晒干子”，这时“干子”显然是词。因此似乎应该认为“地瓜干子”“萝卜干儿”，以至“蛏干”等等都是短语或词组，其中的“干”“干子”“干儿”是词，而不是“不能单独运用的词素”。

说“干”是“干制食品的名称”是文雅了一些，使用了“食品”“名称”这些词，不很通俗，特别是“干制”这个形动结构的短语（姑且这样说，将来也许会成为一个词），更不好懂。《现代汉语词典》的释文是“加工制成的干的食品”，把“干制”通俗化了。如果词典的对象确定为“中等以上文化水平”的人，那么只注上“干制的食品”似乎比较简明，后面可以加上“有些方言里作为豆腐干的代称”。如经过调查这个方言词使用的地区很小，也可不挂这个尾巴。但说来说去，这里总是用上了“干”字，这个字既是“词目”，又是“多义字”，有人认为“不好”。这种情况恐怕不能一概而论。这里可以把“干制”换成“经过加工，去掉水分”，还不太啰唆，但有时会比较困难。限于篇幅，这个问题不多说了。

最后，我们也认为把“饼干”作为“干，干制食品的名称”

的例证是不妥的。“饼干”是个译名，不仅是意译，且兼音译（“饼干”的英文名为“biscuit”），这里的“干”确是词素，可是不仅《辞海·未定稿》是这样，《现代汉语词典》也是这样。可见每个词义的例证要很恰当，是需要认真考虑的。

（作年待考）

# 读稿献疑

最近有机会阅读和研究一部大型汉语词典（指《汉语大词典》——编者注）的部分释文稿，对起草特别是审稿同志博观约取、字斟句酌的精神甚为感佩。但觉稿中在如何利用资料和如何撰写释文这两大问题上还有可以商酌的地方。管窥所及，不免偏颇；析疑解惑，实有望于大方之家。

## （一）

为字词释义，必以充分的语言资料为根据，此为词典工作者所共知。但在实践中易为两种情况所苦，或则资料单薄，一词仅见一例，有时语言简短，义更隐约难明；或则资料纷繁，一字解说各异，孰是孰非，遽难判定。这时要做到取舍适宜，立说精当，必须对资料认认真真地下一番分析研究的功夫，否则稍一粗疏，易致乖谬。

有一张关于“长少”的卡片，摘自《才调集·张祜〈贵家郎〉》诗：“眼前长少贵，那信有春愁。”有人据此收“长少（zhǎng-）”一词，释为“官宦子弟”。这里有两点可疑：一是如“长少”竟是“官宦子弟”即诗题“贵家郎”的意思，那么这句诗就成了“眼前贵家郎（这么）华贵”，显得很呆滞，不像诗的语言。二则“长”如读［zhǎng］，则“眼前长少贵”为一拗句，全诗是古诗抑律诗，能否容此拗句，有待查核。我们首先从《才调集》中看到原诗为一长律：

“二十便封侯，名居第一流。绿鬓深小院，清管下高楼。醉把金船掷，闲敲玉镫游。带盘红鼹鼠，袍砑紫犀牛。碧瓦坊墙上，朱桥柳巷头。眼前长少贵，那信有春愁。”

全诗十二句，除“眼前长（zhǎng）少贵”外，平仄皆合律句的要求。因此句中的“长少”能否读为［zhǎng shào］，似属可疑。我们又检《全唐诗》，张祜这首诗题为“少年乐”（小字注“一作贵家郎”），前八句与《才调集》全同，末四句为：

“锦带归调箭，罗鞋起拨球。眼前长贵盛，那信世间愁。”

下面以双行小字夹注“一作碧瓦……”云云，即将《才调集》此诗的末四句作为异文，附录于诗末。大概《全唐诗》的编者也看到了《才调集》，认为“碧瓦……”云云这四句，在语言、韵律、诗意等方面均不如别本“锦带……”云云四句，因此把前者作异文附录，不别为正文。从全诗看，首联总起点题，以下四联，从起居、游乐、衣着等方面写贵家郎的豪奢华贵，尾联“眼前长（cháng）贵盛”云云，正是前文的概括。根据查阅所得，从《才调集》摘出的“长少（zhǎng　-）”这张卡片，似只合存疑；若据此立目并释为“官宦子弟”，似欠稳当。

又有“长”字一卡，摘自陆机《吊魏武帝文》：“结遗情之婉娈，何命促而意长！”有人据此为“长［cháng］”字增一义项：“深厚”，并引成语“情深意长”为例。两例中的“长”是否有深厚的意思呢？先看陆机文句，“意长”与“命促”对举，运用了映衬的修辞方法，全句的意思是说，寿命这么短促，而思虑却那么长远！上文紧接着的两句是：“纡广念于履组，尘清虑于余香。”即所谓“分香卖履”。这就是下文“意长”的具体内容。这一内容在吊文前面的“序”中叙述更详：“然则婉娈房闼之内，绸缪家人之务，则几乎密与。吾婕妤妓人皆著铜雀台。……余香可分与诸夫人；诸舍中（李善注：舍中谓众妾）无所为，学作履组卖也。若乃系情累于外物，留曲念于闺房，亦贤俊之所宜废乎。”就是说，曹操临终之前对妻妾的居住和生活享用等都作了周密的考虑与长远的安排。所谓“意长”，所谓“留曲念”“纡广念”，都是指的这回事。这些思虑，只能说是想得长远，似无“深厚”可言。因此从陆机的文句似不能得出“深厚”的义项。至于成语“情深意长”，即使说“情深”与“意长”可以互文见义，似亦不能据此一例而谓“长”有深厚的意思。

“长 zhàng”有多余之意，这见于汉人注古籍和隋唐以来的韵书，向无歧义。现有人为“长 cháng”另立一“多、余”的义项，引例为《荀子·礼论》：“礼者，断长续短，损有余益不足。”又云：“特指诗文字数多，篇幅大。”引例为晋陆机《文赋》：“要辞达而理举，故无取乎冗长。”并举现代例云：“又如：这篇文章很长。”这里的义例中有三个问题：（1）《荀子》“断长续短”的“长”是否为“多、余”的意思？（2）陆机《文赋》的“冗长”能否读为“rǒngcháng”？（3）称诗文的字数多，篇幅大为“长”，是否为“多、余”的特指义？

“断长续短”一作“绝长继短”“绝长补短”“绝长续短”“折长补短”。清人翟灏指出，此“乃当时通言，故诸书俱言之”。（见《四书考异》）它在先秦古籍中的用例，一般均和说及长度的句子相连，如：

“古者汤封于亳，绝长继短，方地百里。”（《墨子·非命上》）

“今滕绝长补短，将五十里也，犹可以为善国。”（《孟子·滕文公上》）

“今秦地形，断长续短，方数千里。”（《国策·秦策》）

“今楚国虽小，绝长续短，犹以数千里。”（《国策·楚策四》）

“今秦地折长补短，方数千里。”（《韩非子·初见秦》）

诸例中的“长”“短”显然皆指长度而言。在《荀子》例中，这个熟语意义未变，只是用作比喻性的衬托，使下文“损有余益不足”的意思更为鲜明，似不能据此认为“长 cháng”有“多、余”的意思。如认为这个熟语的原意就是“损有余以补不足”，那在上述《墨子》到《韩非》五例中都是说不通的。

陆机《文赋》为一韵文，有关“冗长”的两句，为其中一段的结尾。这一段各句的韵脚字依次为：“量”“状”“匠”“让”“相”“当”“旷”“亮”“怆”“壮”“畅”“谜”“放”“长”。其中除“旷”“当”两字属《广韵》去声宕部，其余各字均见于《广韵》去声漾部。因此《文赋》中的“冗长”应读“rǒng zhàng”似无可疑。现代汉语中有“冗长（rǒng cháng）”一词，但其意义和《文赋》中的“冗长”不完全相同。《文赋》中的意思是多而无当，而现代语的意思则是废话多而篇幅长。音义都不相同，作为两个词看待，是比较恰当的。因此似乎不必以今音强加于陆机，自也不宜用《文赋》作为“长（cháng）”有“多、余”义的例证。

至于说称诗文字数多、篇幅大为“长”，是“多、余”义的特指内容之一，似与常识不合。通常说诗文的长短，即指篇幅而言，说它是“距离大”的特指义则可，若说是“多、余”义的特指内容，不仅迂曲，且与事实不符，因为长诗长文有时是内容的需要，并非多余。如果说“这篇文章很长”，就意味着有多余的字句，古今许多长文的作者名家一定是难于首肯的。

总括以上对三例的分析，如仅此三例，别无语言资料可证，欲为“长（cháng）”立“多、余”一义，似难成立。

如上所述，资料单薄给立目、释义往往带来困难，必须审慎研究。但有时资料繁杂，甚至相互矛盾，如何斟酌取舍，也不可以轻心掉之。

如“长日”一词见于《礼记·郊特牲》和《孔子家语·郊问》。两书的正文相同，皆云：“郊之祭也，迎长日之至也。”而前者郑玄注云："此言迎长日者，建卯而昼夜分，分而日长也。"后者王肃注云："周人始以日至之月，冬日至而日长。"郑玄以"长日"为春分以后昼长夜短之时，王肃则谓"长日"指冬至以后白昼渐长之日。两说全不相同。王稍后于郑，在经学方面颇多与郑不合。以后治《礼记》者，对于郊祭的时间或从郑、或从王，各持己见，互不相服。王说的重要根据之一是《礼记·郊特牲》在"郊之祭也，迎长日之至也"以后，下文又云："周之始郊，日以至。"这好像是比较明确地说郊祭在至日（冬至）。郑玄注《礼记》时并非见不及此。他认为："郊天之月而日至，鲁礼也。三王之郊，一用夏正。（按：指建寅之月，即农历正月）……周衰礼废，儒者见周礼尽在鲁，因推鲁礼以言周事。"就是说，周礼郊祭在寅月，即在春分以前，所谓"迎长日之至也"。《郊特牲》谓"周之始郊，日以至"，这是儒者误把鲁礼作周礼。而持王说者则谓"若儒者愚人也，则不能记斯礼也；苟其不愚，不得乱于周鲁也"。这种空洞抽象的推理，并不能折服信郑说的人。因此唐孔颖达在《礼记正义》里只好说："郊丘大事，王郑不同，故略陈二家所据而言之。"旧辞书对这一分歧的处理有两种做法。《汉语词典》与旧《词源》皆采王说，在"长日"条下只注"指冬至节"，或不引书证，或只引《礼记·郊特牲》"郊之祭也……"两句原文而不引郑注。作为辞书，对于有歧义的词语，只取一说，不加考辨，并无不可。缺点是取王说而舍郑说，虽回避了矛盾，但也许丢弃了"长日"的一个古义。《大汉和》与《中文》"长日"的释文亦采王说，但在书证中却不仅引用了《礼记·郊特牲》"郊之祭也……"两句原文，还引了郑玄注，下文又引《孔子家语·郊问》的有关文句和王肃注。这样书证似较完备，可惜义例却不相合。因为郑注对"长日"的解释不是冬至而是春分以后。我们最近看到"长日"一词的释文稿中，也有人沿袭了《大汉和》和《中文》的做法，这是值得商酌的。我们认为“长日”一词的释义可以郑王两说并存，亦可仿旧《词源》只取王说，引例时不用《礼记》郑注。《大汉和》与《中文》出现义例不合的现象，很可能是对《礼记》的郑注未加审查所致，这是我们应该避免的。（定稿中二义并存——编者注）

## （二）

为字词释义的文字，既要简明通俗，更要准确无误。两相比较，后者尤为重要。这不是说，语言是否简洁鲜明，无足轻重；而是说，词典对字词的解释必须是正确的，可以作为规范的，任何曲解、误解，都必须减少到最低限度。我们最近看到的释文稿，有些似乎尚可商榷。

如稿中为“长（cháng）”作一解释：“指与地面平行之长条状物体两端之间距离大。”例证为《荀子·议兵》：“若镆铘之长刃，婴婴者断。”姜夔《续书谱·用墨》：“七欲锋长劲而圆。”两例中的剑刃和笔锋，都不是“与地面平行之长条状物体”。因此这一解释，并非从语言资料概括而出，语言累赘，犹其余事。据拟稿者在稿末说明：释文中所以“加‘与地面平行’，以别于高；加‘长条状物体’，以别于远。”因为他在“长”的第一义项“两端之间距离大（指空间）”下分立三个小项，原来作：（a）距离大，不短；（b）远，不近；（c）高。后来觉得（a）的解释与（b）（c）交叉，因而改如上文所引“指与地面平行……距离大”云云。这样写和改，意在使义项分合适当，又不交叉。可是客观效果似与预期不合。实则“远”与“高”皆是“长”的引申义。据朱骏声《说文通训定声·壮部》，“长”的古篆像长发绵延之形。“长”的本义似无较通俗的同义语可用，旧《辞海》释为“短之对”。最近出版的《辞源》修订本，对基本词汇中一些别无通俗同义语的形容词如“大”（与“小”相对）、“假”

（不真）、“外”（与“内”相对）等，也用这样的反训法。拟稿者意欲舍此别求周到详明的注释，先将“长”的本义限制为“指空间”，而排除其指时间的内容，又将本义与引申义勉强糅合，结果似不免扞格难通。这说明为字词释义必须严格从语言实际出发，而不能以主观想象为依归。

又如稿中为“长（zhǎng）”立一义项：“人以外的居首位者”，例句为《易·乾·文言》：“元者，善之长也。”《洛阳伽蓝记·正觉寺》：“羊者是陆生之最，鱼者乃水族之长。”细玩“长（zhǎng）”字全稿，拟稿者将这一义项作为与义项“领袖，长官”相互排斥的并列义项，意即一为“人之居首位者”，一为“人以外的居首位者”。这两个义项的释文似均有缺点。“领袖”“长官”是两个现代词，它的具体意义和古汉语指居于统治或领导地位者的“长”似不完全相同。“人以外”的外延比较模糊，一般地说，“人以外”只意味着指别的生物，而不包括其他抽象事物。如把“元者善之长”的“长”说成“人以外的居首位者”，似难理解。（定稿释文无“人以外”三字——编者注）

又有“长火”一词，见温庭筠《走马楼三更曲》诗：“玉皇夜入未央宫，长火千条照栖鸟。”拟稿者认为诗句暗用了《诗·小雅·庭燎》：“夜如何其？夜未央，庭燎之光。”“长火”疑即“庭燎”，现代语可释为“长的火把”或“长的火炬”。这一解释，资料稍感不足。另有人将释文改为“长焰的大烛火”，未另举例。这一解释，似亦可商榷。《诗毛传》确有“庭燎，大烛”之说，但所谓“大烛”非指后世的蜡烛，而是火把。孔颖达《毛诗正义》对“大烛”已有说明：“天子庭燎用百，古制未得而闻。要以物百枚并而缠束之，今则用松苇竹灌以脂膏也。”《礼记·曲礼》“烛不见跋”孔颖达疏亦云：“古者未有蜡烛，唯呼火炬为烛也。”清朱骏声《说文通训定声》于“烛”字下亦注明：“庭燎，大烛也。大烛树地曰庭燎，苇薪为之。”据此，温诗的

“长火”，如指“庭燎”，似只可释为“长的火炬”或“长的火把”，倘释为“长焰的大烛火”，易使人误解为大蜡烛的长焰，且有增字解词之嫌。

又“长世”的义项之一，有人释为“延续很久”，有人拟改为“世代延续下去”。细玩引例，如《国语·晋语》“思长世之德，历远年之数”，《抱朴子·良规》“加夫立郯锋之端，登方崩之山，非所以延年长世远危之术”，其中“长世”或与“远年”对举，或与“延年”连用，可见“世”都指“年岁”，而非“世代”的意思。《国语·周语中》：“上作事而彻，下能堪其任，所以为令闻长世也。”韦昭注云：“长世，多历年也。”韦注甚明，译成今语，即为“延续多年”。至于稿中两解，释为“延续很久”，有些近于意译，未能注出“世”的确切含义；释为“世代延续下去”，不仅误解了“世”的含义，而且阑入了“长世”原来没有的内容（“……下去”）。释文如何斟酌损益，力求准确，此中甘苦，实在是言之难尽的。

（作年待考）

# 《百喻经》选词小结

《百喻经》是南北朝南齐（479—502）时翻译的一部佛家著作。鲁迅早年曾校印此书，并为断句。后来有人摘印其中的寓言，书名“痴华鬘”，鲁迅又写了《题记》。这部书运用寓言，宣传佛教。作者打了个比方：“如阿伽陀药，树叶而裹之，取药涂毒竟，树叶还弃之。戏笑如叶裹，实义在其中。智者取正义，戏笑便应弃。”他把那些寓言比作只不过是裹在药上的叶子，实则这些寓言大都有较深刻的含义，正如鲁迅所说：“智者所见，盖不唯佛说正义而已。”这部书的译文保存了南北朝时口语的部分词汇，许多词还活在今天人们的口中。南北朝时书面语和口头语严重脱离，流传下来能反映当时语言实际的著作很少。因此，这部书在我们为《汉语大词典》选词制卡积累资料的过程中，应该受到足够的重视。

全书约两万字，除了开头一段“缘起”，末尾一个“偈语”外，共讲了98个寓言。我们反复阅读，认真研究，共选收词语870条（同形异义者的词暂作一词计），分类统计如表1所示。

表1中，统计在“古今通用”项下的复合词，大都见于《现代汉语词典》，这一类占从本书选收复合词的39.2%。在记入“古”项下的复合词中，有些在当时可能也是口语，如“余处”“发露”“及以”等。此外单音词中古今或当时属于口语的还有很多。这些都是反映一千四五百年前汉语面貌的重要资料。

**表 1**

<table>
<tr><th colspan="5">词（包括词组）</th><th>成　语</th><th>总　计</th></tr>
<tr><td rowspan="3">（一）<br>词形</td><td rowspan="2">单音词</td><td colspan="3">复合词</td><td rowspan="9">13</td><td rowspan="9">870</td></tr>
<tr><td colspan="2">古今通用</td><td>古</td></tr>
<tr><td>155</td><td colspan="2">275</td><td>427</td></tr>
<tr><td rowspan="2">（二）<br>词性</td><td colspan="2">实词</td><td colspan="2">虚词</td></tr>
<tr><td colspan="2">791</td><td colspan="2">66</td></tr>
<tr><td rowspan="2">（三）<br>使用范围</td><td colspan="2">普通词</td><td colspan="2">专科词</td></tr>
<tr><td colspan="2">820</td><td colspan="2">37</td></tr>
<tr><td>小 计</td><td colspan="4">857</td></tr>
</table>

这部书的语言特点，除了保存口语资料较多外，六朝作品爱好铸词炼句的风格，在书中也有反映。对书中出现的许多虽不常见但不是任意割截或胡乱黏合的词语，如："憍慢""毁訾""妻息""饥俭""流驰"等，也尽量收录。此外，六朝时翻译佛经，一些梵语句法逐渐影响汉语，如"与……俱""白（语）……佛言""以（缘）……故""既……已"等，我们给"俱""言""故""已"分别制卡，并注明这些词的用法和意义。

为了广集资料，我们还努力做好卡片，既重视质量，也注意数量。为了给将来定词目和立义项提供较充分的根据，对某些多义词、不常见词、不常见义，往往采取一词数卡、一义数卡或一卡数例的办法，共制卡 1025 张，分类统计如表 2 所示。

表 2

| 收词资料 | 释义资料 | 举例资料 | 其他资料 | 合计 |
|---|---|---|---|---|
| 507 | 116 | 339 | 63 | 1025 |

通过实践，我们深深体会到选词制卡不是简单地抄抄写写的技术性工作。既不能依靠查对旧词书看其是否未收的“词”“义”“例”而决定取舍（按：把未见于旧词书的“词”“义”“例”叫作“新词”“新义”“新例”是些不准确的概念，现在几乎成为我们的“术语”了，似应纠正），更不是只要把书浏览过去，随手摘录一些词语和有关的句段就能完成任务。选词制卡时必须以认真严肃的态度做一番深入细致的研究工作，才能真正了解书中丰富复杂的语言现象，把其中对《汉语大词典》的收词、释义、举例有用的资料充分地、如实地、恰当地摘录制卡。只有这样，着眼于广，过细研究，认真防漏，多而不滥，才能使《汉语大词典》的编写占有足够的第一手资料。现在谈谈我们是怎样认真研究《百喻经》中的语言现象，做好选词制卡工作的。

（一）注意分析

我们在看书时首先注意认真分析每一个词，把词、词素和词组区别开来。广集资料的对象主要是词，对词素只收录一些无实在意义的前后缀（如“所以”“所在”的“所”，“顷来”“先来”的“来”），其余词素大都是由词转成而本质意义未变，概不单收。对词组则着重收录结构紧密、意义有变化和使用率较高的一部分，防止把词组当作词而收录过宽。如：

《口诵乘船法而不解用喻》：“若入海水漩洑洄流矶激之处，当如是捉，如是正，如是住。”“海水漩洑洄流矶激”是两个主谓词组，还是“海水”是主语而“漩洑”“洄流”“矶激”都是谓语？我们反复研究："漩洑""矶激"（矶水激石也）都是并列结构的动词，而"洄流"（一作"回流"）是个偏正结构的名词性词组，如也是动词，则与"漩洑"重叠，整个句子也显得臃肿缺乏节奏。因此只给"漩洑" "矶激"各制一卡，而"洄流"不收。

在分析时，我们还注意防止把相连续的几个字误看作词或词组。如：《为恶贼所劫失氎喻》："一人被一领氎。""领氎"是不是词？先看同一篇里，下文有"失氎""氎与金钱一切都失"等说法；再看同一书中还有"上氎""白氎""好氎"等词组，和"以氎覆皮""皮氎之价，理自悬殊"等句（见《估客驼死喻》）可见"氎"为单音词，"领"是量词，我们只给"领"做卡。又如《得金鼠狼喻》："宁为毒蛇螫杀，要当怀去。""螫杀"是不是一个词？在同一书中《二鸽喻》说："雄鸽不信……即便以嘴（'嘴'）啄雌鸽杀。"在"杀"和前面的动词之间能插入动词的宾语，可见"杀"是另一个词。因此我们给"杀"制卡，录上述两例，而不收"螫杀"。

对词的分析，不能只着眼在词形结构上面，更重要的是对词的意义、词性、色彩、用法和语法作用等作深入细致的研究。如《子死欲停置家中喻》："愚人见子既死，便欲停置于其家中，自欲弃去。""弃去"何解？下文又说：旁人"语之曰：生死道异，当速庄严，致于远处而殡葬之。云何得留，自欲弃去？"可见"弃去"是并列结构的动词，意即"离开"。这里用了"去"的原意（离去），而不是像现代那样，"去"加在动词后面表示趋向。我们给"弃去"一词制了卡，"去"是一般词素不收。又如《三重楼喻》："即唤木匠而问言曰：解作彼家端正舍不？"这里的"端正"既非指形态整齐，也非指正确、正派，而是上文说的"高广严丽"亦即庄严美好的意思。我们除从书中收录了"形容端正""种姓端正"等例句资料外，也把这里的"端正"收录制卡。

有人认为“他”做第三人称代词起源于唐代，在此以前只做不定代词（见王力《汉语史稿》中册）。我们发现，这部书里的“他”，许多也是不定代词。有的加于其他名词之前，意为“别的”，如“他家”（别人家）、“他国”（别国）、“他人”（别人）；有的单独用，意为“别人”，如：“后于中间，共他交往”（《妇诈称死喻》），“愚人讳闻己过，见他道说，反欲扑打之”（《说人喜瞋喻》），“往有商人，贷他半钱”（《债半钱喻》），“其所乘马为他所夺”（《诈言马死喻》）等。重要的是我们还发现书中已有“他”作第三人称代词用的例子，如：

《以梨打破头喻》：“旁人语言：‘汝自愚痴，云何名彼以为痴也？汝若不痴，为他所打，乃至头破，不知逃避。’”此处上文用“彼”，下文用“他”，同指一人。

《认人为兄喻》：“旁人语言：‘汝是愚人，云何须财，名他为兄，及其债时，复言非兄？’”此处上文用“他”，下文用“其”，同指一人。

《二鸽喻》：“天降大雨，果得湿润，还复如故。雄鸽见已，方生悔恨：‘彼实不食，我妄杀他。’即悲鸣命唤雌鸽：‘汝何处去？’”此处上文用“彼”，下文用“他”，同指雌鸽。

“彼”和“其”周秦时期就已作第三人称代词用，这里“他”和“彼”“其”交互使用，可见也是第三人称代词无疑。通过对上述诸例的分析，我们认为“他”成为第三人称代词的演变过程可能是：“他”=“别的”（常加在名词前面）→“他”=“别人”（单独用，后面不跟名词）→“他”=第三人称代词。在本书中还有几个上文“他”作“别的”或“别人”解，接下去“他”就作第三人称代词用的例子，如《估客偷金喻》：“昔有二估客，共行商贾，一卖真金，其第二者卖兜罗绵。有他（别的）买真金者，烧而试之。第二估客即便偷他（指买真金者）被烧之金用兜罗绵裹。”一段话里，新旧义并见，可见当时正是这一词义发展的过渡时刻。对上述的“他”的三种意义和用法，我们着重把后两者的有关资料收录制卡。

（二）多加比较

我们在选词制卡时，还通过比较来解决是不是词，是什么词，词义如何，该不该选收等问题。

有时看到连用的两个字，不能断定是不是词。当书中重复出现后，把有关例句放在一起加以比较，往往能较好地解决问题。如“及以”，当刚看到“昔有一人，事须火用，及以冷水”（《水火喻》）时，对“及以”的意义不易弄清。但将以下各例加以比较，就清楚了：“及以”是连词，等于“及”或“和”。如：

“纵可无村，及以无树，何有天下无东无时？”（《偷牦牛喻》）

“由是之故，我得此马，及以珍宝，来投王国。”（《五百欢喜丸喻》）

“凡夫……为少名誉，及以利养，便故妄语，毁坏净戒。”（《诈称眼盲喻》）

又如“谓呼”，也是通过对几个例子的比较，认定它是个动词，就是“叫喊”的意思。如：

“昔有痴人往大池所，见水底影有真金像，谓呼：‘有金！’即入水中挠泥求觅。”（《见水底金影喻》）

“田夫闻之，欣然而笑，谓呼：‘必得！’”（《田夫思王女喻》）

“中捉驴根，谓呼：‘是乳！’即便構之，望得其乳。”（《構驴乳喻》）

对这一类资料，我们往往采取一卡数例的办法，使编写者看到一张卡便容易了解这个词的意义。

有些词，通过比较发现它的义项比较复杂，超出旧词书的解释。如“方便”，《现汉》列“便利”“适宜”和“婉辞，指有余钱”三义；《辞海·未定稿》列“佛教名词，犹云权宜”“机会”和“给予便利”三义。但《百喻经》中的“方便”一词却有些不能用上举的义项来解释。如：

《牧羊人喻》：“昔有一人，巧于牧羊，其羊滋多，乃有千万；极大悭贪，不肯外用。时有一人，善于巧诈，便作方便，往共亲友，而语之曰：‘我今共汝极成亲爱，便为一体，更无有异。’”这里的“方便”似为“狡猾”“欺诈”的意思，可能是由佛家语“权宜”一义引申而出。又如：

《雇倩瓦师喻》：“我为方便，勤苦积年，始得成器，诣市欲卖；此弊恶驴，须臾之顷，尽破我器。”这里的“方便”，似指“便于得到衣食”，可能系现代语指“有余钱”的“婉辞”的来源。又如：

《倒灌喻》：“汝大愚人，不解方便。”（指把灌肠的药口服下去）

《小儿得大龟喻》：“昔有一小儿，陆地游戏，得一大龟，意欲杀之，不知方便，而问人言：‘云何得杀？’……凡夫之人，亦复如是，欲守护六根，修诸功德，不解方便，而问人言：‘作何因缘而得解脱？’”这里的“方便”，似为“方法”“途径”的意思，可能由指“便利”这一抽象的状态，引申为取得“便利”的具体方法。

我们认为积累这些可供比较研究的资料，对于分析词义，弄清词义的起源和发展也许是有帮助的。

有些单音词，在这部书里出现一些不经见的意义和用法。通过比较，有的可以得出初步结论，如“於”可以用在动词后面作为助词，只是调节语调，并无意义。我们收录的例证有：

《牧羊人喻》：“其人复言：‘汝妇今日已生一子。’牧羊之人未见於妇，闻其已生，心大欢喜。”

《宝箧镜喻》：凡夫之人“妄见有我，即便封著，谓是真实，于是堕落，失诸功德。……如彼愚人，弃於宝箧。”

《欲食半饼喻》：“如彼痴人，于半番饼生於饱想。”

有的仅凭一二例句，不能轻下结论，但如大家都把有关资料积累起来，等到资料汇总时，也许某个假说就是真理的雏形。如“为”字做疑问助词用于句末，是常见的，此书中亦有之；但书中还有些“为”字似为疑问副词或疑问代词。如：

《二子分财喻》：“有问：‘人为最胜？’不应，反问言：‘汝问三恶道，为问诸天？若问三恶道，人实为最胜；若问于诸天，人必为不如。’”（为=抑）

《诈言马死喻》：“有人问言：‘汝所乘马，今为所在？何以不乘？’”（为=焉）

这类可供参证的资料，我们也一一收录。

我们在选词制卡时，还对本书中出现的一些同义词、同族词，加以比较，以求弄清词义，决定取舍。

书中等于现代语“后来”“以后”的词有“却后”“后时”“后日”等。其中“却后”较难懂，“后时”出现次数较多，比较起来，“后日”意较明显，出现又较少，但易被误解为“明日的明日”，既收“却后”和“后时”，“后日”似也可收录。

书中“人众”字样出现两次，我们认为是个集合名词，应该收录。后又发现“军众”字样，我们拿它和“人众”相比，觉得它和“人众”结构相似，意义相类，也可收录。

有些词则通过和旧词书中已收的同义词或同族词相比，决定是否收录。如旧词书有“清晨”“清早”，书中有“清旦”一词，我们给它制了卡。旧词书有“当时”“随时”等词，书中多次出现的“尔时”“即时”和出现较少的“向时”“寻时”等，结构比较紧密，都能独立表示一个概念，也一一收录制卡。

（三）摸索规律

在选词制卡时，我们还注意在纷繁复杂的语言现象中表现出来的语言发展的一些规律。认识这些规律，不仅可以收以简驭繁、事半功倍的效果，也可以较好地为今后的释义工作提供必要的资料。

从这部书里看到很多现代汉语中的常用词，早在南齐就已出现，且有两种值得注意的现象：一是有些古今字面相同，但意义有所发展，我们在制卡时均注明当时的含义。如“产生”指“生养”；“大家”为对主人的尊称；“修理”犹“办理”；“斗争”指“争论”；“侵略”犹“搅扰”。二是有些并列结构的双音词，两个字颠倒过来，意义不变。有的当时和现在都是两种形式并用，如“苦痛”和“痛苦”；有的当时两式并用，而现代常用的只是其中一种形式，如“信服”和“服信”、“困乏”和“乏困”；有的当时两种形式并用，现代却都不见了，如“昔皆”和“皆昔”、“宿止”和“止宿”；有的书中用一种形式，现代用的和它相颠倒，如书中用“及以”“宰主”、“过罪”而现代用“以及”“主宰”“罪过”；有的书中和现代常用的都只是一种形式，这一类最多，如“明白”“疲劳”“惭愧”“应当”“悬殊”“充足”“战斗”“睡眠”“希望”“逃避”“减少”等均是。从上述种种，似乎可以说，并列结构的双音词在开始形成时，有些往往可以颠倒，但总的趋势是只有其中一种为多数人所采用而稳定下来。《汉语大词典》不仅要反映汉语的当前面貌，也要反映它的发展过程。因此除大量古今通用的词逐一收录外，对现在虽已不见而古代汉语中可能用过，符合汉语发展规律的词语，我们也制卡备考。

有些单音词和包含这个字的双音词在一书中出现多次，而意义、用法、变化不一。哪些应收，哪些不录，往往不容易随看随定。我们就将有关资料先行胪列，然后加以整理，从中可以看到意义引申的系统和用法演变的过程，取舍问题也就容易解决了。如“著”（现写作“着”）一词和包含“著”的复合词书中共出现 45 例，经过整理，“著”作为单音词共有五个义项，即穿着、附着、放置、感受、执着。其中前三个义项旧词书已列，且有古例，我们只酌收一二。

“感受”一义，虽见于旧词书，但无古例。可供引例的资料全收，如：

《人效王眼瞤喻》：“王问之言：‘汝为病耶？为著风耶？何以眼瞤？’其人答王：‘我不病眼，亦不著风，欲得王意，见王眼瞤，故效王也。’”

“执着”一义，旧词书未收，此书中用例较多，我们逐一收录。如：

《宝箧镜喻》：“著我见者，亦复如是。”

《奴守门喻》：“如来教诫，常护根门，莫著六尘。”

《梵天弟子造物因喻》：“诸佛说法，不著二边，亦不著断，亦不著常。”

至于包含“著”字的复合词，共有 14 个，按其意义，可分四类。

和穿着义有关的一个：被著（“得粗褐衣，而被著之”）。

和附着义有关的一个：缠著（“为生死魔王债主之所缠著”）。

和放置义有关的五个：安著（“汝可赍一死妇女尸安著屋中”）、排著（将牛“驱至深坑高岸，排著坑底，尽皆杀之”）、吐著（“寻即取米及胡麻子，口中含嚼，吐著掌中”）、内（同“纳”）著（“复取毒蛇，内著怀里”）、掷著（“何故舍弃，掷著水中”）。

和执着义有关的七个：惑著（“闻他邪说，心生惑著，谓为真实”）、封著（“妄见有我，即便封著，谓是真实”）、贪著（“贪著五欲，为色声香味之所惑乱”）、执着（“诸外道见是断常事已，便生执着”）、无著（“既断烦恼，又伏恶魔，便得无著道果封赏”）、耽著（“方于五欲，耽著嬉戏，虽遭大苦，不以为患”）、乐著（“今日营此事，明日造彼事，乐著不观苦，不觉死贼至”）。

在这些词的用例中，我们认为有一点值得注意，即什么是现代汉语中作为动词后缀，表示进行的“着”的起源问题。有人认为：“着”字逐步虚化，南北朝时由“附着”义，逐渐变为“在”的意思，往往用在处所状语的前面；然后再演变为表进行的动词后缀，正式形成于宋元时期（见王力《汉语史稿》中册）。我们有些不同看法：一则“放置”和“附着”不同，“放置”是物接受人的动作，而“附着”是物本身的功能。持前说者没有把“放置”一义从“附着”中分出来。再看上面所引跟“放置”义有关的复合词，“著”字有“在”的意思是由“放置”一义引申出来的可能较大。二则“著”的“执着”一义，持前说者没有提到，和“执着”义有关的复合词，也没有受到重视。我们觉得很可能作为动词后缀表示进行的“着”，恰恰是由“执着”一义引申而出。其理由有三：

（1）“著”作为“执着”解本身就有“持续进行”的意思，而作为“放置”（或“附着”）解则是静止不动的。作为动词后缀的“了”和“过”表示“完成”或“过去”，都和它原来具有的意义有关，“着”也应该如此。

（2）《百喻经》中出现的由“著”有“执着”义衍生出来的“贪著”“耽著”“乐著”等词，当时“著”虽仍有实在义而非词缀，但整个词就表示着一种持续进行中的动作或状态，和后来用“着”作为后缀表示进行的动词很相似。

（3）“着”由“放置”义衍生出来的复合词后面只能带处所

状语而不带宾语，而由“著”的“执着”义衍生出来的复合词却能带宾语，如“贪著五欲”“耽著嬉戏”，和后来用“着”作为后缀表示进行的动词很相似。

如以上的假说成立，那么“着”的虚化为动词后缀表示进行，可以说在南北朝时已开始萌芽。当然，由于《百喻经》是佛家著作，“执着”一义使用较多，可能使我们产生错觉。仅从《百喻经》一书，还不能推断南北朝语言的普遍情况，有待得到多方面的例证。但是这些客观存在的语言现象，把它揭示出来可能有助于对词义发展的探讨。因此我们除把含有“著”的复合词一一制卡外，还给“著”字另做一卡，把包含“著”的复合词的资料汇集起来，以供参考。

（四）试作考证

选词制卡涉及的对象只是一部书，不可能对某些字、词作专门深入的研究，但有时为了弄清词义，决定取舍，不可能不作些考证。有时从同一书中就能得到比较可靠的资料，较便利地解决问题。如《搆驴乳喻》云：“尔时诸人得一父驴，欲搆其乳，争共捉之。……中捉驴根，谓呼是乳，即便搆之，……”这一“搆”字旧词书的解释无可通者。而《愚人集牛乳喻》中有“𤜂取牛乳”“方牵牛来，欲𤜂取乳，而此牛乳即干无有”等语。其中的“𤜂”字，旧字典词书中不见，只有“𤛓”“𦏁”（一作“𣫍”）、“㝅”等字，音“遘”或“搆”，义为取乳或哺乳。其中“㝅”字见于《说文》。根据这些，我们认为可能“㝅”为本字，“𤛓”“𦏁”为后出的形声字，“𤜂”为“𤛓”的异体，“搆”为“㝅”的假借字。

又如“唐”字作“徒”“空”解，旧词书只收“唐捐”“唐肆”二词，别无用例。注释中有人说借“唐”为“康”或“漮”（康、漮，均作空解）。此书中“唐”作“徒”解有几个用例，如：“唐使其妇受大苦痛”（《为妇贸鼻喻》）、“如彼愚臣，唐毁他目”（《破五通仙眼喻》）。且书中有“徒自伤损”（《为妇贸鼻喻》）句又有“唐自捐弃”（《欲食半饼喻》）句。“徒”“唐”双声，可能是借“唐”为“徒”。

《为熊所啮喻》云：“有一种物，身毛耽毵，来毁害我。”其中“耽毵”二字，是否一词？我们从旧词书中看到“氍毵”“鬛鬖”，音同字异，实为一词，指毛发长垂，引例皆宋以后作品。这一词可能即后来的“络腮”或“落腮”，有时也作“兜腮”。“耽”“氍”叠韵，“耽”“兜”双声，可以互相通假。“耽”的原意是（耳）下垂的样子。很可能这六个字形不同的词实系一词。而“耽毵”却是这个连绵词比较原始的写法。

这部书中有些不可解或不合理的地方，可能系翻译或刻印的错误。如《杀商主祀天喻》讲的是贾客杀了领航的“导师”，“商主”一词又见于《估客驼死喻》，指的是估客自己，看来后一例是正确的。《杀商主祀天喻》这个标题可能翻译错了。

书中还有一些问题，我们限于水平和条件，没有能够解决。如《欲食半饼喻》中“犹如衣食遮故名乐，于辛苦中横生乐想”，“遮故”是否一词，作何解释？《贫人作鸳鸯鸣喻》中“昔外国节法庆之日，一切妇女，尽持优钵罗华以为鬘饰”，“法庆”是否为一节日的名称？对这些可疑的词语也暂制一卡，以待研究。

（刊于《汉语大词典》江苏省编写组编印：
《编写简讯》第7期，1977年）

# 《读书杂志》“弁言”校读小记

江苏古籍版《读书杂志》前之弁言系抄写付印，其中文字及标点之脱误较多。展读数过，谨摘记其有伤文意者数事如次。

一、文字脱误盖三十处，为节省篇幅，将“弁言”原文之误及其订正制成一表，表末略加说明。

| 页次 | 行次 | 原文误作 | 订正 |
| --- | --- | --- | --- |
| 6 | 4 | 燕礼云 | 《燕礼》注 |
| 11 | 6 | 改字以合其 | 改字以合 |
| 11 | 7 | 改字以合其韵 | 改字以合韵 |
| 11 | 7 | 改字失其韵 | 改字而失其韵 |
| 11 | 7 | 改字以失其韵 | 改字而失其韵 |
| 11 | 8 | 句读误而加字 | 句读误而又加字 |
| 12 | 5 | 嘒涁寐 | 嘒淠寐 |
| 12 | 5 | 涁嘻呬 | 淠嘒驷 |
| 12 | 6 | 古音属至部 | 古音属志部 |
| 12 | 8 | 事耜苗 | 事耜亩 |
| 12 | 9 | 以与戒为韵 | 以上与戒为韵 |
| 12 | 12 | 涁嘒呬 | 淠嘒驷 |
| 14 | 9 | 力在缉部 | 立在缉部 |
| 15 | 4 | 徐云一舒者 | 徐云一作舒者 |

续表

| 页次 | 行次 | 原文误作 | 订正 |
| --- | --- | --- | --- |
| 17 | 14 | 故作作弗 | 故讹作弗 |
| 20 | 9 | 缣 | 镰 |
| 21 | 3 | 熟 | 孰 |
| 21 | 12 | 矜代 | 矜伐 |
| 21 | 13 | 不知督责 | 不加督责 |
| 23 | 7 | 凡篇内称病得于某事者 | 凡篇内称病得之于某事者 |
| 23 | 8 | 一段语 | 一段话 |
| 25 | 2 | 应该“十数” | 应该作“十数” |
| 25 | 13 | 叔肸之矣 | 叔肸之类 |
| 25 | 13 | 改冉季字产 | 改为冉季字产 |
| 26 | 11 | 立改 | 立政 |
| 26 | 12 | 镳裳 | 纁裳 |
| 27 | 1 | 言从容不劳也 | 言其从容不劳也 |
| 27 | 14 | 无“东”甚明 | 无“东”字甚明 |
| 28 | 13 | 一也 | 也 |
| 31 | 15 | 垣庙 | 庙垣 |

上表所列文字脱误，其中衍文两处、脱字九处、字误十九处，大抵为“弁言”中之引文与《读书杂志》原文不符，订正一以本书正文即影印家刻本为准。

二、关于标点符号。“弁言”中引号、书名号脱漏较多，句号、逗号亦间有误，且有同一情况此处加符号而别处不加，亦即使用与否略有随意性。此类脱漏，一般不易引起误解，兹不备举；仅将因符号脱漏或误加致伤文意者摘录如次。

1. “弁言”第8页第10行按文意应为：

“与”上有“以”字，下有“者”字，而今本脱之。

今“与”字上无引号，“与”字后又误加一逗号。如此标点，文意难通。

2. “弁言”第15页第2行至第3行

《集解》：“徐广曰：‘一作舒。’

以下缺双引号之下半，则《集解》之文不知迄于何处。此类漏加引号下半之误尚有多处。如第17页第11行：

今书义字皆俗改也

其下亦缺引号之下半。

3. “弁言”第15页第13行至第14行，原为王氏引《文选》李善注一节并加分析，应作：

善注原文当云：“《小雅》曰：‘羌，发声也。’庆与羌古字通。庆或为度。”今本作“度与羌古字通。度或为庆（企按：家刻本庆作羌，误）”者，后人既改正文作度，复改注文以就之。

今则标点为：

善注原文当云：“《小雅》曰：‘羌，发声也。’庆与羌古字通。庆或为度。今本作度，与羌古字通。”度或为羌（企按：羌，应作庆）者，后人既改正文作度，复改注文以就之。

由于在“今本作度”后误加逗号，又将应加在“庆或为度”后的引号下半误加于“与羌古字通”之后，使善注原文与王氏之分析相混，文意全不可通。

4. “弁言”第20页第14行，应为：

安燕而血气不惰，兼理也。劳倦而容貌不枯，好交也。

今脱两逗号，文意不明。（“兼理也”后之句号以改分号为宜。）

5. “弁言”第23页第3行，原应为：

三字文意直贯至“以告天”而止。

今于“直贯”后误加一逗号，逗号前后几皆不可解矣。

三、文字与标点符号之脱误，可能出于抄写者之疏失。“弁言”云：“雕版发明之前，书籍全靠抄写流通，而抄写的人不全是精通文字学的专家，难免出现差错。”又云：“古书出现讹误，有相当一部分是由于传抄刻写的过程中缺乏必要的文化素养。”今“弁言”经抄写付印，亦出现如许讹误，此盖“弁言”作者始料所不及也。此外，“弁言”中亦有节录引用有失原意，或遣词用语不尽惬当之处。摘举数例，质诸高明：

1. “弁言”二所引王氏对《荀子·劝学篇》“蓬生麻中，不扶而直”下脱去两句之论述（见第5页至第6页）中，在王氏所引《洪范正义》之文字未完处，误接所引褚续《三王世家》文字之后半。由于未出“《三王世家》云：传曰”云云，使下文出现之“《索引》曰”云云及王氏对“传曰”之解说，皆成无的放矢。如此误接，亦可视为较长之脱文。将脱文补出，此一节文字应为：

《洪范正义》云：“荀卿书云：‘蓬生麻中，不扶自直；白沙在［涅，与之俱黑。’”褚少孙续《三王世家》云：“传曰：‘蓬生麻中，不扶自直；白沙在］泥，（今本泥下有中字，涉上文而衍——原注），与之皆（企按：“弁言”“皆”误作“兼”）黑’者，土地教化使之然也。”《索引》曰“‘蓬生麻中’以下，并见《荀卿子》。”按上文引传曰：“青采出于蓝”云云，下文引传曰“蓝根与白芷”云云，皆见《荀子》；则此所引传亦《荀子》也。

按：方括号内二十七字为补出之脱文。

2. “弁言”三论及王氏有关“累于词”之考辨，首举《晏子春秋·内篇杂上》一例。王氏原谓：

今既从《说苑》作“君何年之少而弃国之早”，又从

《晏子》作“奚道至于此乎”，既言“何”又言“奚”，既言“弃国”又言“至此”则累于词矣。

“弁言”于引录《类聚》《御览》所引《晏子春秋》之文字及《说苑·敬慎篇》之异文后云：“现在的《晏子春秋》是把两种本子的文字凑到一块了。”似有未妥。实则如王氏所言“既从《说苑》”“又从《晏子》”，《说苑》与《晏子》为两书，而非同一书之“两种本子”。

又按王氏此条似有可商。今本《晏子春秋》云：“君何年之少而弃国之早，奚道至于此乎？”语意明顺，似无衍误。“何”为语气助词，犹今语“怎么”，加于作谓语之两个矛盾关系的主谓词组前做状语，盖惊叹其年少而失国之遭际；“奚”表疑问，犹今语“什么”，加于名词“道”之前做定语，询问其年少而失国之原因；二者并非复沓。至于“此”字，实指上文一句，即“年少而弃国”。王氏必谓“此字正指失国而言”，似涉臆断。窃谓今本《晏子春秋》不误，而《类聚》《御览》所引及《说苑》之文各有省略。

“弁言”举例有时并非王氏精到之论，除此条外，如谓《史记·外戚世家》“身貌”为“体貌”之讹，谓《史记·曹相国世家》“顜若画一”中“顜”为“觏”之讹，均觉佐证不足，兹不具论。

3.“弁言”六论及王氏关于《史记·范雎蔡泽列传》“辩口”为“辩有口”之考辨，王氏原谓：

> 《太平御览·居处部》引此作“辩有口才”（才字后人所加——原注)，《人事部·辩类》作“辩有口”。

而“弁言”则云：

> 《太平御览·人事部·辩类》引“辩”下有“有”字，(《居处部》引“口”下有“才”字，王念孙以为后人所加）……

按“弁言”所云，一似《御览·居处部》引文为“辩口才”三字而非“辩有口才”。若此转述，有违原意，似不如径引王氏原文为宜。

4.“弁言”六论及王氏关于《墨子·尚同中》“即此语也”“也”字为衍文之考证。王氏原文首先指明“即与则同”，然后云：“凡《墨子》书用‘则此语’三字者，‘语’下皆无‘也’字。”今“弁言”在出《墨子》原文“即此语也”以后，删去王氏“即与则同”一语，而下文却引用王氏原句：“凡《墨子》书用‘则此语’三字者，语下皆无‘也’字。”读者如不检阅王氏原文，则将以为先作“即此语”，后作“则此语”，“即”与“则”二者必有一误矣。

5.“弁言”七引述王氏关于《荀子·不苟篇》“端拜”为“端拜”之讹的考辨亦有不合原意处。

关于“端拜”，杨倞注原为“端，玄端，朝服也。端拜犹言端拱，……若服玄端，拜揖而议，言其从容不劳也。”

王氏对杨倞注之分析则为“端拜二字，义不相属。‘拜’当为‘拜’。‘拜’今拱字也。形与‘拜’相似，因讹为‘拜’。‘端拱而议’即杨注所云‘从容不劳’也。杨云：‘端拜犹端拱’，近之。乃又云‘拜揖而议’，则未知拜为拜之讹耳。”可见王氏以杨注谓“端拜犹端拱”为近是，而“又云拜揖而议”，则因“未知拜为拜之讹耳”。

“弁言”却云：“王念孙指出：杨倞注‘言其从容不劳’是对的。但是不知道‘拜’是‘拜’的讹字。”似未能挈出王氏对杨注分析之要领。

又按，清郝懿行《荀子补注》对杨氏此注曾指出：“端者，正也。谓正容拜仪，非必衣玄端也。注言端拱，又言玄端，二义似歧。”（见王先谦《荀子集解》引）窃谓郝说可补王说所未及，亦“弁言”选例或非精到之一端也。

（作年待考）

# 《左传》“贰于”义辨

## ——与秦礼军同志商榷

《中国语文》1984年第五期载秦礼军同志《〈左传〉“贰于×”解》一文（以下简称“秦文”），谓《左传》中的“贰于”有时其义为“助”，有时其义则为“对×有二心”。两解似皆可商。

请先论后一例：《左传·襄公十五年》：“夏，齐侯围成，贰于晋故也。”秦文谓：“这里是说同‘晋’有‘二心’。”秦文此句有省略，没有说出“同晋有二心”的是哪一国。按与《左传》此节对应的《春秋》经文为“夏，齐侯伐我北鄙，围成”。可见“成”为鲁地，这里“贰于晋”前面省略的主语应是“我”即鲁国。《左传》作者省去“以我”二字，可能是有意识地“为尊者讳”“为亲者讳”，当然这也为当时语法所容许。从这前后的史实看，这次齐所以伐鲁，是因为鲁敬事当时的霸主晋国（这时晋悼公复霸）而得罪了齐国。在这前一年，即襄公十四年，《春秋》有以下三段经文：

“十有四年春，王正月，季孙宿、叔老会晋士匄、齐人、宋人、卫人……于向。”杜预注：“鲁使二卿会晋，敬事霸国，晋自是轻鲁币而益敬其使，……齐崔杼、宋华阅、卫北宫括在会惰慢不摄，故贬称人。盖欲以督率诸侯，奖成霸功也。”

“夏四月，叔孙豹会晋荀偃、齐人、宋人……伐秦。”

“冬，季孙宿会晋士匄、宋华阅、卫孙林父、郑公孙虿、莒人、郑人于戚。”

在春夏两段记载中，尊晋贬齐，已显然可见；到了冬天，就干脆把齐国屏于会外了。这就是鲁“贰于晋”的事实，也就是齐伐鲁的原因。这里的事实，并非如秦文所说是鲁国“同晋有二心”，而只能是鲁国改变了心意，向着晋国。由此可见，《左传》中的“贰于”，是不能简单地解为“对……有二心”的。

也许秦文原意句中省略的主语是“齐”不是“鲁”，那可能是由于受杜注的影响。杜预在此节下注云：“不畏霸主，故敢伐鲁。”“不畏霸主”云云似只宜理解为对齐伐鲁原因的分析，并非对“贰于晋”的词语解释。且《左传》杜注对“贰于”颇有随文生训之弊，下文还将涉及，这里不拟多说。

秦文的另一重要观点是：《左传》中“贰于”的“贰”应解为“助”，《僖公卅年》的“贰于楚”“解为‘助于楚’无论从历史事实，还是从结构形式来看，都可以讲得通”。这就更值得商榷了。

首先《左传》“贰于”的用例尚多，除秦文所举两例外，试再举三例：

（一）“既而太伯命西鄙、北鄙贰于己。公子吕曰：‘国不堪贰，……’……太叔又收贰以为己邑，至于廪延。”杜预注：“贰，两属。”（隐公元年）

（二）“郑武公、庄公为平王卿士，王贰于虢。郑伯怨王，王曰‘无之。’故周郑交质。”杜预注：“王欲分政于虢，不复专任郑伯。”（隐公三年）

（三）“秋，楚成得臣帅师伐陈，讨其贰于宋也。”（僖公廿三年）

就此三例言之，例（三）与秦文论及的两例，“贰于”皆用于说明战争发生的原因，列举之则为：楚伐陈，陈贰于宋也；晋秦围郑，郑贰于楚也；齐伐鲁，鲁贰于晋也。这三例中的“贰于”只能作一种解释，就是变心改向，或者说“生了二心向着……”秦文认为应作两种解释，似有未当。

笔者还认为，例（一）（二）中的“贰于”，和此三例并无不同，也都是生了二心改向另一方的意思。公孙段的“命西鄙、北鄙贰于己”，就是叫西鄙、北鄙表面上听郑庄公的，暗地里听公孙段的。所谓“贰于己”就是怀有二心向着自己。后来“太叔又收贰以为己邑”，那是明目张胆地实行兼并了。周平王的“贰于虢”就是生了向着虢的二心，不专任郑伯。以下文郑伯怨王时王以“无之”回答他，可见王的“贰于虢”只是抓不着把柄的心理上的倾向而已。不久以后，“周人将畀虢公政”，这才出现了“周郑交恶”的局面。杜预把例（一）的“贰”释为“两属”，例（二）释为“分政”，这都有些把原属某个词的上下文的意思阑入词义解释之中的缺点。古人注书有时不免随文生训，我们今天研究古汉语的词义，必须避免这种毛病。我们不必因为杜预对“贰于”的注释分歧不一，而就认为“贰于”是个多义的词组。

其次，考察一下《左传》中有关“贰”的其他用例和杜注，对于探索“贰于”的确解也是必要的和有益的。《左传》中有关“贰”的用例很多，姑举数例：

（四）“郑厉公自栎侵郑，及大陵，获傅瑕。傅瑕曰：‘苟舍我，吾请纳君。’与之盟而赦之。六月甲子，傅瑕杀郑子及其二子而纳厉公。厉公入，遂杀傅瑕。使谓原繁曰：‘傅瑕贰，周有常刑，既伏其罪矣。’”杜在“傅瑕贰”下注云：“言有二心于己。”（庄公十四年）

（五）“僖负羁之妻曰：‘吾观晋公子……必得志于诸侯。得志于诸侯而诛无礼，曹其首也。子盍早自贰焉。’乃馈盘飧，寘璧焉。公子受飧反璧。”杜注：“自贰，自别异于曹。”（僖公二十三年）

（六）“晋政多门，贰偷之不暇，何暇讨？”杜注：“贰，不

壹。”（昭公十三年）

（七）“夫诸侯之贿聚于公室，则诸侯贰。”杜注：“贰，离也。”（襄公二十四年）

（八）“亲有礼，因重固，间携贰，覆昏乱，霸王之器也。”杜在“间携贰”下注云：“离而相疑者，则当因而间之。”（闵公元年。以后传文中“携贰”多见，不具录。）

此数例，似皆一义，都是生二心或有二心的意思。而杜则随文解说，各不相侔。特别是（四）（五）两例，更足为“贰于”应解为“生了二心向着……”的有力佐证。例（四）“傅瑕贰”下杜注为“言有二心于己”，就是说傅瑕生了向着郑厉公的二心。这是完全正确的。郑厉公所以杀傅瑕，是因为他在被获时和郑厉公约定“苟舍我，吾请纳君”。这里的“贰”，不是指傅瑕不忠于郑子，而是指他向郑厉公输诚纳款。例（五）中所谓“自贰”，则是僖负羁之妻要她的丈夫给晋公子表示“自己有心投靠”，僖负羁听了就在给晋公子送去的食物当中藏着璧，借以表示自己对晋公子的敬爱，也就是“有二心于晋公子”。杜把“自贰”注为“自别异于曹”，这就把“贰”的词义搞模糊了。

据此二例，回过头去再看一下“贰于”各例的用法，也都符合这里对“贰”的词义的剖析。应该明确，所谓“贰”，所谓“有二心”，不是指不忠于哪一方，而是指有了向着另一方的心，亦即所谓“有他心”“有异志”，俗称“有外心”。这是我们探索“贰”或“贰于”的确解时需要抓住的要领。值得一提的是，韦昭的《国语》注在这个问题上比杜预高明一些。例如：

《国语·周语上》：“其刑矫诬，百姓携贰。”

《国语·晋语一》：“从君而贰，军焉用之。”

又：“君立臣从，何贰之有？”

在这三例下，韦注一律作：“贰，二心也。”这是何等直截了当。

最后，有必要再讨论一下“于”的解释和“贰”是否有

“助”义的问题。

秦文之所以不同意很多著作把“贰于楚”的“贰”解释为“二心”，除了因把“怀有二心”只理解为不专一于某一方的意思以外，也和把“于”理解为“对”有关。秦文认为“‘贰’如果理解为‘二心’的话”，“贰于楚”“就得解释为‘对楚国怀有二心’”。其实“于”这个介词在古汉语中是多功能的，译成现代汉语时可有多种说法。这里的“于”，近似现代汉语中的“向”或“给”。“贰于楚”就是“怀有向着楚国的二心”，也可说成“把心转移给了楚国”。这样用法的“于”字，《左传》中用例亦多，如：

（九）“宋雍氏女于郑庄公，曰雍姞，生厉公。”（桓公十一年）

（十）“宋多责赂于郑，郑不堪命。”（桓公十三年）

（十一）“凡诸侯有四夷之功，则献于王。”（庄公三十一年）

这几例中的“于”，译成现代汉语，只能用“给”或“向”，而不能用“对”。

秦文举出《史记·晋世家》和《郑世家》关于城濮之战的记叙中有“助楚”的说法以及《说文》有“贰，副益也”的解释等，证明“贰于楚”应解释为“助于楚”。可惜所列《后汉书·仲长统传》两例，“贰”皆只是副贰、辅佐的意思，和“助楚”的“助”的意思尚有区别；更重要的是《后汉书》两例（“冢宰贰王而理天下”“贰之以御史大夫”）中“贰”皆直接与宾语相接，中间不用介词“于”。可见这里的“贰”和“贰于”中的“贰”，意义、用法均不同。另外，《史记》的两例都是“助楚”而不是“助于楚”。“助”作为及物动词，它和宾语之间不能加介词。“助于楚”的说法似缺少文献根据。综上所述，秦文把“贰”解为“助”，固觉佐证不足；把“贰于楚”解为“助于楚”，则笔者更难苟同。

（江苏省语言学会第四次年会论文，1984 年）

# 读《义府续貂》札疑

蒋云从先生著《义府续貂》（以下简称《义续》）“论述通假，探索语源，寻核俗语”，创获甚多。展阅数四，启迪良深，不任欢喜赞叹。然亦有惑而未解者数事，札录于次，以求教于蒋先生暨方家。

字不可解，必因声以求义，破通假而读本字，此诚为研读、训释古籍者所不可忽。然字若非不可解，则似亦不宜强视为通假，求达而转曲。

《韩非子·五蠹》：“民之故计，皆就安利，如辟危穷。”“故计”或作“政计”，陈奇猷以为作“故计”是，且释为“故，即智故”。《义续》云：“字当作‘故’，而陈解未惬。”并谓“故计故字当求之于声，即嫴榷、辜较之嫴若辜也。”窃疑陈解固未惬，然亦似非通假。故，旧也，惯常也，“故计”之“故”，似正属此常用义。类似之用例，《韩非子》中有之，如《奸劫弑臣》：“当此之时，秦民习故俗之有罪可以得免，无功可以得尊显也，故轻犯新法。”又《定法》：“晋之故法未息，而韩之新法又生。”与《韩非子》略相先后之《战国策》《商君书》中亦有之，如《韩策二》：“秦王必祖张仪之故谋”，《史记·韩世家》作“秦王必祖张仪之故智”（集解引徐广曰：“故智，犹前时谋计也”）；《更法》：“夫常人安于故习，学者溺于所闻”。凡此诸例之“故”，皆与“故计”之“故”同，而“故计”“故谋”“故智”义犹相若，“故俗”“故习”等语，亦与“故计”相类。《五蠹》两句，犹言“就安利而避危困，乃人之常情”，语殊明顺无可疑。如谓“故”为“辜”或

“婞”之借字，而“故计”犹“估计”，掩去本含“惯常”之义，虽有“故”“辜”字通之证，惜于文意不惬耳。

《汉书·谷永传》：“背可惧之大异，问不急之常论；废承天之至言，角无用之虚文。”颜师古注：“角，竟也。”《义续》谓：“竟即是竞，于当句似可通。然统四句以观之，皆就听言者为说，固不得云竞无用之虚文也。”《义续》取章氏《小学答问》以“角为录用”之意，但谓“角”之本字，非“录”而为“觚”，云“角即觚也，其用学书记事，故得记录录用之义尔”。窃疑颜注不误，似不必以通假释之。此处“角”取常训，即争竞之意，不仅于当句可通，揆之上下文意，亦殊惬当。所引四句，出于谷永对策既毕对汉成帝之诤言。请观其全：

“其夏，皆令诸方正对策，语在《杜钦传》（《杜钦传》云：“其夏，上尽召直言之士诣白虎殿对策。策曰：‘天地之道何贵？王者之法何如？六经之义何上？人之行何先？取人之术何以？当世之治何务？各以经对。’”）。“永对毕，因曰：‘臣前幸得条对灾异之效，祸乱所极，言关于圣聪。书陈于前，陛下委弃不纳，而更使方正对策，背可惧之大异，问不急之常论；废承天之至言，角无用之虚文。欲末杀灾异，满谰诬天。’”

谷永深信天人感应之说，极言其条对灾异之效之可信，而以成帝之更“令诸方正对策”为不然。此四句诚“就听言者为说”：所谓“背可惧之大异”，指成帝之不以灾异为可惧，“问不急之常论”，指策问“天地之道何贵”云云；“废承天之至言”，指“委弃不纳”谷永关于“灾异”之条对；“角无用之虚文”则指成帝“尽召直言之士”“各以经对”，“各以经对”，必将以“虚文”相争竞。此处“角”为使动用法，即使“诸方正”以虚文相竞也。《义续》以为“就听言者为说，不得云竞无用之虚文”，盖拘于听言者之不能自相竞，而忽于听言者之可以使言者竞耳。

《义续》“徒要、图要、图欲”条谓李清照《减字木兰花》

词及《玉泉子·翁彦枢》中之“徒要”皆为“图要”之借，窃疑其说。字用通假，出于载籍流布悉赖传抄之日，于是仓促之间偶忘本字，假音同音近之字以代之。时至唐宋，舍嗜古成癖袭用古通假字而外，鲜有托通假之名以掩笔误之实者。绩学词家如李清照，当更不如此。“徒”，但也，只也。此一常用义，自秦汉至于唐宋，用例极夥，无待胪举。此两例似皆宜如此解。李词下阕云：“怕郎猜道，奴面不如花面好。云鬓斜簪，徒要教郎比并看。”因恐郎以为人不如花，故于鬓上簪方买得之春花一枝（上阕起句为：“卖花担上，买得一枝春欲放。”），意只在要郎将人与花比并观之耳。张子野《木兰花》词云：“去年春入芳菲国，青蕊如梅终忍摘。阑边徒欲说相思，绿蜡密缄朱粉饰。”“徒欲”亦“但要”“只是要”义。《玉泉子》例，为一僧对主文柄者之子语。因此子贪黩之私为僧所闻，欲以金帛啖之，僧答之云云。言己不屑取金帛，而但要使乡人翁彦枢及第耳。后果如僧所责。此两“徒要”，似不能因以“徒”为“图”多见于敦煌变文诸抄本，而遂类推及之。

辩识通假，寻求本字，固须审查声韵，不容率尔指斥。然于因声求义之时，词法、文意，亦须虑及。若核以声律虽相合，验之文理而窒碍难通，似亦未为尽当。如《汉书·王莽传》：“逡俭隆约，以矫世俗。”“逡”字何义，说解多歧。颜师古注：“逡，退也。”王引之曰：“逡读为遵。遵，循也。谓循俭尚约，以矫世俗之奢侈也。”（见王念孙《读书杂志》）《义续》云：“颜注误，王氏驳之是也。然逡训遵循，与隆字亦不相对，无以见崇尚之意，与矫俗意亦不相应。”此说极是。《汉书》此两句之下文为“割财损家，以帅群下”，“割”“损”义近，按当时文风推之，上句“逡”“隆”之间亦应如此。然《义续》谓：“逡”即“逡”字，其字与“迿”通，“迿俭”即“以俭率先乎人”，可与“隆约”相对。按此说似亦可商。窃疑“逡”为“俊”之讹。“逡”

字《说文》《玉篇》《广韵》皆不载，舍《汉书》此例外，别亦未见。“彳”“亻”形近，易成异体，如“徜徉”亦作“倘佯”，“徘徊”亦作“俳佪”，类此者尚夥。是则“𢓜”或为“俊”之讹，或即“俊”之异体。“俊”“峻”古音同属文部，声纽精、心相邻，可相假借。《书·尧典》：“克明俊德，以亲九族。”《礼记·大学》引作“峻德”。斯即以“俊”为“峻”也。《说文》：“峻，高也。”《尔雅·释诂》：“崇，高也。”《小尔雅·广诂》：“隆，高也。”可见“峻”“隆”与“崇”义近。“崇”与“峻”“隆”连文叠用，古亦多有其例。如司马相如《子虚赋》：“其山则盘纡岪郁，隆崇嵂崒”；王羲之《兰亭集序》：“崇山峻岭”；《新唐书·刘祥道》：“掖省崇峻，王言秘密”皆是。“崇”有尚义，人所习知，辗转相注，“峻”“隆”皆得训为崇尚。据此则“𢓜俭隆约”，犹言“崇俭尚约”，不仅文字相对，亦正与“矫俗”之意相应。

《荀子·王霸》：“此夫过举跬步而觉跌千里者夫!”“觉跌”之“觉”何解，《义续》凡列三说：一曰“觉”当为“礐”；二曰“觉”义与“较”“校”同，自有误差之义；三曰“觉”即“礐”之假借。改“觉”为“礐”，洵凭胸臆，此说出于俞樾，不拟多辩。“礐”于《广韵》以前，载籍未见；即在《广韵》，亦只与“觉”之又音（古孝切）为叠韵，与“觉”之上古音（入声觉部）相去较远。谓“觉”借作“礐”，似欠稳帖。《义续》谓“觉”与“较”“校”同义，引《孟子》赵注及《三国志·杜畿传》为例，可谓持之有故。但《三国志》例，中华校点本“无觉”作“无异”，《备要》本同，不知《义续》所据为何本。按《孟子》赵注三例，似只可谓“觉”借为“校”，而难遽定“觉”义与“较”“校”同。且《孟子》赵注及以下所引《三国志·邓艾传》、杜甫诗等例，其中“觉”或“较”“校”，似皆只可训为“比较”或“差距”，而不宜遂据之以证“觉”或“较”“校”

有失误之义。窃疑“觉”借为“角”，“角跌”犹“差跌”也。“觉”与“角”同属见母入声觉部（有人以“角”隶屋部，但屋觉为合韵），绳以声韵，可以通假。“角”有争竞之义，前已述及。由争竞而引申，则得乖违、差异之训。近义连用则有“乖角”“角戾”“五角六张”诸词语。唐罗隐《焚书坑》诗：“祖龙算事浑乖角，将谓诗书活得人。”乖角义为错误。（“乖角”亦指“狡黠”“机灵”。褚人获《坚瓠集》：“俗美聪慧小儿曰‘乖角’。”亦作“乖觉”。《水浒传》第四一回：“黄文炳是个乖觉的人，早瞧了八分，便奔船梢后走。”此亦“角”“觉”通用之一证。）《晋书·王恭传》：“仲堪之信，因庾楷达之，以斜绢为书，内箭簳中，恭发书，绢文角戾，不可复识，谓楷为诈。”角戾犹乖戾，谓交错杂乱也。“五角六张”一语，唐宋人多用之。《开天传信记》引俳谐文云：“今日是千年一遇，叩头莫五角六张。”王安石《清平乐》词云：“丈夫运用堂堂，且莫五角六张。”“五角六张”犹今语“七昏八戗”，谓错乱也。或以“五日遇角宿，六日遇张宿”释之，盖由不憭角有乖义，“角张”犹“乖张”或“乖戾”也。据此则“角”有差误之义，角跌连用，犹言差跌，似不待辗转推寻而皦然可见也。

《义续》释“觉跌”时，曾屡引“蹉跌”。除转引自《广雅疏证》一例出自《汉书》外，余四例皆见于《三国志》。《义续》在引述《三国志》“蹉跌”诸例后，云“斯皆‘跌’为‘差失’之证”。自诸例观之，“蹉跌”已非两词连用而实为一词，“跌”只其中一语素耳。窃谓以“蹉跌”诸例，作“跌”有差失义之证，似不尽相当；而于“蹉跌”一词之异体及初形，略加探究，则于“觉跌”之索解，顾颇有助益。盖“蹉跌”亦作“差跌”。如《淮南子·俶真训》：“其所守者不定，而外淫于世俗之风；所断差跌者，而内以浊其清明；是故踌躇以终，而不得须臾恬淡矣。”《汉书·游侠传·陈遵》：“足下讽诵经书，苦身自约，不敢差跌；而我放意自恣，浮湛俗间。”《晋书·虞预传》：“邪党互瞻，异同蜂至，一旦差跌，众鼓交鸣。”《魏书·崔光传》：“万一差跌，千悔何追。”于此可见，自汉迄唐（《晋书》成于唐），皆有书“蹉跌”为“差跌”者，非仅一时一人而已。且“跌”字单用有失误义，《义续》所举《广雅疏证》引自《公羊传》注及《三国志·谯周传》两例，皆晚于《淮南》，可能已在“差跌”成词之后。则“差”“跌”连用而成有失误义之词，似别有源。窃疑其源盖为“差忒”亦即“差貣”或“差贷”。《礼记·月令·季夏》：“命妇官染采，黼黻文章必以法，故无或差贷。”又《仲冬》：“兼用六物，大酋监之，无有差贷。”郑玄注：“差贷，谓失误。”《吕氏春秋·季夏》及《仲冬》，则皆作“差忒”。陆德明《礼记音义》：“贷，他得反。”盖亦读“贷”为“忒”也。《说文·左部》：“差，貣也。”（各本“貣”作“贰”，据段注改。“貣”即“忒”之假借字。）《广雅·释诂四》：“忒，差也。”“贷”或“貣”为“忒”之假借，昔人已屡言之。“差”“忒”同义互训，既见于许、张诸书；连用成词，自《吕览》以后，亦不鲜见。如《诗·大雅·抑》“昊天不忒”郑玄笺：“当如昊天之德，有常不差忒也。”颜延之《庭诰文》：“物有不然，事无不弊，衡石日陈，犹患差忒，况神道不形，固众端之所假。”《朱子全书·论语》：“这一个神明是多么大，如何有些子差忒得。”核之声韵，上古“忒”“貣”为透母职部，“贷”为定母月部，“跌”为定母质部。“贷”与“跌”声同韵近，“贷”可借为“忒”，则“跌”“忒”亦可通用。据此推之，盖始则借“差跌”为“差忒”，既而蒙下“跌”字左旁为“足”，“差”亦增足旁而为“蹉”，遂成“蹉跌”。古时“差忒”“差跌”与“蹉跌”，并行兼用，其义无殊；今则以“差忒”与“蹉跌”，音形俱异，遂各视为一词，以至有解“蹉跌”为“失足跌倒，比喻失误”者（如《现代汉语词典》）。若循流溯源，因声求义，则不仅能识

“蹉跌”为“差忒”之异体，且可知“觉跌”借为“角跌”，亦此类也。

俗语寻源，盖因声以求字。然于审音辨义之时，书证用例亦不可忽。《义续》云：“或问：黑龙江人谓鸟以嘴啄如千音，溪连切，当为何字？”《义续》辨吴承恩于《西游记》中用“嗛”字之非，甚是。但《义续》谓“櫼为楔入，鸟嘴啄物似之，因名为櫼。”又谓“櫼……有锐义，鸟嘴亦尖锐，故啄物为櫼耳”。说似可商。按江淮话谓鸟以嘴啄如“堪”音，与黑龙江话之“千”音为一字。盖中古溪母开口二等字，今北方话读 q 母，而江淮话则读 k 母，如“嵌”“鹐”等字皆是。《广韵·咸部》：“鹐，鸟啄物也，又苦咸切。”此字唐人诗中屡用之，如元稹《送崔侍御之岭南二十韵》诗：“菌须虫已蠹，果重鸟先鹐。”韦庄《李氏小池亭十二韵》诗：“花落鱼争唼，樱红鸟竞鹐。”《广韵》“苦咸切”，今北方话读如“千”而江淮话则读如“堪”也。鸟以嘴啄，当为“鹐”字，似可无疑。《义续》谓为“櫼”字，不仅声纽与今音及《广韵》（《广韵》“鹐”两读：“竹咸切”，端母；又音“苦咸切”，溪母。）皆相去较远，核之书证似亦不合。

于此更赘一说，以结吾文。江淮话谓鸟啄食，除作“堪”音外，时亦作“得”音，又当为何字？愚谓即啄字。“啄”在《广韵·屋部》，“丁木切”，又见《觉部》，“竹角切”。古无舌上音，“丁”“竹”在上古均属端母，与“得”同纽。（“得”上古音为端，入声职部。）盖江淮话“啄”之今音，或即上古音之余迹，而“鹐”之今音，则为中古音之残留也。黄侃云：“三古遗言，散存方国；考古语者，不能不论之于今；考今语者不能不原之于古”，于兹益信。

（江苏省语言学会第四次年会论文，1984 年）

# 第三部分 ◎ 其他

# 谈自学语文问题

这个问题，谈过的人很多。我没有什么新鲜东西好谈，为什么要自学，怎样自学，概论性质的材料很多，同志们可以看到。现在只汇报一下我自学时走过的路子。有直路，有弯路，请同志们分析对待，可以借鉴，也可以批判。就是没有捷径。要真正把语文学好，是没有捷径可走的。毛主席说过："语言这东西，不是随便可以学好的，非下苦功夫不可。"这是千真万确的。学语文也是如此。

我自己并没有真正把语文学好，除了其他原因以外，重要的一点，就是下苦功夫不够。譬如我学写字，从六岁多上私塾就开始学，开头两三年，老师对我马马虎虎，我自己也不懂得要用功，字写得很差。九岁到十一岁换了一个老师，这个先生是个青年，抓得紧了。开始要我写影格，后来说可以临帖了（应该先写影格，最近我对小学里的同志还这样宣传过）。先写了一部翁方纲的帖（清人，学欧虞的），先生说，取法乎中仅得乎下，应该先写欧虞，学欧可以立骨，学虞益以丰腴。十二岁以后进了学校，小学和初中只上了二年，因病休学了。这时对写字有了兴趣。休学的三四年中，别的没有学多少，写字还是一直写的。欧虞的碑都是中楷，学了大字写不好（有人可以写好），就学颜，先写麻姑，只会用筋，格局还是不大；又写李之清碑，写了一段时间，开始能写大字了。十六岁时写室内的对联，每个字几寸见方；尺把的字也能写，还受到一些老先生的称赞。可就是没有坚持下去，继续练习，继续提高。十七岁进了高中，从此以后很少写字了；开始工作以后，更加不再练字了。以后偶然学过几天隶书和草书，都没有下功夫。所以我的字不但没有写好，而且写得一年不如一年，譬如逆水行舟，不进则退。这个前车之“误”，是值得同志们引以为戒的。一是写字应该坚持写下去，为什么半途而废呢？二是不仅写字，自学语文的其他方面也不能没有恒心，浅尝辄止，中途停顿。

我在自学语文的其他方面也是没有搞好的。教语文的除了教学生识字、写字、读书以外，还要教学生写文章。下面谈谈我学习写文章的过程。

回忆起来，我好像是十五六岁开始学会写文章的。有个难忘的印象，是十六岁的春天，病好些了，准备投考高中，到一位老师跟前补习初中课程。他要我写一篇作文，题目是“求学求所以为人之道说”，我提出“为人”的标准就是所谓“三不朽”：“太上立德，其次立功，其次立言”。发了一通狂论，老师的批语记不清了，可能是“闳中肆外，要语不繁，好自为之，当可出人头地”：这是道地的读书做官论。老师对我说：你的语文考高中没有问题，集中精力学习数理、外语吧！后来进了高中，做了第一篇作文以后，那位老师也对我说：你可以多花些时间学好数理。他以为我爱好语文会放松数理，又是以相当程度考进高中的，所以这样教育我、关心我。说这两个印象，主要说明我学会写文章是在十五六岁以前，证明吕叔湘先生的说法，可见中学语文教师的责任。我休学在家几年，参加过一些函授学习。那时办函授的，或者图名（如“穆氏文社”），或者图利（如商务函校），并没有遇到什么好的老师。有的老师批语上还写别字，把“可造之才”写成“可超之才”；有个老师是个“名贡生”，可是却认不得“裋”字，说我写了错字。我说这些的意思，主要是自我否定。我认为一个人能不能把文章写好，老师的批改没有多大作用，至少说不能起决定作用。我做了三十几年中学教师，其中二十几年是教语文的，但是我就说不出有哪些学生是通过我的批改提高了写作水平。所以说我的这个观点是自我否定。但这完全不是“语文教师无用论”，因为我的观点的另一方面是要学会写文章必须多读多看多写！而如何多读多看多写，那有没有教师的指导是大不相同的。

我在休学的那几年中，别的没有事做，就是读、看、写。但是没有得到好的老师的指导，所以时间度过了三年，收益是有限的。那时我读些古文，《古文观止》是为考科举写八股文服务的，选的文章基本上都是清通、短小，目的是读了它，写八股文可以有点古文底子，我那时不喜欢它。主要读了两方面的文章，一是汉魏六朝时期的一些名篇，二是一些有名的大文章。主要是受了章太炎等人的影响，认为“文学之业，穷于天监”，文章的语言、结构，到了六朝时期，可以算是达到了一个高峰。有些人迷信韩愈、苏东坡，因为苏说过韩愈“文起八代之衰”，就觉得好像韩愈以前的八代，即后汉、魏、晋、宋、齐、梁、陈、隋，是文学上“衰”的时期。实则完全不然。从发展观点看，那个时期在文学史上是前进的、有创造的、日益繁荣的。中国古代关于文艺理论的重要文章和著作都产生在这个时期，如曹丕《典论·论文》、陆机《文赋》、刘勰《文心雕龙》、钟嵘《诗品》、梁元帝《金楼子》等等；两部重要的选集《文选》和《玉台新录》也在此时出现。仅从散文来说，不仅有《水经注》《世说新语》等绝妙的记叙文，有《自祭文》《祭徐敬业文》《登楼赋》《别赋》等抒情文，还有不少很好的议论文，如《论衡》《昌言》《神灭论》等等。韩愈、柳宗元为首的古文运动，在一定意义上来说，是个复古运动，它要恢复六朝以前的文体。当然他们的散文是写得好的，在文学史上是有地位的，完全抹杀他们是不对的；但迷信韩、苏，迷信唐宋八大家，并因而否定汉魏六朝也是不对的。最近看到殷梦伦先生也讲，忽视六朝这个时期的语言是不对的。回到本文，我读了不少汉魏六朝的文章，对我来说，开拓了思路，丰富了语汇，学到了各式各样谋篇布局的方法。与此同时，我还读了些有名的大文章。当时认为小文章易学易写，只能写小文章，不能写大文章，不行（这和我认为写字也要能写大字是一个思想指导的）。古代著名的大文章，如屈原的《离骚》，司马迁的《报任少卿书》，贾谊的《陈政事疏》，庾信的《哀江南赋》，韩愈的《平淮西碑》，柳宗元的《封建论》，陆贽的《奉天改元大赦诏》，苏洵、王安石的《上仁宗皇帝言事书》等，这些文章篇幅都很长，有的在万言以上。我已记不清是从哪里看到或听到这么个意见，就是学文章要把些大文章拿来自己认真研读一番，不仅弄清内容和结构，还要熟读成诵。这个意见究竟正确与否我也没有认真考虑，我却是干过这样的笨事，对一些大文章下过一番功夫。以上讲的是所谓“多读”。

再说多看。那段时间里看的东西很杂，但比较起来有三方面的书看得较多：一是历史，二是清人关于训诂考据的书，三是当时的杂志。历史方面，看过通鉴和宋、元、明的“记事本末”，看过清代通史、中国近代史、世界史纲、近世欧洲史等等，还看过一些人的传记年谱。清人著作，看过《日知录》、汪中《达学》《经义述闻》之类。杂志有《东方杂志》《生活周刊》《译报周刊》《国讯旬刊》等等。那时已经是20世纪30年代了，可我看的书还是古典的多，现代的少，这在当时青年中来说，算是很保守、很落后的。我不但中了“读书救国”的毒，还中了“整理国故”的毒。十几岁的青春岁月，断送在故纸堆中，真是愚不可及，悔之晚矣。我走过的这些路是完全不足为训的。说这些的目的，是想使大家看到，今天我们对学生的阅读要加强指导，这是十分重要的。

多写，写什么呢，并没有做过多少作文。主要的是写日记，写读书笔记，就是所读文章的内容摘要、分析、读后感等等。由于没有恒心，没有大志，后来进了学校，做了工作，就很少写这些了。日记不写了，读书笔记也不写了。比起那些真正做学问的人来，真是差得太远了。鲁迅的日记、张謇的日记、李慈铭的日记，内容不同，价值不同，但只就坚持写日记这一点来说，那股持久不懈的劲头，是要有一点成就所不可缺少的。

我自己休学在家自修语文的这段经历说了这许多，是想说明一个问题——要会写文章，没有什么捷径，只有做到“三多”：多读、多看、多写。这能不能算个成功的经验，还请同志们分析研究；但我的确是这样走过来的。据说，苏步青老教授要求他的学生：首先要做一万道题。比苏老早一些的数学家吴在渊，原来是个缮写讲义的职员，他通过写数学讲义对数学有了兴趣，就自学数学，做过成千道平几题目。他后来已是大学教授了，家里还到处挂着小黑板，都写的是数学题目，或画着几何图形。还有关于有名的书法家王羲之、怀素等人的传说，或者说洗笔染黑了一池的水（浙江永嘉有墨池，江西庐山有洗墨池），或者说用过的笔堆起了小山丘，总的就是说他们写得很多。另外还有些谚语如“拳不离手，曲不离口”等等，都说明一点，就是要掌握某种技能，必须勤学苦练。勤学就是要对前人的成果多接触、多观摩、多研究；苦练就是要反复实践，不断改进，由低到高，由熟生巧。过去指导我多读多看多写的都是一些古人或近代人的著作或说法，一本梁启超的读书法，一本丁福保的畴隐居士自订年谱，这是对我影响最大的。今天同志们生在社会主义时代，不会再像我那样走弯路，这是非常幸福的。我虽半老还想继续学习。至于同志们多读，读什么；多看，看什么；多写，写什么，这些我想不出什么好意见，只给同志们介绍几位老同志的事实。一位是俞铭璜同志。他说，他怎么会写文章的？那时正是抗战时期，他在苏北解放区，很难看到陕北的报纸。有时看到一些油印的刊物，看到毛主席的文章，中央的社论、文件等等，就拼命地读，反复地读，直到把它们读熟。据说他原来只上过初中，可是他的著作很多，文字很流畅、生动，仅江苏出版社就出过几本。他给我们做报告，一个纸片子写几条提纲，能讲半天。总是有论点、有材料、有分析，叫你听了不觉得时间长。再举一位便是我们的老厅长吴介石同志，他是无锡国专的学生，古文很有根底，但他给我们做报告时，能背许多毛主席著作、鲁迅作品，甚至《红楼梦》里的某些警句。他在多读多看上花的工夫是可想而知的。我们应该向这些老同志学习，多读毛主席的著作，多读鲁迅的作品特别是晚期的杂文，多看报纸，还要像鲁迅先生说过的那样，搞文学的也要看些科学书籍，不仅丰富词汇，更重要的是扩充常识，开拓思想，那样才不会成为只在字、词、句、章里兜圈子的冬烘先生。

以上谈了两个方面，就是写字和写文章。作为一个合格的语文教师，仅有这两方面的知识、技能还是很不够的。还有一个重要的方面，就是语言学。这个方面恰恰是人们容易忽视的。什么叫“语文”？有人认为是语言和文字，有人认为是语言和文学。后一个定义比较全面，文字可以包括在语言学里。文字是记录语言的工具。研究书面语不能离开文字，研究口语也不能离开文字。口语不用文字记录下来，研究起来就很困难。长期以来（包括解放前），教语文的往往注意文学而忽视语言，解放以来有所扭转但还不彻底。不少人讲授语文，就是中心思想、段落大意、写作手法，对词汇、语法、修辞往往不够重视，语音更被忽视。最近听一位比较好的语文教师讲课，他还算是比较重视语言的，可是不少并不冷僻的字读错了，如“驺”（zōu）误为 qū，“朝野”的“朝”读成 zhāo，“骁”（xiāo）读成 ráo，等等。有些人喜欢写诗词，却不懂平仄。因此，我在这里要大声疾呼：语文老师要重视学习和研究语言，除了词汇和语法之外，语音千万不可忽视。

下面就我个人自学古汉语，谈几点体会。

一、对古汉语这门科学的内容要有个基本的全面的了解。古汉语的研究应该包括五个方面：(1) 语音；(2) 词汇；(3) 语法；(4) 修辞；(5) 文字。前三个方面是语言的三要素。后两个方面一是语言的修饰问题，一是语言的记录问题，都是提高语言的效果、扩大语言的作用所不可少的。再分别说说：古汉语的语音，这是一个专门学问，我们即使不可能熟悉古今语音的演变和每个字的古今音，至少应该了解汉语语音变化的大致过程和汉语语音学特有的一些规律，如声调的问题（平仄和四声），双声和叠韵的问题，声韵母古今演变（包括韵部的分合）的基本情况等等。不了解这些，不仅不能正确地读音，对词义和语音的关系，词汇的构成和含义都将不能正确理解。如“犹豫”，旧说：“兽畏人而豫上树”“犬子豫在人前”皆非，实为双声词，犹“夷犹”“游移”。又如“狼狈”（《酉阳杂俎》：“狈前足短，……失狼则不能动”）“狈”实借为“跋”，“狼跋其胡，载疐其尾”。“狼狈为奸”是后人误解“狼狈”以后出现的成语。词汇和语法下面要谈到，这里不多说了。“修辞”，专门研究古汉语修辞的书出过几种（陈望道遗著：《古汉语修辞学》），还没有什么很完整、深入的著作，这个方面，大有文章可做。关于文字，从秦汉就开始了，清人作了比较深入的研究。清末发现了甲骨文，利用甲骨金石来研究文字，使文字学开了新的生面。到目前为止，甲骨文还有许多字没有被认识。我们要有个粗浅的了解，才不致上当受骗。“四人帮”评法批儒时，出现过一些奇谈怪论，一是全面否定许氏《说文》，一是硬替王安石《字说》吹喇叭，都是不值识者一笑的谬说。鲁迅先生对文字学颇有研究，他的文章中写了不少本字，如“波菜”“胡涂”“模胡”“雅片”“嗥叫”“克伏”“利害”（冷得 ~）等等，却被说成写了简体字。看到这些，真叫人啼笑皆非。中国文字学里的“六书”，是个基础理论。对“六书”的解释，特别是“转注”和“假借”分歧很多，到现在也不统一。你若不了解全面情况，也会上当受骗。

二、对词汇学，特别是词义学，要有比较深入的研究。古代把词义学或语义学叫作训诂学（道物之貌以告人曰训，释古今之异言曰诂）。这门学问也是从秦汉就开始了，它和文字学常常结合在一起。严格地说，文字学主要研究字形，关于字义和字音的研究，应该分别属于词汇学和语音学。古代的训诂学家，对于词义的来源、引申和演变作了比较深入的研究，有许多成果值得我们利用。有人把训诂学一律斥为随文生训，这是不客观的。应该说，搞训诂的有些确是随文生训，没有真正把握词义，这只是一部分人，如《经籍籑诂》，是有这个毛病。但并非所有训诂学家都这样。他们或者是专门研究一些词，如王念孙的《广雅疏证》；或者是就某一专书研究其中的词义，这就是经、史、子的注释。这方面有大量的好书，如陈奂的《诗毛氏传疏》、孙星衍的《尚书今故注疏》、王先谦的《前后汉书集注》、孙诒让的《墨子间诂》等都是。我们现在研究古汉语的词义，第一，应该把阅读解释词义的专书和学习有注释的范文结合起来；第二，应该把对文字和音韵的研究和词义结合起来；第三，不仅要注意虚词，更要注意实词。朱骏声的《说文通训定声》和章太炎的《文始》，是两部很有系统的重要著作。王力《古汉语》里的常用词也很有参考价值。总地说是要弄清词义的来源和发展，弄清词的本义、引申义、比喻义、假借义，弄清词义的区别和联系。

· 不能用翻译来代替对词义的解释

· 更不可以古语当今言

· 假借不可滥用

三、要认真阅读专门家的著作，重视前人的研究成果，但也不可迷信，不可照搬。

· 朱骏声《说文通训定声》（70%）

·张相《诗词曲语词汇释》(义项太细，有时不免随文生训)

四、要像研究自然科学一样，实事求是，从实际出发，“揆之本文而协，验之他卷而通”。“义非十不立”。

·充分掌握语言材料

·学点逻辑

·通过分析、归纳、比较，得出客观规律；运用规律解决问题，要经过分析和检验

五、学会使用工具书。

·字典、辞书（说文、尔雅、广韵)

·类书（事类统编)

·经传释词、古汉语字典

·必要时查原书、查专著

（未完成稿，作年待考）

# 谈谈自学与治学

## ——严谨的治学精神，科学的自学方法

自学和治学，按普通话读音是不同的，泰州话是不分的。为了方便，改用两个词组，就是自己学和做学问。自己学是学习方式问题，它对立于在学校或其他教育单位里在教师的指导下学习。有个古汉语词叫“闇修”，意思是一个人在私下自己学习，古人叫“闇修”，现在就叫自学。治学或者做学问，古人也叫它“为学”。这是关系到学习思想、学习目的的问题。我理解，所谓做学问，是要对某一门学问作比较全面、系统、深刻的学习，既要有比较广博的基础，有比较过硬的基本功，又要有比较专门、比较精深的研究，有自己的独到的见解，或者叫有所发现，有所发明，有所创造，有所前进。现在有不少人想通过自学取得学历，取得一个本本，这是好事，但他们不一定想做学问。他们当中有一部分也不一定要靠做学问来为人民服务，他们在自己的职业和工作中可以为人民做一些贡献，因此也可以说，他们不一定要做学问。可是我总觉得如果只是按照什么考试大纲，只是为通过考试而去学习，只求一知半解，只把工夫花在猜题目、背答案上面，这样自学，当然比不学好，开卷有益嘛，从无知到有知嘛，学总比不学好。但只是这样学习，严格地讲起来，他虽然可以考及格，是否成才那就不一定了。这种情况，我看不仅参加自学考试的同志中有，参加函授甚至脱产进修的人中也未尝没有。所以我感到你们给我出的题目很好，不仅要谈自学，谈自己学，谈自己学的方法，还要讲治学的精神，做学问的精神，也就是还

要有个正确的学习思想、学习目的。把做学问当作自己学的指导思想，这对不少同志是非常必要的。是不是可以这样说，应该用做学问的精神来指导自学，同时，要做学问，必须讲究自己学的方法。事实上不仅成年人，一边工作一边学习的人，要做学问必须自己学，即使在校的学生，包括大、中、小学生，要能学习好，都离不开自学。是不是可以简化为两句话，就是做学问要靠自己学，自己学要有做学问的精神。

就我来说，自己学抓得并不紧。回想一生当中，青年时期曾有几年时间，可以自己学而没有抓紧；中年以后，特别是“十年内乱”期间，也没有能利用这漫长的岁月多读点书。回想起来是非常后悔的。由于这样，也就说不上在做学问方面能有多少成就。所以今天讲这个题目，真有点绠短汲深、力不从心之感。只能向同志们汇报一点不足为鉴的经历和一些肤浅的体会，聊以塞责。

在我一生中，使我知道自己学的重要和作用的有这么几位先生。首先是当我十几岁跟王择生先生学数学时，他向我介绍了吴在渊自学成功的事例。吴在渊原来只在一个中学里当职员，缮写油印，他经常写数学讲义，对数学发生了兴趣，就自己钻研，终于成了一个数学家，而且成了一个数学世家：他的儿子、女儿也成了数学家。王先生在大同大学学习时，到吴在渊教授家里去，家里到处是小黑板，上面写着画着一些数学难题。据说日本人曾向吴教授提出过几道几何难题，都被他和他的子女证或者解了出来。我跟王先生学的时间很短，王先生别的跟我讲过什么都记不得了，但是关于吴在渊自学成才这一点，却给我留下了很深的印象。后来我进大学学习，在入学不久的一次会议上，大概是对新生进行入学教育，会上讲话的有两个人印象很深，一个是注册处的谭炳勋主任，讲学校的规章制度，这不去说他。另一个是沈奏廷教授，给我们讲他的学习方法。沈教授没有留过学，没有什么硕士、博士学位，他是交通大学的前身南洋大学的毕业生，这时已是铁道管理系的主任。以一个没有出过国、没有硕士以上学衔的人而担任系主任，这在当时可能是绝无仅有的。他当时已有好几本著作，列入商务出版的大学丛书。从这些可以看到他自学的效果。他给我们讲的学习方法，有一点印象很深，就是每天晚上躺到床上入睡以前，要把这一天学习的内容挨次序从头到尾回忆一遍。学习笔记本放在枕边，如果有什么重要的内容回忆不起来，就翻开笔记本用手电筒照着看一下。这样日积月累，就能使自己的知识既丰富又巩固。看来这是他自己的经验之谈，值得我们参考。不仅在校学习的学生可以这样做，自学的做学问的都应该这样做。另外，对我的一生有影响的还有丁福保。我在青年时期，看过他的自订年谱叫《畴隐居士自订年谱》。他就是《说文解字诂林》的编者，也是《全汉三国晋南北朝诗》和《佛学大词典》的编者。这人的成就和贡献，不仅是编了这三部书，其中后两部解放后都曾重新出版。《诂林》最近听说也有可能要重出。他一生通过自学先是学习了数学，后又学习了日语，最后又学习了医学。他在北京京师大学堂当过数学教习，他编的《东文典问答》是我国最早的一本中国人用汉语自己编写的日语语法书，我曾从老师处借阅过，简明扼要，很便于初学。他在民国初年拒绝了北洋军阀的拉拢，辞去教习，到上海行医。他写过一首诗，有这样的句子："无心沮溺安知孔，遁世巢由不识尧。……牛医贱技吾藏拙，五斗元来未折腰。"后来成了有名的肺科专家，他翻译了大量的日本西医和中医著作，在当时很有影响。从这个人身上我们可以看到，一是一个人对知识的追求应该是多方面的，一是不仅文学、语言学可以靠自学学到精通的程度，自然科学也可以自学。解放后由毛主席批准，主编出版辞海修订稿的舒新城先生也是这样（省泰中有过修订稿的分科本，"文革"中被窃）。他不仅是有名的教育家、出版家，而且通过自学，他还是有成就的摄影家、营养学家。限于时间，不详说了。

这些自学成功的前辈，共同的一点都是学历不高或者没有什么学历，最后成了专家、教授。共同的一点是靠自己学来做学问，抱着做学问的目的和志向努力自学。我在这些前辈面前，感到很渺小，真是像蜩鸠之于鲲鹏，丘阜之于泰山，不免有“少壮不努力，老大徒伤悲”之感。但是他们做学问的精神和态度对我的教育和帮助还是永远不能忘记的。或者说，我的确没有能在做学问上面取得什么成就，但是在他们的精神的感染、熏陶之下，我却养成了一些对待学习和知识的不一定好的习惯。

首先，我总是觉得很不够。总觉得自己读书不多，钻研不深，知道的东西比较零碎、比较肤浅。古书上有这么几句：“学然后知不足，教然后知困。知不足然后能自反也，知困然后能自强也。”最近中文专科函授招生的作文题，就是“教然后知困”这一句。有的考生，也是教师，不大理解这句话，以为“困”就是“困难”，这就错了。就我来说，知不足是做到的，知困，看到自己还有困惑不解之处，也是做到的，可是“自反”和“自强”就不够了。不能很好地反求诸己，自强不息。有人对我说，你现在讲几篇古文，大概不要准备了吧。我说：并非如此，我还是需要备课的。近年来，我的讲稿是保存着的，但在重讲这篇文章或者这个专题时，有时要丢开旧稿重新写，至少总要在旧稿上添添减减，做些修改。因为随着时间的推移，人的认识会有所发展，有所改变。对于一篇文章一首诗或者一个词一句话的理解也不例外。举个例来说，“文革”前我在讲孙子《谋攻》这篇文章时，对其中的“故知胜有五”，我也是按照旧注，把“知胜”解释为预见胜利，知道可以取胜，但在后来写《古诗文评注》时，觉得这个解释在词义和文理上都不大说得通，在先秦作品中“知”往往借作“智”，这有很多旁证。我理解，这里的“知胜”就是“智胜”，正和“谋攻”这个词组结构相同。以谋攻敌，以智取胜，是一个道理。上文说“此谋攻之法也”，下文说“此五者，知胜之道也”，两处句式基本相同。这样讲，不但以下的一节可以完全说通，全文的结构也才得到比较合理的解释。这个解释得到一些同志的赞同。又如《诗经·硕鼠》“三岁贯女”的“贯”，在那个小册子里我经过研究把它作为“豢”的通假字，这也纠正了自己过去的理解。在写进小书之前，曾向徐复教授请教，得到他的赞同；后来看到张兴禄教授在他写的《古代汉语》里也这样解释。看来这个推断还是可能成立的。我曾经问过几位医务界的专家、国手（像南京鼓楼医院的侯杰教授）：在你们碰到过的病例当中，是已知的多，还是未知的多？他们的回答是未知的远远多于已知的。今年听说，带状疱疹这么一个常见的皮肤病，在两年前还没有特效药，只能对症处理；这一两年才有一点办法。我就想到，对于古汉语词汇的研究，只就训诂这一方面来说，还有很多未知，需要我们去探索。《诗经》中的一篇《氓》，不知多少人读过、注过、研究过，但至今其中还有几个说不清的问题。《诗经》全书就不必说了。扩而大之，先秦的群经诸子当中没有解决的问题，真是“矗不知其几千万落”。1978 年左右我曾到你校谈过一次“汉语语音、语法和词义的关系”问题，在谈语音和词汇的关系时，只提到连绵词、合音词（切音词）的问题，析音词这个概念，那时在我头脑里开始萌芽，但还没有多大把握。到 1980 年在师专班讲古代汉语，那时已大胆地把析音词（或者叫缓读词）作为古汉语的一种构词方式提出来，举了一些例，没有能作系统的理论的阐述。去年曾和有的同志商量过这个问题，认为值得探讨。后来看到江苏省语言学会 1983 年年会论文中有一篇《切音词和析音词》，就前人对这个问题的研究成果作了一个综合的、扼要的介绍。作者也指出，这是“一种有生命力的构词法”“遗憾的是在各家汉语教科书中绝大部分没有提及”。这个语言现象上古有，后代有；书面有，口头有；文人学士中有，民间也有。可是至今还没有得到系统、深入的研究。由此可见，需要我们去探索的未知的问题太多了。以上只是从汉语这个狭小的范围来讲，已经如此。现在我们的教育要面向世界，面向未来，面向现代化；现在欧美正在大讲“第四次工业革命”，或者叫“新的技术革命”“新的产业革命”，或者叫“第三次浪潮”；根据托夫勒的《第三次浪潮》这部书，已拍成一部电影。这部书有些观点是错误的，甚至是反动的，但对于我们怎样迎接“新产业革命”的挑战，还是值得加以研究的。从这些方面来说，我就更感到不够了，未知的东西太多了。庄子讲过一段话，前两句是对的：“吾生也有涯，而知也无涯”；后两句则是他消极的虚无主义的一套，叫“以有涯随无涯，殆已”。我认为可以改两个字，就是“以有涯随无涯勿殆”。这个“殆”字，作为“怠”的通假字，是古有其例的，就是说不要懈怠。

我还有一个习惯，就是不肯轻信现成的东西，或者说喜爱对前人的著作提出疑问，想找出自己认为更加合理的答案。这在参加《汉语大词典》编写的过程中，使我学习到不少东西。譬如“开封”一词，旧词书给它立了一个义项“开拓封地”，引了陶渊明的《命子》诗：“书誓山河，启土开封”为例。一查陶诗，这两句的上文是“天集有汉，眷予愍侯。於赫愍侯，运当攀龙。抚剑风迈，显兹武功”。我怀疑这开封是地名，不是一个动宾词组。一查《史记·高祖功臣侯者年表》，果有开封一侯，表里记着“（高祖）十一年十二月丙辰，闵侯陶舍元年”。可以肯定，“启土开封”是说闵侯陶舍在开封县那里开始得到封地。原来的义项不能成立，作为地名，按我们的编写体例是不收的。后来看了逯钦立校注的《陶渊明集》，他把“启土开封”注为“启土分封”，但他对上文“愍侯”的注，也摘引了《史记·高祖功臣年表》写着“开封闵侯陶舍”，这就有些难于理解，可能是偶尔的疏忽吧。又如旧词书收了“阔和”一词，释为“缓和也”，引《文选·成公绥·啸赋》："优阔和于瑟琴"为例。阔和释为缓和觉得可疑，一查原文是这么几句："动唇有曲，发口成音。触类感物，因歌随吟。大而不污，细而不沈。清激切于竽笙，优润和于瑟琴。玄妙足以通神，悟灵精微足以穷幽测深。"原文根本没有"阔"字，"润"误作"阔"，这是校勘问题。更错的是从上下文可以看出，"优润"是一个词，和前面的"清激"、后面的"玄妙"类似，都是联合结构的复词；全句的意思是说啸的声音优柔温润，比琴瑟还要和谐。词目已经立错，解释更属随意。旧词书中这一类不可信的东西并非绝无仅有。再举一个望文生义、乱加解释的例子。旧词书收了"闳散"一词，释为"大散也"，引《后汉书·史弼传》："闳散怀金"为例。看了这个引文和解释，感到有些不可理解。怀疑这里是用一个典故，"闳散"可能是"闳夭、散宜生"两人的并称，一查有关资料，确是如此。我们收了这个词，但把释文改为"周文王时大臣闳夭、散宜生的并称"。这类望文生义的例子，不但旧词书中有，一些古书的旧注或新注中也有，前面提到的逯钦立把开封这个县名当作分封来解释就是一例。虽号称书簏的李善的文选注里也不能免。这种不轻信现成东西的习惯，也是在教书过程中慢慢养成的。我开始教书，那时还在抗战期中，那时不但没有现成的教案或者教学参考资料，而且连课本也没有。我是在一个学期中途去接别人的课，那位先生教材已经选好了印发给学生，一开首就是汪中的《自序》和《哀盐船文》，当时黄节的《汪容甫文笺》还没有出版，兴化李详有个注本也找不到。只得自己动手。《自序》里有这么几句："余受诈兴公，勃溪累岁，里烦言于乞火，家构衅于蒸梨，蹀躞东西，终成汤水。"是说他婚姻的不幸。其中"勃溪""乞火""蒸梨""汤水"这些典故都还能查明出处，那第一句"受诈兴公"是否也有什么典故呢？因为那位先生可以算是我的老师，在闲谈时就问他对这句话怎么理解。他以为"兴公"是指发生诉讼，对簿公堂。我有些怀疑，估计还是一个典故。我想到“兴公”是晋人孙倬的字。“兴公”就是那个作《天台山赋》的孙兴公。查《晋书·孙倬传》没有查到。又想，《世说新语》记载着魏晋时期的许多逸事，《世说》中又有“假谲”一门，翻阅一下，果然找到了。孙倬曾经用欺骗手段把自己的女儿嫁给王虔之。“既成婚，女之顽嚚，欲过阿智。方知兴公之诈。”原来汪中在婚姻问题上也是受了骗的。没有参考资料，没有现成的东西可用，这样的备课生活过久了，自然就养成了一个独立作业的习惯。解放后有了现成的东西，也还喜欢自己作些探讨。今年给高教自学考试的同志辅导《大学语文》，讲《长恨歌》，看了好几家的注释和分析。有关比较普遍的看法，都认为这首诗前后两半相互矛盾。有一两家不明显地指摘前后矛盾，但也不肯明白地讲前后一致。我怀疑这种说法。作为一个名家的名篇，怎么竟然会是一篇前后相互矛盾的不高明的作品呢？反复地阅读全诗，反复地想，全诗还是统一的，套用鲁迅先生的话，白居易对唐玄宗是“怒其不终，哀其不幸”。不终，就是他晚年变坏了，开元之治变成天宝之乱了。持矛盾说者，认为诗的前半是对唐玄宗荒淫误国的批判，好像只有这样说，才能肯定诗的人民性，才不是贬低对白居易的评价。可是这和诗的实际不相符合，说起来非常别扭。我以为白居易作为一个封建士大夫，敢于借古讽今，诗的第一句就讲“汉皇重色思倾国”，这已难能可贵了。但他所以唱出“春宵苦短日高起，从此君王不早朝”“渔阳鼙鼓动地来，惊破霓裳羽衣曲”，还是对唐玄宗抱着同情和痛惜的心情的。至于诗的后半着意描写李杨之间的爱情，正是为了反衬前半所写的悲剧之可悲，所谓“以乐景写哀，以哀景写乐，倍增其哀乐”。后来看到南京大学编写的《大学语文》的习题解答，非常巧合，它也认为白居易在处理李杨爱情悲剧时，“概括地说就是哀其不幸，恨其误国”。现在我们高师函授教学中，也和中学差不多，开始有了统一的教学参考资料，那些资料里我觉得也有可疑的东西。我总觉得这股参考资料风越吹越广，从中小学吹到大专学校了，这不是一件好事。对教师来说，是可以节省一些时间，但从教书也要有点做学问的精神来看，这似乎是不利的。也许是我的一种偏见吧。

由于我喜爱对现成的东西提出怀疑，推求新意，也就有了曹植曾经批评“刘季绪才不逮于作者，而好诋诃文章，掎摭利病”的这个毛病。自己却还认为就像韩愈所说的那样“补苴罅漏，张皇幽眇”，因此就容易和人争辩。景老（指景幼南先生——编者注）他曾说自己“多思好辩，乐此不疲”，我很赞赏他的这种精神。从青年时期起我就喜爱看一些争辩性的书籍或文章。在我们编写《汉语大词典》的过程中，曾和上海编纂处发生过一次争执，那是因为我们根据较多的语言资料，给“长”字除长 cháng、长 zhǎng 两音外，还立了“长 zhàng”这个音项，它的意思是“多，多余”这个词，不但从先秦、两汉、唐宋直到近现代都有用例，而且还有些以“长 zhàng”为第一字的复词。可是我们的稿子送到上海，他们在审改时把这个音项取消了。把“多，多余”这个义项并入“长 cháng”的下面，并且加上“旧读 zhàng”，放在一个括号内。那些以“长 zhàng”起头的复词，如“长物”“长钱”“长语”“长饰”等，也如法炮制，一律认为应读 cháng，而“长 zhàng”只是旧读。我们在看到打出的“长”条样后，专门写了一个短文，提出“长 zhàng”这一音项不能取消，不能合并掉的意见和理由。可是编纂处给我们来了一封复信，说什么这个旧读只存在于极少数老年知识分子当中，说什么读 cháng 是主流，zhàng 的音读正在消亡。甚至于说，《辞海》注音的权威性不如《现汉》，原则是“从今而不从古”，不能“引导人们弃今读古”等等。这些辩解，不但抹杀了客观存在的语言事实，而且流露着一些“左”的情绪，不仅对老年知识分子语含讥刺，甚至搬出了什么“权威”、什么“弃今读古”之类的吓人的大棒。不久清样出来了，当然没有采纳我们的意见（其他有些他们添错了、改错了的地方根据我们的意见作了改正）。看到清样，我们没有心服，就又给他们写了一封长函。我们还是本着“辨章学术、考竟源流”的做学问应有的态度，摆事实、讲道理，再一次申述我们的理由，没有采取即以其人之道还治其人之身的办法。最后建议他们把我们的先后两函和他们的一封复函一齐在《编写通讯》上刊登出来让大家讨论。当时没有反映，初稿本出版了，还是照他们的原样。去年他们修订《编写体例》了，在音项部分把“长zhàng”的分立与否作为一个例子提出两种方案供讨论。后来《编写体例》定稿了，采用了我们原稿那样的方案。今年《辞书研究》第一期发表了《汉语大词典词条（初稿）选登》，其中单字部分选用了“长²”和“长³”的全部释文。“编者按”里说“选刊少量未定稿，使关心的读者对它的内容与形式得到以见一斑的了解，也供读者有对它表示意见的若干对象材料”。我们期待着对这一部分未定稿的批评和指教。（1993年3月正式出版的《汉语大词典》卷11保留了“长³zhàng”这一音项——编者注）

在我们教学中可以争论的问题也是不少的。譬如，韩愈《进学解》这篇文章流传很广，现在也有不少选本采用了它。但这个篇名应该怎样解释？今年讲《大学语文》时碰到，那本书上的注释是“进学，使学业有所增进。解，辨析的意思”。后来又看了些其他选本，出版较早影响很大的《古代散文选》里的解释就是：进学的意思是使学进益，就是在“业”和“行”上求进步。解是对疑难的辨析，而且它在分析文章结构和内容时始而说：这个题目的意思是“对于进学这个问题的辨析”，“‘业精于勤……’是国子先生提出的进学的目标和方法”；最后说：“以国子先生的答话说明业精行成是根本，量有所称，不要计较遇不遇，辨明了进学的问题，完成了全篇的中心思想。”还看了一些其他选本，好像都沿用了《散文选》的说法。不同的只有《历代文选》，说“这篇文章……主要在指责当时的执政者（宰相）不识贤愚，大材小用”。我认为《散文选》那个解释是不对的，“进学解”就是进入太学时对诸生嘲讽的自我辩解。这类文章，最早的是东方朔的《答客难》。我国古代的模仿大师扬雄，接着写了《解嘲》（他还模仿《周易》写《太玄》，模仿《论语》写《法言》）。以后班固的《答宾戏》、崔骃的《达旨》都是这类文章。韩愈也是喜欢模仿的。他模仿扬雄的《逐贫赋》写了《送穷文》，模仿《解嘲》写了《进学解》。“进学解”的“解”也就是“解嘲”的“解”。不能因为他在文章里讲了两句有意义的话“业精于勤，荒于嬉；行成于思，毁于随”，就说这篇文章是对进德修业之道进行解析。韩愈有知，会说你们把我发牢骚的文章当作讲学论道的著作，真是做梦也不会想到的。我以为做学问应该实事求是，一切从实际出发，不能随心所欲，逞臆而谈。分析文章也是如此，任意拔高或贬低，那都是对原作的歪曲。

最后，我这个人是个胆小怕事的人，对待学习，虽然爱好质疑问难，不肯轻信前人，但还是比较小心谨慎的。这可以举我写的两篇文章为例。1958 年我曾在《江苏文化》上发表过一篇《关于张士诚》，根据一些资料对张士诚的一生作了简要的评述。原来是一篇三四千字的长文，后来寄去发表时，已删削到只剩千把字。1960 年左右省出版社曾因此约我写一本小册子，我觉得对他的评价有些没有把握，谢绝了。但是就是那篇短文，其中有些个别提法，还是不恰当的。“文革”以后，又曾在本市的小报上，应编辑之约，发表了一篇《谁知下里乾坤大》，简介王心斋及其泰州学派，自己看起来还是比较平稳的。后来听说有一本小书对他全面否定，我也懒得找来阅读。由于自己研究不够，在我后来写的那篇《崇儒怀旧》里，原来想捎带对全面否定泰州学派的人反击几句，后来觉得没有足够的把握，还是暂时采取了不置可否的态度，写了那么几句。这倒不是回避矛盾，而是觉得自己把握不足，不应该随便下笔。也曾想写一篇介绍新泰州学派的文章，但是由于对它的了解和研究还很肤浅，始终没有下笔。前几年负责编那两本《古诗文评注》时，每篇稿子不但在定稿时逐字逐句作了推敲，请人誊出清稿以后还作了一些必要的润色，在付印过程中自己还又逐字逐句校读了两遍。“长”条样的二校和拼版后的三校都是自己亲自动手的。然而就是这样，其中还有一些毛病。《廉颇蔺相如列传》的正文漏掉一句，当然也漏掉有关的评注，直到出版以后别人指出，我不禁瞠目结舌。可见自己有时还是比较粗疏的。参加编写《汉语大词典》以来，更加感到要做到一字不苟、一丝不苟是很不容易的事。《汉语大词典》编写中，要求每一条书证都要核对原书，而且都要标出作者的时代、姓名、书名、篇章的名称或序数，这几项缺一不可。旧词书中有时只有书名没有篇名，有时只有作者姓名，连篇名也没有。我们如要使用这些资料，就要进行大海捞针的工作。这种工作有时负责资料工作的助手解决不了，还得自己做。如在长部里有一条目“长人”，开始发现苏轼有“聊将短曲调长人”的诗句。诗题是“题琴鹤图”，觉得这“长人”可能指“鹤”；但只此一例，立义没有把握，并且设想也许还有更早的例子，就翻阅杜甫的诗，居然又得一例，也是咏“画鹤”的：“低昂各有意，磊落如长人。”这里杜甫还是作为明喻来用，到了苏轼手中，就直接把鹤称作长人了。这样不但立义有了把握，而且源流也比较清楚了。有时为了一个标点，也得亲自去查阅原书。如“开方”一词，旧词书有《周髀算经》一例：“勾股各自乘，并之为弦，实开方除之，即弦也。”这条资料已核对过，但我总觉得这里断句可能有问题。我们怀疑“弦实”是一个词，不应断开。我们查阅了原书，“弦实”一词，在书中多次出现，指弦的平方。我们把断句改为“勾股各自乘，并之为弦实，开方除之，即弦也。”这就完全文从字顺了。在编写过程中，查对资料固然是一项繁难而又细致的工作，但更难的是有时资料很多，需要筛选分析；有时资料很少，需要仔细揣摩。我们工作中有这么一句行话：不要轻易放过一张卡片。有时一张卡片不但可以建立一个义项，而且就决定一个词目的是否成立。还有一句话：不要漏掉一个义项，也不能错立一个义项。或者叫：既要防错，又要防漏。例如“开”这个字，有一个义项当“刊刻”讲，旧词书没有列出过，但我们从资料先发现《水浒传》一例，后来又发现宋人笔记和清人著作也有用例。在那七八百张资料中，这两三张如果一不小心漏掉，就漏掉一个义项了。由于“贪大求全”是我们的方针，防错更难于防漏。就在这次《辞书研究》选刊的稿中，“长$^{2}$zhǎng”字下面有两个义项，我们原来没有写，编纂处加上去了，我们觉得还是可疑的。一个义项是“恭谨长厚”，例句是袁宏《三国名臣序赞》：“子瑜都长，秉性纯懿。”因为李善注：“都长，谓体貌都闲而雅性长厚也。”我怀疑李善的注释。这两句，显然前一句讲的是外貌，后一句才讲心性。怎能把“都长”二字拆开，说成是一字指体貌，后一字指性格呢？古人以长为美，《三国志·周瑜传》一开头就讲“瑜长壮有姿貌”。这里“都”是美，“长”是高。再从音律看，下句“懿”是仄声，这里“长”是平声，更加和谐。另一个义项是“盛”，引《吕氏春秋》为例。那个例子说起来比较麻烦，这里就不说了。最后说一个关于处理通假义的例子吧。自从清儒高邮王氏父子提出“因声求义”这个训诂学上的重要原则，解决了古书上许多被前人讲错或者没有讲的问题以后，对于古书上一些不能就字面讲解的地方，往往就都想用通假字来解决。诚如王念孙所说：“学者以声求义，破其假借之字而读本字，则涣然冰释；如因假借之字而强为之解，则结曲为病矣。”但王引之曾提出从借字求本字的原则是“揆之本文而协，验之他卷而通”，可是在他们之后，却往往不能按照这个原则来做。从俞樾和章太炎师徒起，就有时不免武断；到了现代，有的人就不免于滥用了。这在我们教学时也会碰到的。如《伐檀》里的“胡取禾三百廛兮”“胡取禾三百亿兮”“胡取禾三百囷兮”，有位名家把这里的“廛”“亿”和“囷”都认为是通假而另求本字，其实是完全不必要的。我在写《古诗文评注》时把它作为一说，放在后面，意思是仅供参考而已。另外，《诗经今注》的作者，在他的许多著作里都有这个问题。王力先生对这个问题是比较慎重的，南师的徐复先生也是如此。他们治学的严谨精神是值得我们认真学习的。

概括一下上面谈的关于对待学习或者说做学问的精神就是这么两句话：“知也无涯，学而不厌。”

我的讲话，可能给同志们一个印象，就是露才扬己，自以为是。因为要举些亲见亲闻的例子，又限于时间，只能举些正面的例子，失败的教训或者碰的钉子，没有多举：这就容易形成那么一个印象。耽误大家很多时间，请同志们批评、批判。

（在江苏省泰州中学教师业务进修讲座上的发言，1984 年）

# 关于中小学教育的培养目标和课程设置的设想

近年来中小学教育改革已经取得的成绩，有目共睹，无待烦言。但是还有一些问题，值得研究讨论。现在我只就中小学教育的培养目标和课程设置问题，提出一点个人的设想。

谈到培养目标，好像应该不成问题。谁不知道党的教育方针是使受教育者在德育、智育、体育几方面都得到发展，成为有社会主义觉悟、有文化的劳动者，或者在后一句里加上有理想、有道德、有纪律的内容。可是这些写在纸上，说在嘴上的方针目标，落实的情况如何呢？下面举一点亲见亲闻的事实。

我的孙辈，有两个去年夏天刚从幼儿园进了小学。在幼儿园时两个孩子的双眼视力都是1.5，可是去年年底，也就是进小学半年以后，一个孩子双眼的视力都只有1.2，另一个一眼1.5，一眼降为1.2。这个事实，使我不能不想到体育在小学教育中的位置究竟如何。

最近有几十位小学和幼儿教师参加一次历史知识的考试，他们都已具备初中或高中的学历，但在回答我国历史上有哪些朝代这一问题时，能依先后次序答全答对的竟然只有极少数的几个，真是凤毛麟角。这一事实，又使我不能不想到中学生文化知识的贫乏程度和他们国家民族意识的淡薄程度。

近几年中学政治课的内容不断变化，不断更新。可是我听到一位多年从事中学政治课教学的老师说：现在政治课上教的，就是升学时要考的，教师为考试而教，学生为考试而背。至于明确政治方向，掌握道德标准，以及培养民主意识，增强法制观点等等，好像都不是政治教学的任务。我真不敢相信，我们中学教育里的政治课，竟然和封建时代要学生读“四书”连朱注也背熟，以便做好八股文，中个秀才，似乎如出一辙。

以上事实，只是一鳞半爪，也许近于坐井观天，不值得大惊小怪。可是我总觉得，目前中小学实际上的培养目标，往往只剩一句话：在升学考试中取得好成绩。至于小学生很多戴上近视眼镜；中学生不会写便条，不会用珠算，不知道我国除台湾以外共有哪些省、市、自治区；中小学生不知道讲礼貌，不知道尊重别人的劳动，更不知道什么是民主，什么是自由，所有这些，好像学校都可以不管。最近国家教委发出了中小学加强德育工作的通知，这是十分正确十分必要的措施。但我觉得要从根本上解决当前中小学教育工作中存在的问题，彻底克服片面追求升学率的现象，首先必须认真开展关于中小学培养目标的讨论。北京大学校长丁石孙就明确提出：“我不同意目前我们提出来的所谓教育方针。”他说：教育的真正功能是提高全民族的素质。他还指出，人的素质应该包括以下三个方面：一是掌握基本的道德准则；二是具有生活的常识；三是学会思考，学会如何提出问题、分析问题和解决问题。近来有人提出中小学教育要变升学教育为素质教育，话很简洁，对于明确教育目的，却是一针见血。在明确教育目的的同时，必须从课程设置、教学要求、考试制度等方面，按照邓小平同志提出的面向世界、面向未来、面向现代化的要求，进行改革。这才能正本清源，釜底抽薪，把青少年一代真正培养成爱祖国、爱人民，既有理论知识又有实践能力的人才，才能造就出具有较高的思想和文化素质，消除了“文化大革命”恶劣影响的新一代。

下面再就改革课程设置这一问题对部分科目谈谈一些设想。

第一是语文。有些专家早就指出我们在中小学十几年中用两三千个课时不能达到使学生掌握祖国语文的目的，不能不说是我们教育工作的遗憾。近年来教材教法的改革也有不少创新，可惜似乎没有什么大的突破，师生们仍是要把许多精力和时间用在应付升学考试上。能不能设想，把中小学语文课分解成写字课、说话课、阅读课和写作课？写字课要求练好毛笔字和钢笔字。说话课除学会讲普通话外还要作演讲的训练。阅读课包括精读和泛读。精读课小学初中都只读现代文，高中仍以现代文为主，文言文可以读少量浅近的作品，也可作为选修；主要使学生对现代语文能够丰富语汇，熟悉句式，了解记叙、说明、议论等实用文章的写法；不要讲文学史和文学常识，更不要留恋所谓“分析好”“启发式”的“红领巾教学法”。泛读要规定从小学三年级到高中各年级的必读书目，由教师指导学生阅读并写读书笔记。写作课，中小学除作文外，都要规定写日记。这样把语文的教学目的真正落实到提高书写、说话、阅读和写作能力上去，也许可以收到事半功倍的效果。

第二是外语。20 世纪 30 年代小学里就开设外语选修课；初中要求掌握两千个单词和基本语法，能写短文；进入高中，每周除课文、语法外都写作文，一小时内当堂完卷。高二、高三学生就能阅读外文版的数学、理化课本。这些情况，并非只是教会办的学校如此，当时的省扬中就是这样。解放后中学外语的教学要求降低很多。“文革”开始前几年有所提高，“文革”一来，又飞流直下。三中全会以后不断改进，但水平还是远远不能适应当前改革、开放形势的需要。我设想可以把一度在少数小学开设外语课的试点恢复起来，逐步推广。初高中的外语水平可以分步地逐年提高，在 20 世纪末以前要提高到相当或略高于抗战前初高中的水平。

第三是政治课，我设想可否改为德育课。目前小学就设思想品德课，中小学统一称为德育课似乎也无不可。中学德育课的内容似可包括：社会主义道德、民主和法制、经济建设常识、形式逻辑常识、哲学大意（包括传统哲学和辩证唯物主义）等。这门课的教学目的，主要从知识教育入手，使学生明确政治方向和奋斗目标，掌握认识社会、思考问题的基本方法，具有做人办事、成功立业必备的思想道德素质。

第四是史地课。这两门课是提高青少年民族意识和爱国情操的重要课程，不只是学点知识而已。我们从许多信息渠道了解到，一些发达国家对于提高民族情绪和爱国心的宣传教育都非常重视。“文革”前我们的史地课，分量还不小。奇怪的是“文革”以后，中学里的史地课一减再减，在“追求升学”的狂潮面前，有的学校就干脆不开了。希望教育行政部门从加强德育出发，从提高青少年的民族自尊心与自豪感，激发他们的爱国热情出发，在中学课程里把史地课特别是本国史地作为有相当分量的必修课规定下来。

以上关于课程设置的一些设想，可能会使人感到有偏重智育之嫌。我以为，只要真的想把学生培养成具有良好的思想、文化素质和一定的理论知识与实践能力的新一代，下决心唱一出“除三害”，不搞“提前复习”，不搞“加班加点”，不搞“题海战术”，在课程设置上作一些必要的改革，是完全不会使学生负担过重，影响他们的德、智、体全面发展的。

（扬州市政协二届二次会议发言材料，1989 年）

# 泰州市教师进修学校简史

泰州市教师进修学校 1956 年开始筹建。

1958 年春天，原属泰县的港口、塘湾两乡划归泰州市。泰县教师进修学校在港口、塘湾开办的初师语文辅导班，改由泰州市文教局接办。

1958 年 10 月，泰县与泰州市合并成立泰州县，原泰县教师进修学校改为泰州县教师进修学校，迁设于泰州草河头五号机关干部学校内。1959 年春，在泰州、姜堰、泰西、港口等地设十二个辅导点，每个点设语文、数学各一个班，学员共约 900 人。1959 年 4 月至 10 月开办两个速师班，抽调百余名民办教师离职学习，结业时部分学员分配为试用教师，部分仍为民办教师。1961 年上半年又曾抽调 40 名教师离职进修，结业时一般仍回原校工作。此外，1960 年至 1962 年期间，曾开办中师函授，单科结业时由学校发给证书。

1962 年春，泰州县又分为泰州市和泰县。7 月，泰州市教师进修学校停办，只保留自 1958 年以后扬州教师进修学院委托泰州设置的高师函授辅导站，由文教局代管，直至“文革”开始。

“文革”后期，泰州重新筹办教师进修学校。1972 年，根据外地经验，进修教研合并，借用原五七中学部分教室，成立泰州市教师进修学校革命领导小组，举办小学校长和支书的读书班各一期。1973 年办了小学语文教师进修班两期，小学数学教师培训班一期。1974 年，泰州市委决定成立泰州市教师进修学校，从此泰州的教师进修工作展开新的一页。

1975年秋，泰州教师进修学校与“中心教研站”分开，进修学校仍在原五七中学内。此后两年，举办了干部读书班和小学语文教师培训班各两期，以社会调查为主的小学教师“三同”（同吃、同住、同劳动）读书班三期。

高师函授“文革”后改由扬州师范学院办理。1974年起，泰州教师进修学校开始承担高师函授的组织与部分辅导工作。1976年至1978年办了高师函授中文、数学专科班各一期，中文28人，数学13人，经考试由扬州师院发给结业证书，不作学历证明。1978年至1981年办了高师函授中文、数学专科班各一期，学员分别为35人和16人，1982年由扬州师院发给毕业证书，国家承认大专学历。同时办了中师函授语文、数学各一个班，学员分别为19人和10人，1982年发给单科结业证书。

1977年，泰州教师进修学校由原五七中学内迁入洧水桥小学旧址。1978年秋，扬州专署决定在泰州市开办扬州师范学院扬州地区泰州师专班，由泰州教师进修学校负责承办。下半年做好参加统考招生和开学前的筹备工作，于1979年2月开学上课，经批准，学校成立了党支部。师专班教室、宿舍和学校行政机构均设在五里桥市委党校内（泰州耕读师范旧址）。高、中师函授辅导仍在洧水桥小学旧址上课。这届师专班招收中文、英语、数理（后分为数学、物理两个班）各一个班，合计学生123名，至1980年底完成教学任务，通过考试全部毕业，在本市和泰县分配工作。1981年春师专班停办，泰州师范在五里桥复校，泰州教师进修学校的大多数人员及校产均调入泰州师范。泰州教师进修学校另行充实人员在洧水桥旧址继续办学。1982年冬翻建新楼落成，即目前学校所在。几年来陆续添置设备，现已粗具规模。

1982年，高师专科函授改由扬州教育学院（原扬州教师进修学院）主办，进修学校负责具体的组织和辅导工作。泰州先后开办了82级高师专科函授中文、数学各一个班，学员分别为39人和19人，于1985年12月毕业；84级高师专科函授中文班，学员24人，于1987年7月毕业，均由扬州教育学院发给证书，承认大专学历。另有84级高师函授数学班学员7人和86级高师函授班学员中文3人，数学3人，因人数太少不便开班，均委托江都教师进修学校开班办理。在这期间自1983年9月至1986年6月，与扬州教育学院联合开办了一期高师英语专科进修班，学员29人，亦由扬州教育学院发给毕业证书，承认学历。以上师专班、高函班和进修班取得大专学历的280余人，充实了我市的中学教师队伍，不少人已成为教学骨干力量。1982年前后还举办初中政治新教材备课班4期，约130人。

泰州市教师进修学校于1983年经扬州市政府扬政发〔1983〕295号文件批准建校，并经省教育厅苏教师〔1984〕49号文同意备案。在这以前，教育局决定进修学校与教研室合并，人员统一调配，工作统一安排，加强领导，通力合作。1985年经教育局党委批准重新建立中共泰州教师进修学校支部，保证监督学校工作的开展。

根据上级规定，县（市）进修学校主要面向小学和幼儿园，兼顾初中。学校除如上所述办理专科函授或进修外，注意为培养、提高小学和幼教师资多做工作。1982年8月至12月，举办小学教师地理、历史备课班各一期；1983年夏至1984年夏组织全市小学语文、数学教师全员进修语、数教材教法；1985年上半年举办小学校长和音乐教师培训班各一期；1985年、1986年在朱庄乡、泰西乡先后举办小学体育教师培训班各一期；1987年先后举办了小学语文和数学教师提高班各一期；自1986年至1988年举办了小学美术教师培训班三期；今年下半年又举办了小学教师自然常识备课班一期。在幼教方面，自1983年8月至今年下半年先后举办了幼儿教师培训班七期，每期脱产学习半年，经考试合格结业时承认其幼儿教师教材教法合格。1985年10月还举办了一期幼儿园负责人短训班，脱产学习两个月。所有这些，对提高我市小学教学质量和幼儿教师素质的改善都起了一定的作用。此外，最近几年，泰州教师进修学校还举办小学教师专业合格考试辅导班语文两期，数学一期，成人大专和中专入学考试复习班各一期，与宣传部合办中国近代史宣传员培训班一期，1986 年、1988 年先后举办了实验员培训班和录像员培训班各一期，部分教师还担负了教育局办的高等教育自学考试某些课程辅导班的教学工作。

回顾历史，泰州的教师进修工作，包括两个阶段：泰州县时期的五年，主要面向农村，有普及有提高；“文革”后特别是党的十一届三中全会以后这十几年，由于教师进修工作受到党和各级政府的重视，泰州市教师进修学校兴办了多层次、多形式、多学科的进修班，既有学历教育，也有专业训练，为培训和提高初中、小学及幼儿园的师资，做了一些应做的工作。

我们相信，随着泰州市社会主义物质文明和精神文明建设的蓬勃发展，泰州教师进修学校的基础设施和教学工作也将不断充实、不断提高。

（1989 年）

# 逻辑、辩证法与化学教学

## （一）

要在教学过程中，既给予学生知识和技能，又发展学生的认识力和创造力，必须使学生掌握正确思维的规律和认识事物的方法。欲达到这一目的，在中学教学中不可能也不需要专开关于形式逻辑和唯物辩证法的课程，而只有教师自己首先比较纯熟地掌握逻辑规则和辩证方法，然后在教学过程中经常遵循和运用逻辑规则和辩证方法来讲授科学知识，这样学生方可以日积月累从教师的实际运用当中，学会怎样逻辑的思维和辩证的认识。根据我的体验，这样做，不但能使学生获得系统的、巩固的科学知识与技能，同时还掌握认识事物和思考问题的能力，而且也能使学生逐步建立辩证唯物主义的世界观。

我在这里把形式逻辑和唯物辩证法并提，可能引起某些同志的误解。关于二者的作用和关系，目前还在论争不已。但懂得和遵守形式逻辑的初步规则的重要，已为人们所公认。我还认为就中学学生的年龄特征和知识水平来说，掌握形式逻辑的规律比较掌握唯物辩证的方法是更加可能也更加需要的。我这样说，并不意味着可以忽视唯物辩证法而把形式逻辑绝对化起来。

以下我就自己在中学化学教学的实践中怎样遵循与运用形式逻辑和唯物辩证法，作一些具体的说明。

## （二）

讲清楚基本概念，这是教给学生科学知识时一项带有根本意义的工作。

我首先注意明确完整地给基本概念下定义。我发现学生在掌握概念的定义方面常犯以下两种错误：一是死记硬背，不求理解；一是粗枝大叶，似是而非。犯前一种毛病的人尽管背熟了定义，但却不能运用。例如有的学生能默写克原子、克分子的定义但却不能正确地解答有关克原子、克分子的问题。犯后一种毛病的人，对定义不作细致深入的钻研，自以为懂了，实则没有真懂，自以为抓住了定义的"要点"，实则抓住的是定义的残骸。例如有人说指示剂是酸或碱能使它变色的物质（应该说酸溶液或碱溶液能使它变色的物质）。我注意到学生掌握定义时的这些偏向，每讲解一个概念的定义，总给学生把定义的内容先讲清楚，指出这个定义包含哪些要点，并指出哪些是容易忽视而绝不能忽视的地方。例如，讲解催化剂是能改变别种物质的反应速度，而在反应后本身的质量和化学性质都不改变的物质时，就给学生指出这一定义下半段的"在反应后"四字要特别注意。这四字是容易被学生忽视的。丢掉这四字不是一个小的遗漏。

在逻辑上给概念下定义有几条规则，在逻辑上也提出下定义应注意避免几种错误。我在教学中并不孤立地、教条地向学生介绍这些规则，而是通过对定义的讲解，逐步养成学生遵守这些规则的习惯。如上所说，便是培养学生遵守"任何定义是应该完整的明确的"这一规则。另有一点，我也予以足够的重视，就是教导学生定义应该指出对象本质的属性，而不是给对象作一些非本质的描写和说明。例如在讲解无机物的分类时就告诉学生无机化合物中酸、碱、盐等的定义都应该从它们的分子组成着眼；又如讲解有机物时又告诉学生有机化合物中醇、醛、羧酸等的定义都应该从它们的分子结构着眼。这样不但使学生掌握下定义的一个重要原则，而且获得一个牢记这些定义的窍门。其次，在考试或提问时发现学生下定义有什么错误就及时指出，使其避免再犯。发现教科书中有不妥时，也给学生指出。如高一课本中说：“不能生成盐的氧化物叫作不成盐氧化物。”（第36页）这便犯了“同语反复”的错误。

讲解基本概念时，除要使学生深切了解这一概念的定义外，还要使学生能正确运用这一概念。在这一方面特别要注意对近似概念的区别，避免混淆。例如原子氧和氧原子、氧化物与含氧化合物、单质和元素、酸酐与酸根，这些概念的外延与内涵都是颇不相同的。但这些不同却常为学生所忽视而随便运用。我在教学中虽常从积极方面注意向学生指出这些近似概念的区别，而学生的这一类错误仍时有发现。由此可见，要使学生养成正确地运用概念的能力和习惯，非一朝一夕之功，必须各科教师共同注意这一点才能收到较好的效果。

在讲解基本概念时，我还注意用简单的图示法说明概念间的关系。有些概念是同一关系，如“克原子”与“克原子量”、“酸性氧化物”与“酸酐”；有些概念是从属关系，如“金属”与“轻金属”、“环烃”与“芳香烃”；有些概念是并列关系如“悬浊液”与“乳浊液”、“单质”与“化合物”；有些概念是部分重合关系如“酸性氧化物”与“金属氧化物”、“含氧酸”与“可溶性酸”；有些概念是不调和关系如“饱和链烃”与“不饱和链烃”、“放热反应”与“吸热反应”。我认为，指出概念间的关系，一方面如上所说足以帮助学生弄清一些近似概念间的区别，明确地理解概念；另一方面更重要的是使学生从概念间的关系联想到对象间的关系，因而能从相互联系中来认识物质而不是孤立地认识物质。在这里也就培养了辩证地认识事物的方法。

概念的分类，也是一个重要的问题。例如化学反应按照不同的根据可以有好多种的分类方法。由于课本中没有指明分类的根据，我曾发现学生以为氧化还原反应是与分解、化合、置换并立的第四种反应，也曾发现学生以为铵盐是与硫酸盐、硝酸盐并列的另一种盐。讲分类而不讲根据，其流弊除形成知识混乱以外，还促使学生在学习方法上重记忆而不重理解。笔者近年来注意了这一问题以后，问学生“酸怎样分类”时，学生就说：“如以酸分子所含可被金属置换的氢原子多少来分，可分为一元酸、二元酸、三元酸等；如以酸分子中是否含有氧原子来分则可分为含氧酸与无氧酸。”不再是不谈根据空谈分类了。

必须指出，讲解基本概念，按照逻辑规则来进行是必要的但不是足够的，还必须以发展的观点来讲概念。这样一方面可以贯彻量力性的原则；另一方面使学生知道概念不是固定、僵化的东西而是不断发展的。掌握了量力性原则，才能根据学生年龄特征和知识水平，对同一概念，要求学生有不同程度的认识。例如对初中学生讲溶液，只能说它是一种混合物，但对高中学生则必须指出它是介乎化合物与混合物之间的一种物质。又如在高一给学生讲氧化还原反应，只能从化合价的变化上加以解释；到了高三就要用电子理论来说明。这样做，并不是让学生在获得知识的过程中走弯路，而是让学生循序渐进，逐步了解事物的本质。由于科学的不断进步，概念内容的本身也是不断发展的。例如“酯化”这一概念所代表的反应，过去以为是和无机化合物中间的中和反应相似，现在完全清楚了是另外一回事。我在讲解这一类概念时都给学生简要地指出这种概念发展的过程，使学生知道客观事物是绝对的，而人类的认识是相对的，我们必须努力钻研才能逐步探索出自然界的真相。我觉得这样培养学生以发展观点认识事物的能力，对于形成学生辩证唯物主义的世界观是有重要意义的。

## （三）

中学生所必须掌握的化学科学知识，其特点是理论不很艰深，但头绪纷繁，内容琐碎，学生往往觉得“容易懂，但不易牢固掌握”，和数学物理不同。我觉得这一情况值得我们注意，只有教师加强教学的系统性，才能帮助学生学好这门功课。

对待头绪纷繁内容琐碎的科学，教师必须教导学生怎样“执简驭繁，闻一知百”，也就是必须指导学生怎样运用归纳、分析、类比、引申等逻辑方法，以及怎样运用事物相互联系的辩证观点，而这些又必须灵活地结合在科学知识的讲授过程里。

扼要地说，我在教学中是从三方面来加强化学知识的系统性的。中学化学中很大一部分是研究若干重要元素及其化合物的性质、制法、存在和用途的。我首先注意加强各个物质本身所有问题之间的系统性，也就是讲解每一种物质时，尽可能找出它的性质、制法、存在、用途之间的本质的内在联系。例如讲到氯气就以它具有很活泼的非金属性这一点为中心进行讲解。它的化性：与氢气反应，与金属反应，与水反应，与碳氢化合物反应，都可以归结到这一点上。引申出去，由于氯很活泼，在自然界中只能形成盐而存在，因此制取它必须用食盐或盐酸为原料，它的用途又完全可以从它的化性引申出。又如讲氨则以其溶于水生成碱类物质为中心，讲乙醇则以其分子结构中含有羟基为中心。总之，通过这样讲解可以使学生对每一物质得到一个系统的、整体的认识，而不是获得一些零碎的片段的知识。

其次，我在教学中注意加强物质之间纵的系统性。所谓纵的系统性就是可以相互演变的物质之间的系统性。例如，

在讲氮及其化合物时着重明确如下的系统：

氮 → 氨 → 一氧化氮 → 二氧化氮 → 硝酸
↓ ↓
铵盐 硝酸盐

在讲烃的衍生物时则又着重明确如下的系统：

醇 → 醛 → 羧酸
↘ ↙
酯

上述这些系统好像教材本身已经具备，但实际上并不是教师"照本宣科"就能使学生得到这样系统的知识。因为如上图所示，这些系统中有主干有旁支，教材中并没有也不可能有这样明确的安排，这就要靠教师的分析与指明。我在教学中从两方面着手。一方面在讲课过程里讲解系统中前一物质时注意为讲以后的物质打好基础，而讲后面的物质必从前面的物质引来；另一方面则在对学生留作业或进行考查时注意检查学生是否能系统地掌握上述这一类的教材。

最后，我在教学中还注意加强物质之间的横的系统性。所谓横的系统性，我的意思是指可以类比的物质之间的系统性，包括周期表上横的和纵的关系。在高中化学教学中门捷列夫的周期律，是其理论基础之一，因此加强我所说的横的系统性就显得十分必要了。怎样加强呢？我首先在讲解每一族元素时，不是等全族讲完才进行归纳比较，而是在讲过某一族第一种元素后讲到第二种元素时就注意运用比较这一逻辑方法。如讲过氯以后讲溴，讲过氧以后讲硫，完全通过比较来讲它们的性质。而在一族讲完以后的归纳总结则常由学生进行，教师只予以必要的修正和补充。根据我的体验，高中学生是完全可能做并且做得好的。其次，在讲完一族讲到以后各族时，就不仅注意族内元素的比较而且注意与别族元素的比较。例如讲到氧气时就和氯气比较，讲到硝酸时就和盐酸及硫酸比较。不仅比较各族元素组成的个别单质或化合物，同时还让学生作族与族之间的比较。在这样讲解以后，学生学习周期律时就完全在已有知识的基础上进行，左右逢源，毫不费力。

以上所谈加强化学知识系统性的意见，着重在关于元素及其化合物的知识。化学知识中尚有基本原理的一部分，在讲授时如何使其纲举目张，条理清晰，这是十分重要的。要使学生系统地认识某些重要元素，必须使学生掌握关于无机物分类，周期律和原子结构等方面的系统知识。此外，在教学时注意每堂课以内以及各堂课之间的系统性，注意教师板书的系统性，也和能否使学生获得系统的科学知识有关，本文限于篇幅，不再详述。

## （四）

学生自觉地积极地掌握知识，这是教学理论的根本原则之一。怎样启发学生积极思维，近来已成教师们共同注意的问题。我的看法，解决这一问题，一方面依靠多种多样的改进教法，适当运用谈话课是主要的；而更重要的是必须认真培养学生运用逻辑规则和辩证方法的能力，只在教学方法上兜圈子是不能真正解决问题的。以上两节里所谈到的关于概念的分类，类比的运用等，我认为都是启发学生积极思维的重要组成部分。这里拟就发展学生辩证思维能力方面再作一些说明。

事物矛盾的法则是唯物辩证法的最根本的法则。因此分析矛盾，解决矛盾也就是我们辩证地认识事物的最主要的方法。通过化学科学知识的教学发展学生这种认识能力是极其可能而且必要的。一切化学反应可说都是物质内部矛盾发展的过程，例如金属（或具有金属性的元素）与非金属（或具有非金属性的元素）之间的反应，氧化还原反应、中和反应及各种类型的离子反应，很明显的都是对立统一的过程。我在教学中并不搬弄哲学术语，而只是把这种精神渗透在科学知识的讲授之中。如在讲氯气的化学性质时，就指出氯是非金属性很强的元素，因此它能与金属及具有金属性的氢元素反应，并指出金属与非金属往往易于相互反应；而金属与金属、非金属与非金属则往往不然（但不是绝对的）。又如在讲到广义的氧化还原反应时也指出氧化剂与还原剂往往易于相互反应。把诸如此类的关于化学反应的普遍原则教给学生，也就是把具体化了的事物矛盾的法则教给学生。根据我的体会，学生是可能掌握与运用这些法则的。我在进行过如上的讲解后讲氮时，给学生指出氮的非金属性比较弱，学生就能想到氮和氢的化合是不容易的；讲到硝酸时指出其具有强氧化性，学生就能想到硝酸溶液与能置换氢的金属作用时没有氢气放出，是由于氢被硝酸氧化了。在学生们能这样分别地运用上述的具体原则以后，只要教师加以引导，把这些具体原则发展成普遍原则也就是对立统一的法则是很自然的事。我认为化学教学，是发展学生分析矛盾、解决矛盾的能力的重要阵地，我们必须十分重视这一教育任务。

事物发展的根本原因是其内部的矛盾性，但也与它周围的其他事物互相联系互相影响着。前已提到，在加强科学知识的系统性时可以培养学生事物相互联系的观点，但那还是不够深刻的。在化学教学中经常注意指出反应条件对于反应的关系，可以更自然而生动地使学生掌握事物相互联系相互影响的法则。也只有这样，学生才能获得完整严密的化学科学知识，而不是脱离实际的抽象的教条。我在教学中经常注意强调说明化学反应的条件问题。举几个突出的例子：如讲无机物分类时指出许多复分解反应必须在溶液中进行；讲合成氨时比较详细地解释加大压力加高温度和使用催化剂对于这一反应的不同影响（当然不能作吕·查德里原理的全面介绍），讲乙炔的加成反应时指出其生成物随所用氢气或卤素的数量多少而不同。这一类的例子遍布在化学教材的各部分，不胜枚举。

另一方面，我也注意通过有机化学中的分子结构理论来加强学生事物相互影响的观念。有机化合物的性质决定于分子结构，亦即决定于分子内原子的相互影响。例如，苯酚分子中苯环上的氢原子受羟基的影响而变得易于取代，同时其羟基中的氢原子受苯环的影响变得较醇分子里羟基中的氢原子来得活泼；又如醇分子中的羟基和水分子中的羟基性质不同，是由于分别受了羟基和氢原子的不同影响。这些例子在有机化学中也是多不胜举，我们应该抓紧这些事例来加强辩证方法的教育。

总之，通过化学教学可以具体生动地引导学生掌握唯物辩证的法则，养成正确而深刻的思维和认识的能力。这样不仅可以使学生学好化学，同时也完成了发展学生认识力的教学任务。

## （五）

化学是一门以实验为基础的科学，中学化学教学中演示或实验的目的之一，是要通过对化学现象的实际观察作出关于物质性质的判断或某些原则性的结论。在做这类实验时我总要求学生在观察以后通过思维作出判断。例如在学生进行了硫酸和硝酸钾分别溶解于水的实验以后就要求学生作出物质溶解时温度变化的结论（物质溶解时温度有的升高，有的降低）。此外关于鉴别物质的实验也是让学生通过观察作出判断的。

演示或实验的另一目的是以具体的化学现象来证明已提出的结论。在做这类实验时，我就要求学生在观察以后用看到的现象来解释已知的理论。例如，在教师讲过一氧化氮的性质以后，演示盛一氧化氮的容器盖子揭开后由上而下逐渐呈现棕色，学生就说这证明了一氧化氮的易被氧化。在中学化学教学学生所做的实验中这一类的实验较前一类为多。因此在实验课或实习课上，绝不能止于要求学生完成和观察实验，把实验实习单纯看作培养学生操作技术获得具体认识的过程。放弃了实验过程里的思维活动，将使直观原则在教学中好像可有可无。

此外，在实验过程中我还注意发展学生的想象力。例如，在讲过碳酸铵分解反应后进行实验时问学生结果将如何？学生会说最后试管中将空无一物。有时学生的答案会是错误的，我并不必立即指出，教他们“做做看”。我觉得在实验过程中这样和学生谈话，不但可以发展他们的想象力，而且可以使他们体会到实践在认识过程中的重要性，体会到物质是不依赖于人们的认识而独立存在着的。

应该再指出一点，通过对实验的观察固然能使学生明显亲切地认识物质不断运动发展的现象（恕不另举例），同时也是具体地教育学生掌握事物相互影响、从量变到质变等辩证法则的过程。因为在进行实验时可以清楚地看到反应条件对反应的影响，例如，浓硝酸和稀硝酸与铜反应的效果不同。在实验时又可以清楚地看到相同元素按不同比例组成的化合物的性质不同，例如，苯与甲苯的不同，硬脂酸与油酸的不同等，于是显而易见地表明了量的变化引起了质的变化。总之，我们应该看到实验实习是发展学生辩证地合乎逻辑地认识事物的能力的过程，必须反对以实用主义的思维对待教学中的直观原则。

## （六）

以上就四个方面说明了在化学教学中怎样渗透进逻辑规则和辩证方法的教育，从而在给予学生巩固的系统的化学科学基本知识的同时完成发展学生认识力与创造力的任务。我觉得这是贯彻教学原则提高教学质量的重要途径。

这里需要声明一下，本文是极不完整的，本文关于培养唯物世界观就谈得很少。由于我对化学、逻辑学和辩证法三方面的修养都很肤泛，因此本文里不可避免地存在着不少的缺点和错误，希望能得到同志们的批评与指教。

（刊于《化学通报》，1958 年）

# 太谷学派简史

清道光年间，安徽石埭人周谷，字星垣，一字太谷，别号崆峒（一作空同）子，在扬州讲学，主张“尊良知，尚实行”，“又旁通佛老诸说”，一度被两江总督以“妖人”之名逮捕入狱，不久释出。道光十二年（1832）病逝于扬州。

周死后，他的弟子仪征李光炘、张积中继续讲学。张字石琴，别号白石山人，咸丰七年（1857）张偕家往山东，定居长清、肥城之间的黄崖山，一时门徒甚多，且有举家入山相从的，门人称他为张七先生。同治五年（1866），山东巡抚阎敬铭以传布邪教、勾通捻军、纠众谋乱的罪名，兴兵血洗黄崖，张氏及其弟子数千人皆遇难，史称“黄崖教案”。四十年后（1906）御史乔树楠为张奏请昭雪，但山东巡抚杨士骧未肯彻查上复，此案竟被搁置。张遇难后蒋文田（字子明，泰县姜堰人，别号龙溪）继其衣钵，讲学于江北苏皖一带，后黄隰朋讲学于苏州。

太谷的另一弟子李光炘，字晴峰，号平山，太谷病重时，李亲侍汤药近三月。太谷死后，晴峰游学鲁、晋、浙、鄂等地，结交友朋，谈学论道，学识大进。归而讲学于扬、泰等地，后定居宜陵（今属江都区），建龙川草堂，从学者称李为龙川夫子。黄崖教案祸起，李避难转徙如皋、东台、泰州等地，于张皇困穷之中，继续讲学不辍。光绪十一年（1885），晴峰病逝于泰州，继主讲席者为泰县姜堰之黄葆年。黄字隰朋，号希平，人称黄三夫子，曾任山东泗水知县。弃官后，居苏州葑门内十全街，讲学之所称归群草堂。民国十三年（1924）黄病逝后，晴峰之孙李泰阶

(字平孙) 继主讲席，人称真州先生，逾年病殁。隰朋之次子黄寿彭（字仲素）又继之，人称黄二先生。抗战期间，仲素迁居泰州，泰城及邻县弟子仍常就教师门。解放初，仲素年迈多病，不复能常讲学，不久病逝于苏州。

从周太谷至黄仲素这一传承延续逾百年的讲学活动，当时并无学派之名。在李晴峰、黄隰朋先后主讲席时，生徒不仅遍及苏北江南；北至京津，南达浙赣，皆有人不远千里，以李黄为师。李氏主讲时，人称李门；黄氏主讲时，人称黄门。“门”的意思就是师门。其中黄门因历年较长（黄氏父子先后主讲达五十余年)，生徒较多，影响尤大。解放前后研究太谷、李、黄之学的人，或着重创始之人称之为太谷学派，这一名称始见于1927年卢冀野作《太谷学派之沿革及其思想》；或着重李黄讲学活动的发源地称之为泰州学派或新泰州学派。前一名称见于旧《词源》，近年修订本已改用“太谷派”之名；后一名称见于柳诒征《新秦州学案》(未刊)。加一“新”字虽可免与创始于明代王心斋的泰州学派相混淆，但太谷、李、黄与心斋之间相隔近三百年，既无师承传授可寻，思想宗旨亦不相侔。因此今学派内外人多用太谷学派之名。至于称此学派为“大成教”“大学教”“泰州教”者，大都由于黄崖之狱。或于构陷时妄加“邪教”的罪名，或于屠戮之后，外人不悉学派内容，亦以宗教视之。实则此一学派，既非宗教，更非反动道会门，解放初泰州市公安局局长韩晓如曾以上级对黄门审察之结论——为一封建学派，告之黄门弟子曹伯丹。

太谷学派的讲学形式以口传心授为主，即有著述，亦只容手抄，不许刻印。学派中人大抵闇修力行，深藏若虚。自黄崖之狱以后，更以寡默慎言为宗旨。另外“学人初及门，师必晓之曰：吾门往者不追，来者不拒，如信心不及，自来自去，亦无罪过。然切不可谤道，谤道则必遭天诛，慎之慎之”（见《李龙川年谱》)。因此，学派中人对学派的宗旨、主张，大都持“不为外人道”的原则，不仅不与外人言，更不愿形诸笔墨。刘师培谓李晴峰“弟子数百人，传其学者遍大江南北，惜语秘莫或闻”（见《国学粹报》乙巳年第四期)。刘鹗曾拜李晴峰为师，在其所著《老残游记》中对学派的思想言论有所透露，而黄隰朋谓其“水分太多”，意即其中有时已非学派之真谛。这就使至今欲求一系统、翔实地论述这一学派思想宗旨之著作，渺不可得。就见闻所及，太谷学派之特色略有以下数端。

（一）上承儒家道统，传扬图谶之说，讲求微言大义，对经典词句每有别解，在学风上有些近似经今文学派。

太谷学派以上承儒家道统自命。学派中人谓“圣之至者仅有五人”，即羲、文、周、孔、周，“其余尧舜禹汤，颜曾思孟，皆圣也，而未至其极，……自太谷出，乃上承四圣”（见《李龙川年谱》)。学派中人云：太谷讲学于道光年间，道光即大道昌明之意。这是利用谶语宣扬太谷上继孔子道统的身份。李晴峰室中一联云：“心传十六字，家法五千言。”五千言指《老子》，所谓十六字心传即“人心唯危，道心唯微，唯精唯一，允执厥中”。阐述微言大义，乃太谷、李、黄讲学之宗旨。所谓“微言”，即指六经、四子（“四书”）中某些被太谷学派认为含蕴着精微义理的语句。他们认为《周易·蒙卦》的“蒙以养正，圣功也”和《中庸》的“率性”、《大学》的“修身”以及《孟子》的“养吾浩然之气”皆名异而实同，并且说这样解释是发前儒所未发的“天知”。学派中流传不少对儒家经典语言的别解。如《周易》所云“内圣外王”，他们认为是要把身心性命之学与修、齐、治、平合而为一。《论语》说“民可使由之，不可使知之”，他们作如下解释：“民知其为非则禁之，禁之所以扬善也；民不知其为非则不禁，不禁所以隐恶也。”上述“承道统”“信图谶”“讲微言大义”等，皆有似经今文学派之学风。

（二）崇信濂、洛、关中，援引二氏之说以阐述儒家义理，认为二氏可以辅翼圣功，与主张三教合一的教派无关，实为从宋明理学发展而出的别支。

太谷学派初入门者往往抄录周敦颐《太极图说》《通书》，张载《西铭》及程颐《四箴》等奉为圣功弟子的启蒙读物。太谷谓“秦汉而下，人知强而天知弱也……濂溪氏《通书》作，雍（张载居关中，古称雍州）之《西铭》、豫（程颐兄弟居洛阳，古称豫州）之《易传》继续而出，不百年而天知渐强也。”可见濂、洛、关中为太谷学派思想的渊源所在。太谷学派常援引释道二氏之说作为解释儒家义理的工具。如李晴峰教人以致知格物为本，谓佛家的“转识成智”即致知，道家的“心息相依”即格物，其弟子说“亦窃比老彭之意”。学派中解说《论语·述而》首章“窃比于我老彭”，“老”指老子，“彭”谓释迦。他们认为“佛道两教代有传人，包羲时如黄、农，孔子时如老、彭。秦汉而后诸儒世出，而佛仙之名始著。均足以辅翼圣功，启佑后学”。可见太谷学派以“至圣”亦即儒家为正宗，二氏只是辅翼而已。世有谓太谷学派出于明代林兆恩主张三教合一的三一教，实为不了解学派内容而妄加推测。

太谷学派谈性命、讲格致，颇似宋明理学之遗绪。但因其以绍述孔子自命，对六经四子不信旧注，于是在一些问题上往往突破宋学的藩篱。如对《论语·为政》“攻乎异端，斯害也已”的解释不同于朱熹。朱熹认为“攻”即辟除，而太谷学派则谓“攻”为研治。太谷学派之论身心性命亦与宋儒不同。太谷曰：“身之有形之本曰心，无形之本曰性，性之本曰命，命之自然者曰天。”又曰：“性相近也，……性近于命也；习相远也，可施于四体。故上知曰命，下愚曰体，皆不移也，唯性则不然。”至于太谷学派谓“好色、好货、好勇，皆人情也”；“识得情字，方能止至善”，亦与宋儒“去人欲存天理”之主张相径庭。因此，太谷学派似为儒家理学体系中晚清时发展而出的另一流派。

（三）笃信孔子的天命观，崇尚孟子的民本说。太谷学派的政治主张，既欲为民立功，又以希天为旨；认为狭隘的国家民族之争，皆属“残民以逞”，欲凭教化诱导达到最高的理想境界，在一定程度上是古代道家空想复古主义的余波。

太谷学派中人均以李晴峰所书联语“立功立言立德，希圣希贤希天”作为入道的门径和修习的目标。从立功入手而以希天为终极。不仅功在社会功在民间是立功，专攻学术，献身文艺，也是立功。“希天”一语出于《通书》，其下文云：“天道行而万物顺，圣德修而万民化，大顺大化，不见其迹。”太谷学派政治上的理想境界即为大顺大化：“天覆地载，一切有情，皆我眷属。无所谓是非，无所谓爱憎。”（见刘厚滋《张石琴与太谷学派》）学派中人相传“不为一姓争天下，不为异种害同胞”，是他们政治上的信条。学派中人既有清代的达官显宦（见下文），亦有民国时期的官吏士绅（如凌直支，北洋政府财政部次长；王道明，北洋政府外交部主事；宋守卿、曹鲁南、卢止庵等均为泰县士绅），黄隰朋曾任清朝知县，但在其诗中却有“迄今避人复避地，陈蔡之厄无时无”，“党锢于今铸铁成，凄凉犹见鲁诸生”之句，充分流露对清政府的不满。总之，他们追求“人皆尧舜”的虚幻理想境界，却不重视一人一姓之争的是非。学派中人云：五代的宰相冯道，历事四朝，其于个人名节似有所损，而其拯救生民，立功至大。冯道有诗云：“但求方寸无诸恶，豺虎丛中也立身”，深受学派中人赞赏。因此太谷学派的政治思想虽有一定的人民性，认为“一夫之饥，犹己饥之；一夫之寒，犹己寒之”，但由于信天道，畏天命，只能顺时应运，不愿有所变革。这就不自觉地陷入了古代道家空想复古主义的窠臼。

（四）有教无类，因人而施；善于启发，小扣大鸣；太谷学派继承发扬了孔子的教育思想。

太谷学派讲学逾百年，门徒甚众，自周太谷至黄仲素五代师门，弟子各无虑千百，遍及各个阶层。其中晴峰、隰朋门下之弟子有姓名可考者，不仅有学人儒士（如汪全泰，进士，人称大竹先生；高尔庚，举人，泰州人，著有《井胥居诗钞》；刘鹗，丹徒人，著有《铁云藏龟》《老残游记》；钟泰，历任之江、东南等大学教授，著有《庄子翼诂》），亦有达官显宦（如毛庆蕃，江西丰城人，官至陕甘总督；荣庆，学部尚书；李长乐，湖北提督；乔树楠，四川人，官至学部左丞；程恩培，安徽阜阳人，长江水师提督程文炳之子，分发浙江候补道；华铎，北洋安徽督军倪嗣冲部军需官）；此外，农工仆役，妇女童稚，凡悉心向学者均可入门。如张寄琴之仆张喜，曾听太谷讲学，自谓“少未读书，唯闻公言觉欢喜入心”。拱铨，以卖瓜子糊口，在茶社窃听晴峰讲学，久而不去，曰：“闻圣人之教胜获十倍利，虽忍饥亦所愿也。”

李晴峰讲学时“来者不拒，兼收并蓄”，“莫不舍己从人，如其来意。故智愚贤不肖一聆师教无不悦服。与子言孝，与父言慈，与士大夫言忠信，与农圃言稼穑，与商贾言经纪，与工匠言技能，与行旅言关津，与文人言诗词，与女子言性情”；“时而巽言，时而法语，时而游戏，时而庄语。或小扣大鸣，天花乱坠，去题万里而语不离宗；或屡问不答，以其昏昏使人昭昭，而令久积之疑，涣然一旦”；往往“其称也小，其取类也大，其旨远，其辞文，其言曲而中，其事肆而隐”。（见《李龙川年谱》）以后隰朋仲素讲学时，亦大率类此。善于启发诱导，因人而施，这是太谷学派讲学育人的传统方法。

（五）太谷学派著述繁富，印刷流布极少。黄隰朋的弟子张德广辑成《归群宝笈》并斥资抄写，给后人提供了研究太谷学派的可靠资料。

《归群宝笈》正续编凡九十种，三百零七卷，除少数诗文选及八股文、试帖诗集等为童蒙读物外，均为学派老师和弟子的著作，大体可分为以下三类。

一、语录

此类所记为周太谷至黄隰朋数代老师的言论，为学派思想的精粹所在，计有：

周氏遗书十卷（有龙川本、黄崖本两种）、李氏遗书一卷、龙川弟子记一卷、观海山房追随录一卷（以上两种，合称《龙川草堂语录》），张氏遗书三卷、白石山人语录二卷、得所见录一卷、得所闻录一卷、张氏内经七篇一卷，黄氏遗书八卷、归群草堂语录二卷，语录敬存（辑晴峰、石琴二人语录）一卷。

二、诗文集

自李晴峰至黄仲素数代老师以及一些著名弟子皆有诗文集，此类所收最多。计有：

龙川草堂文集一卷、龙川草堂诗集一卷，白石山房文集四卷、白石山房诗集四卷、浅碧山房词选二卷（以上三种张石琴著），归群草堂文集二卷、归群草堂诗集二卷、归群草堂函稿二卷、归群草堂函稿续编一卷，龙溪先生文集二卷、龙溪先生文续集一卷、龙溪先生诗集二卷、龙溪先生诗续集一卷，双桐书屋文集一卷、双桐书屋诗集一卷（以上两种李平孙作），黄仲素遗著不分卷，龙川弟子遗著四卷、黄崖弟子遗著三卷、归群弟子遗著四卷，南园集二卷（李南园著）、真州李氏家集一卷（收李氏海山、少平、季平、芷生、念功诸人作品）、黄蘖山人诗集二卷（李少平著）、铁盂居士诗钞八卷（汪大竹著）、崇睦山房词一卷（汪小竹著）、潘小江诗钞一卷、汪兰甫诗集一卷、东山草堂诗集八卷、拳石山人余稿一卷、篴波词二卷（以上三种谢石溪著）、丰城毛先生遗集三卷（毛实君著）、明湖居士诗钞三卷、天海词稿一卷（以上两种赵明湖著）、养蒙堂集四卷（朱玉川作）、铁云诗钞四卷。

三、古籍评注

此类书主要出于张石琴、黄隰朋之手，从中颇可窥见学派的思想主张。计有：

尚书释义六卷、四书释义十九卷、楞严经释义十卷、老子释义二卷、庄子释义四卷、关严子释义一卷、列子释义一卷、参同契直指释义七卷（以上张石琴著）、诗经读本四卷、书经读本二卷、礼记读本十二卷、唐宋文读本五卷、古诗源评选十四卷、大小谢诗钞一卷（以上黄隰朋著）。

（作年待考）

# 《中学古诗文评注》编者的话、后记

## 编者的话

为了帮助中学语文教师提高教学质量，我们编写了这本《中学古诗文评注》。编写时注意了以下几点：

一、正文字句和标点，一律以现行课本为准；其中一些节选自长篇作品的课文，均按课本所节录，不另增删。

二、每篇正文前的题解，主要介绍作者生平及其在文学上的成就，概述选文出处所在的原著的内容和特点，并指出作品的写作背景、中心思想和艺术特色。

三、评注部分包括三方面内容，即词句解释、层次与段落的大意、写作方法评述。词句解释力求准确周详，注意解决疑点和难点，解释采自各家，择善而从，注意吸收新的研究成果，有时诸说并存，以供斟酌取舍；写作方法包括用词、造句和谋篇布局的技巧和特色，随文解说，务求简明切实，力戒穿凿虚夸；凡段落大意，均提行标示于每段之后，较长的段落则按节概括其大意，内容较多的节，再分层述意，层意节意均附在评注之后，不另提行。

四、每篇均附现代汉语译文，其中有些采用名家译作（如《伐檀》《硕鼠》和《国殇》）；有些系选取散见于各种书刊的译文，酌加修改；未有人译过的则由编者自拟。译文力求和原文对应，又须顺适流利，有时为求达意，不一定逐字逐句对译。旧体诗词一律改写为新体诗。

五、部分诗文篇后附录了一些有助于理解课文的资料。

编写时，我们参考了一些兄弟院校有关诗文评注的资料，恕不一一注明，于此表示衷心感谢。

编者水平不高，匆促付印，缺点错误，均所不免，诚恳地希望专家和教师同志们批评指正。

一九七八年五月

## 后　记

去年我们编印了《中学古诗文评注》。据各地反映，对提高中学语文教学质量和帮助青年自学文言作品有所裨益。兹将常见于中学课本而前书未能列入的古诗文三十篇，亦加评注，辑成续编；编写体例仍仿前书。

各篇评注，系由校内外教师分工执笔，最后由我校（泰州市教师进修学校——编者注）教务处统一整理定稿。限于水平和时间，我们的整理工作存在不少问题，如各篇评注的详略和应用的术语有时不尽统一，评注的内容也可能存在缺点和错误，诚恳希望语文专家和教师们给予批评指正。

编　者

一九七九年五月

**附录 1**

# 黄跂予年表（概略）

|  |  |
|---|---|
| 1922 年 | 五月，生于江苏泰县姜堰镇。 |
| 1934 年 | 考入泰县县立初中。 |
| 1938 年 | 考入江苏省立扬州中学。 |
| 1941 年 | 高中毕业，考入国立交通大学财务管理系，肄业一年半。因交大已由汪伪政权接管，家道亦中落，遂辍学从教。 |
| 1943 年春至 1945 年夏 | 任姜堰私立荣汉初中教师。 |
| 1945 年 | 任省立第一临时师范（1946 年改为省立如皋师范）教师，直至泰州解放。 |
| 1949 年 4 月至 1951 年夏 | 先后任如皋中学、黄桥中学、姜堰荣汉中学、苏北泰兴中学教师。 |
| 1951 年秋至 1975 年夏 | 任江苏省泰州中学教师。其间 1960 年至 1966 年“文革”开始以前，任该校副教导主任。 |
| 1954 年 | 被推选为泰州市各界人民代表会议代表。其后被选为泰州市第一届至第九届人民代表大会代表。 |
| 1954 年至 1958 年 | 任泰州市科学技术普及协会副主席。 |

**续表**

| | |
|---|---|
| 1956 年 | 被评为泰州市和江苏省优秀教师。 |
| 1962 年至 1980 年 | 任政协泰州市委员会常委。 |
| 1975 年秋至 1992 年 | 任泰州市教师进修学校教师。其间 1979 年至 1984 年，任该校教务主任；1979 年、1980 年两年，主持扬州师范学院委托泰州市教师进修学校主办的扬州师范学院扬州地区泰州师专班的教务；1978 年至 1984 年，主持泰州市教师进修学校先后与扬州师范学院、扬州教育学院协办的高师专科函授班的教务。 |
| 1976 年至 1983 年 | 参加国家重点科研项目《汉语大词典》的编纂工作，为主要编纂人员之一，任扬州地区编写组副组长，负责“长”“门”两个部首释文初稿的组内初审工作。 |
| 1978 年至 1979 年 | 主持编写《中学古诗文评注》两册，除自写部分诗文的评注外，并审改、校阅全书。该书发行两万册，遍及多个省市。 |
| 1979 年 | 被评为泰州市先进工作者。 |
| 1980 年至 1987 年 | 任泰州市第七、第八两届人大常务委员会副主任。 |
| 1983 年至 1993 年 | 任政协扬州市委员会常委。 |
| 1993 年 | 10 月，病逝于南京。 |

**附录 2**

# 《圆庐诗存》后记

右《圆庐诗存》两集（**《圆庐诗存》原为竖排，故正文在后记之右——编者注**），甲集录古近体诗一百七十六首，乙集录词五十六首，曲十四首，多为十年乱敉后所草。稍存少作，所以不忘厥初，谢师门之启瀹也。兼蓄词曲而名曰诗存者，以词曲皆诗之一体也。按年月编次，或月序已忘，则但记年。自初作《鞭石》迄于今兹，凡五十有五年。早经丧乱，嗣历明时，因多扬颂之章，间见危苦之词，非欲以觇时论世，倘能于此略窥予性情忧乐，立身行事之一斑，乃所愿也。名曰诗存，盖有不存者焉。三十年前和夏阳同志诗十五首，稿已散佚，久寻不获，不意夏阳同志竟于劫余纸丛中得之，亲抄见寄，喜不自胜。予谢夏阳同志诗云："旧稿重逢似远朋，……真情却在故人中。"曾未能抒予怀之什一也。至若《菩萨蛮四首·寄善芝校长问疾》《戊子中秋饮酒怀素存十绝句》，沈卫两君已先后谢世，此两稿恐亦无由重睹也。兹编之成，蒙徐复教授锡以序言，刘自健主编惠题扉页；海陵诗社诸君子实多匡勉；誊写校订，重劳友生，并此志谢。壬申上元前三日圆庐主人黄跂予自识。

**附录 3**

# 《圆庐文存》编后

经过近两年时间的断断续续的整理和编辑工作，《圆庐文存》将于近日付印，作者、我的岳父黄跂予先生生前未了的心愿，将部分地得以实现，我的心头也轻松了许多。

记得是在 1993 年春节期间，正被病痛折磨的岳父命我帮他整理他历年所写的文章、书稿和讲稿等，初步加以分类，并编写了一个目录。我于是知道他正在考虑编印自己的文集的事情。那时《圆庐诗存》已经付印，给病中的他带去了不小的慰藉；而他再要像编《圆庐诗存》那样，事必躬亲地编他的文集，显然已是力不从心了。

后来他的病越来越严重，治病成了压倒一切的任务，但从他那年 6 月写下的诗句"生意平添重抖擞，文存亲订八旬时"中可以看出，他在心中一直没有放下这本文集，他是多么渴望战胜疾病，恢复健康，亲自完成这一工作，亲眼看到文集的问世啊！不幸的是他的这一愿望终于未能实现，就在大约四个月以后，1993 年 10 月 15 日，可恶的病魔夺去了他的生命。他在亲笔写下的遗言里，把这件事托付给了我。

七年来，我始终未敢忘记岳父的嘱托。他在遗言中希望我在"有暇时"去做这件颇费时日的事情，而并没有提出什么时间上的要求；但"文存亲订八旬时"这七个字时时在我的脑海里萦回，我决意要在他"八旬时"到来之前完成"文存"的编印工作。他生于1922年，按传统的算法，明年的农历五月十三日就是他的八十生辰了。《圆庐文存》能在这之前付印，是令人欣慰的事。岳父有灵，他也会感到欣慰的。

《圆庐文存》之所以称为“文存”而不称“文集”或“文选”，是因为在上面提到的岳父的遗诗中已经作了这个命名；用“圆庐”而不用他所用过的其他笔名如“西宛”“竹醉生”等，或径用他的本名，是为了与现有的《圆庐诗存》一致。这大概也是比较最能符合他的心意的。

《圆庐文存》的取材基本上以我在岳父的授意下所编的目录为依据。后来他又对那个目录亲自做了一些补充，一共补充了六篇，可惜的是其中除了《〈中学古诗文评注〉编者的话、后记》外，都已经无从寻找了。列入目录的还包括一些讲义、讲稿或草稿，如果是作者“亲订”，肯定要作一番删削、改写或润色，编者不能代替，因此没有收录；此外还有一些文稿也因类似原因未能收录，还有一些收进《圆庐文存》的未发表的文稿作年无法确定，这些都是十分遗憾的。

岳父的长子黄祖珅大哥以他和他的弟妹们追忆的一些往事做素材，写了一篇纪念性的短文《永远的怀念》，以作为《圆庐文存》的代序。这比请名家作序似更觉亲切。

本书的附录“黄跂予年表（概略）”，是根据作者于1989年2月25日写的《黄跂予小传（试写稿）》并补充了其后发生的一些事件编写而成的。

岳父和我共同的挚友刘自健先生曾为《圆庐诗存》题写扉页，这次又为《圆庐文存》题写封面，在此一并表示深深的谢意。

《圆庐文存》的问世，只是部分地完成了岳父在遗言中对我的嘱托。他在《圆庐诗存》编印以后直至辞世前所作的一百余首诗词尚待整理；他还希望能出版一本自己的诗文选集：这些，只好留待今后“有暇时”和条件成熟时去完成了。

岳父去世后，我曾为他写了一副挽联。值此《圆庐文存》问世之际，谨将这副挽联重抄于下，以表达我对他的景仰和怀念：

挚爱洒人间，五十载溉李培桃，儿女六家承素志；

诗文传海内，三百篇扬清激浊，江山万里作圆庐。

单　建

2000 年 10 月

**附录 4**

# 《圆庐诗存续编》前言

1992 年初，我们的父亲亲自完成了他的诗词选集《圆庐诗存》的编印。一年多后的 1993 年 10 月 15 日，他因患重病，多方医治无效，永远地离开了我们。从《圆庐诗存》问世到他去世的这段时间里，为了求医治病，他往返奔波于南京、泰州之间，在南京期间又多次迁徙于兰园、峨眉岭等地。在失望与希望交替中，他的病不见起色且日渐沉重，而他仍然笔耕不辍，又给我们留下了一百五十多首诗词：这是他不屈的生命和非凡的才华的最后迸发。

这些诗词，既有对这一艰难时期痛苦经历的记录，又有对自己七十余年曲折人生的回顾。从这些诗词中，我们深深感受到父亲对祖国和人民的挚爱、对我们的母亲和亲朋好友的真情，感受到他对侵略者的仇恨和对社会上种种丑恶现象和行为的鄙视，感受到他对美好生活的向往，感受到他那独立、高尚的人格力量。他的诗词对我们是一份宝贵的精神遗产，我们品读这些诗词，更加深了对他的怀念，并在怀念中获得教益。

父亲虽殚精毕力写下了这些诗词，却再也无力像《圆庐诗存》那样亲自对它们进行整理编印了；他在去世前亲笔写下的遗言中，将这一工作托付给了他的女婿、祖瑁的丈夫单建。现在单建不负所托，已经完成了《圆庐诗存续编》编排工作，即将付印。我们对他深表感谢。

《圆庐诗存续编》的书名体现了它与《圆庐诗存》的关系。书中收录了父亲的遗诗（包括词、曲）共一百五十首。今年的“竹醉日”（农历五月十三日）是父亲的九十周年诞辰，《圆庐诗存续编》的问世也是对他的一个纪念和告慰。

愿父亲和母亲在天国安息！

黄祖珅　黄祖瑢　黄祖瑚

黄祖瑂　黄祖玶　黄祖璇

二〇一二年二月廿五日

**附录 5**

# 《圆庐诗存续编》后记及致谢

## 后 记

《圆庐诗存续编》是遵照岳父遗言中对我的嘱托整理编印的。岳父在遗言中写道：

“五、我留下文稿一包，单建曾代为整理写一目录。在以后单建有暇时请代为编选，……可以出一本《文录》，附上一九九二年以后的诗词（见黑硬面本内），也可连前《诗存》一并编选，出一本《黄跂予诗文选集》，最好能找一出版社正式出版。”

岳父留下的文稿，已经在 2000 年底出了一本《圆庐文存》；而他 1992 年以后所写的诗词，并没有按照他的意见附在《文存》之后，主要是觉得作为“附录”，未免委屈了这些锦绣文字；况且有《圆庐诗存》在先，将它们视为《诗存》的余韵，应该是更适当的，相信岳父如果有灵，也是会赞同的。

去年 10 月，我从教职上退休，着手进行《圆庐诗存》的续编工作。岳父留下的“黑硬面本”内抄录的诗词有一百五十余首，大部分是岳父的手迹，其余则是他在体力逐渐衰竭后命我誊写的。我带着万千的感慨，逐字逐句地将这些诗词输入电脑。岳父的小儿子祖瑚对电子稿进行了仔细的校对，并参照岳父的日记，澄清了原稿中若干字迹不清或日期不详的问题。岳父的其他儿女也都对《圆庐诗存续编》给予了关心和支持，他在海外的外孙陆然和外孙女单荣积极参与了本书封面的设计，提出了很好的意见。在此对所有关心和支持《圆庐诗存续编》的亲友们一并致谢。

鲁迅在《白莽作〈孩儿塔〉序》中说："一个人如果还有友情，那么，收存亡友的遗文真如捏着一团火，常要觉得寝食不安，给它企图流布的。"对亡友如此，对故岳父更当如此，何况他曾如此郑重地托付于我。现在，《圆庐诗存续编》即将付印，不够圆满之处，是《圆庐诗存》《圆庐文存》《圆庐诗存续编》均尚未能正式出版，但这只是个形式问题。我一直认为，一部文学作品的价值如何，并不是总能用是否"正式出版"来评价的。无论如何，岳父留下的诗文即将"流布"于世，我可以将手里捏着的这团"火"放一放了。在此，谨步陆游《示儿》诗韵，作《告翁》一绝，以告慰岳父的在天之灵：

嘱托殷殷未落空，文存缐世续诗同。
一团火焰终流布，差可而今告逝翁。

单　建
二〇一二年二月廿七日

## 致　谢

岳父编印《圆庐诗存》时，曾请我们的挚友刘自健先生题写扉页。此次编印《圆庐诗存续编》，沿用了原来的扉页题字，以见两者之接续关系。在此，谨向刘自健先生再次表达衷心的谢意！

单建
二〇一二年三月十二日

图书在版编目(CIP)数据

黄跂予诗文选集 / 黄跂予著. —北京 : 中国文史出版社，2021.6
ISBN 978-7-5205-2982-2

Ⅰ. ①黄… Ⅱ. ①黄… Ⅲ. ①诗词–作品集–中国–当代②散文集–中国–当代 Ⅳ. ①I217.2

中国版本图书馆 CIP 数据核字（2021）第 086265 号

责任编辑：蔡晓欧

出版发行：中国文史出版社
社　　址：北京市海淀区西八里庄路 69 号院　邮编：100142
电　　话：010–81136606　81136602　81136603（发行部）
传　　真：010–81136655
印刷装订：成都兴怡包装装潢有限公司
经　　销：全国新华书店
开　　本：880×1230 毫米　1/32
印　　张：12.5　　　　字数：278 千字
版　　次：2021 年 6 月第 1 版
印　　次：2021 年 6 月第 1 次印刷
定　　价：58.00 元

文史版图书，版权所有，侵权必究。
文史版图书，印装错误可与发行部联系退换。